# 编 委 会

**顾问：**

李润田　王才安　孙培新　王文金　张秉义　关爱和　娄源功

**编委会主任：**

卢克平　宋纯鹏　张锁江

**编委会副主任：**

谭　贞　张宝明　季　波　许绍康　孙君健　孙功奇　杨朝阳
王学路　冯淑霞　傅声雷　张立新

**编委会委员：(按姓氏拼音排序)**

蔡　军　程遂营　丁翼虎　冯淑霞　傅声雷　洪　浩　桓占伟
姬志闯　季　波　孔令刚　李永鑫　卢克平　苗长虹　祁琛云
任东景　宋丙涛　宋纯鹏　孙功奇　孙君健　谭　贞　王鹏飞
王思琦　王性玉　王学路　武新军　席卫权　许绍康　杨朝军
杨朝阳　杨光辉　杨国安　于华龙　展　龙　张宝明　张大超
张立新　张锁江

**丛书主编：**

孙君健

**执行主编：**

展　龙　杨国安　桓占伟

**副主编：**

丁翼虎　孔令刚

"夷门传薪学人传"丛书

丛书主编　孙君健
执行主编　展　龙　杨国安　桓占伟

夷门传薪学人传

# 嵇文甫

付燕鸿　著

河南大学出版社
HENAN UNIVERSITY PRESS
·郑州·

**图书在版编目(CIP)数据**

嵇文甫 / 付燕鸿著. --郑州:河南大学出版社,2022.8
("夷门传薪学人传"丛书 / 孙君健主编)
ISBN 978-7-5649-5270-9

Ⅰ.①嵇… Ⅱ.①付… Ⅲ.①嵇文甫-传记 Ⅳ.①K825.46

中国版本图书馆 CIP 数据核字(2022)第 146762 号

**夷门传薪学人传　嵇文甫**
YIMEN CHUANXIN XUEREN ZHUAN　JI WENFU

| | |
|---|---|
| 责任编辑 | 任湘蕊 |
| 责任校对 | 时　娇 |
| 封面设计 | 翟淼淼 |
| 出版发行 | 河南大学出版社 |
| | 地址:郑州市郑东新区商务外环中华大厦 2401 号 |
| | 邮编:450046　电话:0371-86059701(营销部) |
| | 网址:hupress.henu.edu.cn |
| 排　版 | 郑州市今日文教印制有限公司 |
| 印　刷 | 河南瑞之光印刷股份有限公司 |
| 版　次 | 2022 年 8 月第 1 版　　印　次　2022 年 8 月第 1 次印刷 |
| 开　本 | 889 mm×1194 mm 1/32　印　张　8.625 |
| 字　数 | 196 千字　　　　　　　　定　价　35.00 元 |

版权所有・侵权必究
本书如有印装质量问题,请与河南大学出版社营销部联系调换。

# 述往事思来者根在夷门

## （总序）

夷门，是一个比开封还古老的名字。

夷门是战国魏都城的东门，因城门修在夷山之上，故名。

夷门最早的故事与魏公子无忌有关。无忌为战国时期魏国第五任君主魏昭王的小儿子。魏昭王去世后，无忌同父异母的哥哥圉继承王位，是为安釐王。安釐王封无忌于信陵（今宁陵），是为信陵君。信陵君的第一个故事是养士辅政。其时，魏国在与秦国的对抗中，处在不利地位。信陵君仿效齐之孟尝君、赵之平原君、楚之春申君的辅政方法，养士三千，诸侯因此不敢加兵于魏十余年。七十岁的夷门看守人侯嬴与屠夫朱亥，均为信陵君礼贤下士所交好友。信陵君的第二个故事是窃符救赵。公元前257年，秦围赵都城邯郸，赵王的弟弟平原君求救于魏。魏王派晋鄙率兵十万，到达邺地。但迫于秦威，止步不前。信陵君听取侯嬴之计，窃取虎符，与朱亥前往邺地。在晋鄙对虎符有疑时，朱亥椎杀晋鄙。信陵君率兵救了赵国。侯嬴在信陵君到达邺地时，自刎于夷门。

窃符救赵的故事发生一百余年后，司马迁寻访战国争雄的史迹，来到夷门。对千金一诺、侠义热血故事颇有兴趣的司马迁，在《史记·魏公子列传》中做了上述精彩描述，扣人心弦犹如小说家言。信陵君事迹很多,司马迁只记礼士与救赵;信陵君在魏养士三千,详写的只有侯嬴与朱亥。传记的结尾,意犹未尽,作者再次称赞信陵君不耻下交的礼士精神:"吾过大梁之墟,求问其所谓夷门。夷门者,城之东门也。天下诸公子亦有喜士者矣,然信陵君之接岩穴隐者,不耻下交,有以也。名冠诸侯,不虚耳。"仁而谦恭,礼贤下士,成就大业。这是夷门叙事的第一重启示。

公元前99年,司马迁为李陵事获罪,受腐刑,因著书事业而隐忍苟活。受刑的第二年,朋友任安写信询问情况,司马迁写下了传诵千古的《报任安书》,完整描画了一个知识人最高最完美的理想:"近自托于无能之辞,网罗天下放失旧闻,考之行事,稽其成败兴坏之理,……凡百三十篇。亦欲以究天人之际,通古今之变,成一家之言。"据此话推定,《史记》已大致完成。今传《史记》有《太史公自序》,其有感于自己身世,而追述中国历史中圣贤发愤著述的传统:"昔西伯拘羑里,演《周易》;孔子厄陈、蔡,作《春秋》;屈原放逐,著《离骚》;左丘失明,厥有《国语》;孙子膑脚,而论兵法;不韦迁蜀,世传《吕览》;韩非囚秦,《说难》《孤愤》;《诗》三百篇,大抵圣贤发愤之所为作也。此人皆意有所郁结,不得通其道也,故述往事,思来者。"这种圣贤发愤著述的传统,是司马迁完成《史记》的支撑力量,也化为以立言为志的中国士人生生不息的精神资源。"究天人之际,通古今之变,成一家之言"与"述往事,思来者",共同成为读书人立言著述的最高理想。身为记述唐尧以来中国历史的史官司马迁,历史上却没有留下他本人卒年的记载。近代王国维考证,司马迁大约卒于汉武帝末年。勤奋于"述往事,思来者"之业,究天地之际,通古今之变,成一家之言,燃烧自我之身,不计身后之名。这是夷门叙事的第二重启示。

公元960年,北宋政权以开封为都城建立,从而创造了继唐代后又一个统一王朝的辉煌时代。此时距司马迁《史记》成书,已过去千年。夷门不在,夷山依旧。夷山之上,北宋皇祐元年(1049年)建起了开宝寺塔。塔体外立面均为褐色琉璃砖,浑似铁铸,民间俗称"铁塔"。1912年,铁塔南麓,建立了一所大学——河南留学欧美预备学校(今河南大学前身)。河南大学的学生均以"铁塔牌"自称。铁塔成为这所大学毕业生最早的logo(标签)。当年椎杀晋鄙的朱亥,因窃符救赵之功,被授相印,其封地原名聚仙镇,在北宋末,改称朱仙镇。岳飞抗金,取得朱仙镇大捷,也终没有挽救北宋王朝的命运。北宋的成功,在文治而不在武功。20世纪40年代,陈寅恪为邓广铭《宋史职官志考正》作序,有"华夏民族之文化,历数千载之演进,造极于赵宋之世"的称赞。一个以唐史研究见长的史学家,推重赵宋文化,绝非偶然。赵宋时期城与市合一,不需要再像《木兰辞》所言那样"东市买骏马,西市买鞍鞯"。城与市合一的开封,勾栏瓦肆林立,充满着人间烟火气。唐宋以来实行的科举制度,使寒族子弟也可以像世家子弟一样,通过个人的努力,通达社会与文化上层。读书人生气聚集之时,赵宋时期出现了士大夫阶层。士大夫具有超越特定族群、特定利益阶层的历史眼光和宽阔胸怀。祖籍大梁的北宋大儒张载不失时机提出的"为天地立心,为生民立命,为往圣继绝学,为万世开太平"的"横渠四句",成为新兴士大夫群体理想抱负的经典表达。士大夫群体的思想文化创造力活力四射,宋代理学家、史学家、文学家、音乐家、书法家、艺术家层出不穷,群星灿烂,造诣均达极高水平。宋代理学家将儒释道合一,重建儒学体系。新的儒学体系高扬道德的旗帜,以修齐治平调节士人人生期待,以伦理纲常整饬社会秩序。陈寅恪称赞欧阳修晚年所撰《五代史》的功劳在"贬斥势利,尊崇气节,遂一匡五代之浇漓,返之淳正。故天水一朝之文化,竟为我民族遗留之瑰宝。孰谓空文于治道学术无裨益耶?"五四运动过后二十余年,在抗战的炮火中,陈寅恪坚信造极于赵宋之世的华夏文化,本根未死,终必复振。理想、信念、毅力、气节,是读书人的禀赋;立心、立命、继绝学、开太平,为读书人的价值与责任。以治道学术服务国家人民,乃读书的正途与根本。这是夷门叙事的第三重启示。

北宋时期的国子监所在地位于现在的龙亭一带。明代这里辟为周王府。清初,河南贡院一度迁至辉县百泉,清顺治十六年(1659年)河南贡院在周王府旧址修建。因地势低洼积水,雍正九年(1731年)河南贡院迁至夷山南隅。1841年黄河发水,拆河南贡院房舍防洪,第二年重修,新建号舍万余间。1900年的庚子事变,北京用于国家会试的贡院被毁,河南贡院因房舍完好、交通便利,而在1903、1904年成为科举会试所在地。1905年废除科举,河南贡院就成为上千年科举制度的终结地。1912年,河南有识之士在河南贡院的校舍上创办河南留学欧美预备学校,1923年改建为中州大学,1930年易名省立河南大学。因此,从这套丛书的一个人物林伯襄1912年担任河南留学欧美预备学校的校长开始,河南大学叙事便与夷门叙事有了交集,夷门叙事所体现出的精神基因便在河南大学传承延展。与时俱进，百折不挠，在国家、民族站起来、富起来、强起来的百年沧桑中，河南大学以振兴教育、培养人才服务于民族自立、国家复兴和区域发展，成为中原大地高等教育的一棵参天大树。参天地之化，养浩然正气，育万千桃李，以教育报国。此为夷门叙事的第四重启示。

在河南大学迎来110周年校庆之际，学校编写出版"夷门传薪学人传"丛书，嘱我为序。在准备出版的二十多种学人传中，有在河南大学发展的重要节点上做出了重大贡献的主政者，绝大多数是在学校发展的不同时期在学术进步、人才培养方面成绩突出的教授。名人有言："大学者，非谓有大楼之谓也，有大师之谓也。"这些学者教授就是河南大学的大师。河南大学建立110年来，对国家、对民族的贡献，大部分是通过一代又一代心系桑梓、植根教育的千千万万教育工作者实现的，上述学者教授是千千万万教育工作者的代表。在河南大学这所百年名校中，"究天人之际，通古今之变，成一家之言"的学术创新是他们完成的；"为天地立心，为生民立命，为往圣继绝学，为万世开太平"的学术理想是他们实践的；"参天地之化，养浩然正气，育万千桃李，以教育报国"的百年辉煌是他们参与创造的。这是河南大学110年校庆要编辑出版"夷门传薪学人传"丛书的唯一理由。

有形夷门在司马迁生活的时期已经颓毁，而无形的夷门，留在司马迁的《史记》中，留在宋儒的横渠四句中，留在科举旧地与新式教育的交接中，留在河南大学生生不息的生命意志中。

在河南大学建校110年之际,河南大学的注册地移至郑州,但河南大学的办学精神,已经融入河南大学的基因与血脉之中。河南大学从留学欧美预备学校的成立,到今天的"双一流"建设,何尝不是河南有识之士与黄河儿女的"发愤"之作!国家兴亡,匹夫有责,读书人更有责。司马迁"发愤","述往事,思来者"而著"史家之绝唱,无韵之离骚";河南大学"发愤","述往事,思来者"而有发展进步的大手笔、大思路。让我们为之共同奋斗。

放眼寰宇的河南大学,根在夷门。

关爱和

2022年7月

(作者为河南大学教授、博士生导师,中国近代文学学会会长。曾任河南大学校长、党委书记。)

# 目　　录

**第一章　社会转型:嵇文甫在风雨飘摇中成长(1895—1918)**

第一节　生于寒门 …………………………………… ( 1 )

　一、家乡汲县 ………………………………………… ( 1 )

　二、嵇氏家族 ………………………………………… ( 4 )

第二节　坎坷求学 …………………………………… ( 6 )

　一、私塾小学 ………………………………………… ( 6 )

　二、中学时代 ………………………………………… ( 6 )

　三、初入北大 ………………………………………… ( 11 )

　四、再入北大 ………………………………………… ( 12 )

**第二章　砥砺岁月:嵇文甫早期的革命活动(1918—1937)**

第一节　走向革命 …………………………………… ( 15 )

　一、开封任教 ………………………………………… ( 15 )

　二、创办《心声》杂志 ………………………………… ( 18 )

　三、支持学生革命 …………………………………… ( 20 )

第二节　留学莫斯科 ………………………………… ( 24 )

　一、入莫斯科中山大学 ……………………………… ( 24 )

　二、求知若渴 ………………………………………… ( 25 )

　三、中途归国 ………………………………………… ( 26 )

第三节　参加社会史大论战 ………………………… ( 27 )

## 第三章 烽火岁月：抗战与解放战争时期的嵇文甫（1937—1949）

第一节 战斗的学者：嵇文甫与河南抗日救亡运动
................................................（33）
一、创办救亡刊物 ................................（33）
二、组织河南大学抗敌工作训练班 ..........（38）
三、《河南精神》不朽 .............................（43）

第二节 解放战争时期：从反蒋到走向新政权 ........（45）
一、嵇文甫与《中国时报》 ......................（45）
二、支持学生的正义斗争 ........................（47）

第三节 挺进解放区，投身新政权 ........................（50）
一、投奔豫西解放区 ...............................（50）
二、筹办中原大学 ...................................（54）
三、随中原大学迁汴 ...............................（57）

## 第四章 新时期：中华人民共和国成立后嵇文甫的文教与行政活动（1949—1963）

第一节 新时期的文教活动 ...................................（59）
一、嵇文甫与《新史学通讯》 ....................（59）
二、担任郑州大学首任校长 ......................（63）
三、担任河南省历史研究所所长 ...............（64）
四、当选中国科学院哲学社会科学学部委员 ........（66）

第二节 新时期的行政活动 ...................................（68）
一、参加全国人民政协第一届全体会议 ..............（68）
二、出席第一届全国人民代表大会 ....................（69）

三、区域与省域行政活动…………………………（70）

第三节 伤逝……………………………………………（72）

## 第五章 河大岁月：嵇文甫与河南大学

第一节 南下河南………………………………………（74）

一、北大时光……………………………………（74）

二、受聘河大……………………………………（77）

三、呼吁全民抗战，支持学生爱国运动…………（80）

第二节 流亡潭头………………………………………（83）

一、复课上课……………………………………（84）

二、抗战宣传……………………………………（87）

三、被捕前后……………………………………（89）

四、谱写校歌……………………………………（94）

第三节 辗转荆紫关……………………………………（97）

一、逃往荆紫关…………………………………（97）

二、恢复教学……………………………………（98）

第四节 开封解放，重建河南大学之努力………………（101）

一、委以重任……………………………………（102）

二、工作和成绩…………………………………（104）

## 第六章 学界巨擘：嵇文甫的学术成就

第一节 学术师承：河南理学传承中的嵇文甫………（107）

一、理学传统根深蒂固之河南…………………（108）

二、精神导师："一峰二山"……………………（110）

三、学术启蒙之师：李敏修……………………（115）

第二节 先秦诸子哲学研究……………………………（118）

3

一、儒家思想研究 …………………………………（119）
　　二、道家思想研究 …………………………………（126）
　　三、先秦其他流派研究 ……………………………（130）
第三节　宋明理学研究 …………………………………（133）
　　一、宋代理学研究 …………………………………（134）
　　二、明代理学研究 …………………………………（138）
第四节　清代理学研究 …………………………………（146）
　　一、船山学研究 ……………………………………（146）
　　二、孙夏峰及其相关研究 …………………………（161）
第五节　唯物史观与史学研究 …………………………（165）
　　一、马克思主义的学习 ……………………………（165）
　　二、唯物史观与中国思想史的研究 ………………（169）
　　三、唯物史观与人物研究 …………………………（172）
　　四、唯心主义历史观的批判 ………………………（182）

第七章　山高水长：嵇文甫文教思想的传承
第一节　与时俱进：嵇文甫的文化观 …………………（187）
　　一、中西文化观 ……………………………………（188）
　　二、传统文化观 ……………………………………（190）
第二节　嵇文甫的教学风格和教育思想 ………………（196）
　　一、教学风格 ………………………………………（196）
　　二、教育思想 ………………………………………（201）
第三节　源远流长：嵇文甫的学术风格和传承 ………（207）
　　一、治学严谨，勇于质疑 …………………………（207）
　　二、学以致用，经世致用 …………………………（210）

三、通俗易懂,雅俗共赏 …………………………(212)

四、学术研究中国化……………………………(215)

## 第八章 斯人已逝,音容犹在

第一节 口碑:他者眼中的嵇文甫 ………………(218)

一、学术同仁眼中的嵇文甫……………………(218)

二、恩师:学生眼中的嵇文甫 …………………(221)

三、朴实:同事眼中的嵇文甫 …………………(225)

第二节 追忆:嵇文甫追思录 ……………………(228)

一、诞辰追忆……………………………………(228)

二、校庆纪念日追忆……………………………(229)

## 附录

一、嵇文甫生平大事记…………………………(231)

二、嵇文甫论著目录……………………………(247)

# 第一章 社会转型:嵇文甫在风雨飘摇中成长(1895—1918)

嵇文甫生于中国传统社会向近代社会转型的特殊时期——清末,西风东渐,民族危亡。他自幼刻苦读书,学习成绩优异。1913年,他考入北京大学预科,却因家境困难,中途辍学。1915年,嵇文甫正式考入北京大学哲学门。在北大,他学习知识,接受新思想,奠定了后来学术研究的基础。

## 第一节 生于寒门

### 一、家乡汲县

嵇文甫,学名明,字文甫,1895年(清光绪二十一年)12月17日出生于河南汲县(古城卫辉府,今卫辉市)城西一个荒山脚下的村子——吕村。汲县地处中原腹地、新乡市东北部,西依太行,南临黄河,古代是卫辉府治所在地。《卫辉府志》记载,"东接齐鲁、西控三晋、南襟汴洛、北拱京畿",是"两河之要地,中土之名区"。早在殷商时,卫辉为畿内牧野地。周武王灭纣,封邶、鄘、卫三国,此地属鄘。成王平武庚叛乱后,邶、鄘并于卫,此地属卫。春秋时期,卫遭狄侵,戴公东渡,此地改属晋。战国时期,属魏,始有汲邑之称。秦初,属河东郡东境,后属秦河内郡。西汉高祖二年(公元前205年),始置汲县,属河内郡。元世祖中统元年(1260年),属卫辉路总管府,路治汲县。明、清属卫辉府,府治汲县。清朝隆盛时期,漕运集于卫河,这里物资云集,商业繁荣,是豫北政治、经济和文化重镇。清代后期,因漕运衰落,这里经济日渐萧条,但是学风依旧很浓。

辉县与汲县山水相连。距辉县市中心西北2公里的苏门山南麓的百泉镇,自古就是思想、教育、学术重镇。魏晋时期,此地是"竹林七贤"隐居地。宋时有邵雍居住讲学,首开"百泉学派"。金代和元明时期,百泉书院一直是北方地区广大学子学习研讨理学的争赴之地,其间因姚枢和许衡二人在此掌门而声名远播。"辉县之胜在百泉,百泉之胜在书院。"百泉书院创建于五代末年,原名太极书院,位于百泉湖东岸。明代成化年间,河南提学佥事在百泉湖畔的书院遗址上重建书院,改名"百泉书院",成为中州四大官办书院之一。据当时的参政大学士刘建《百泉书院记》载:"(百泉书院)成化庚子(1480年)四月始事,至壬寅(1482年)三月毕工。凡为屋三重(即三进院),为楹六十有二,扁其门曰'先贤祠',祠中曰'讲道堂'。左右为斋凡八,后曰'主敬堂',为斋凡四,合匾之曰'百泉书院'。"由此可见,百泉书院的规模在当时已经非常宏大。

清初,河南贡院迁建百泉,书院闻名遐迩,该时期也是百泉书院的鼎盛时期。当时理学大家孙奇逢(1584—1675)于顺治二年(1645年)来此地开坛讲学,直到康熙十四年(1675年),在长达30年的时间里,百泉书院学者云集,呈现一派兴盛景象。孙奇逢在百泉的讲学活动,对在北方扩大儒学影响,交流和发展学术思想,延续和发展河南、河北的书院教育,发挥了重要作用。他因此被公认为当时全国最有声望的学人和教育家,与陕西李颙、浙江黄宗羲并称为"清初三大儒"。

1750年,乾隆皇帝巡游百泉,书院部分建筑改建为行宫,即"百泉行宫",为中原地区三大行宫之一。此后书院讲学活动废止。清道光年间,百泉书院在辉县城区恢复讲学活动,千年文脉再次赓续。

清末,在西风东渐和维新运动的影响下,汲县进步人士李时灿、王锡彤相继在辉县创办经正书舍。光绪十七年(1891年),汲县李时灿、王锡彤、高幼霞等人,深感地方贫僻,见闻寡陋,为砥砺学行,转移士习,决定在汲县开展读书讲学活动。每月轮流于各家聚会,向前来听讲的青年学子演说文章,答疑解难,传习时事,并让听讲者互阅日记,讨论问题,此构成了书舍的雏形。1898年,为进一步扩大读书活动,书舍决定联合同仁,集资购书。新书增加后,书舍有了一定的规模,后经商议,决定将书舍定名为"经正书舍"。"经正"二字,取自孟子"经正则庶民兴,庶民兴则国家旺",寓意深刻。到1900年,鉴于要求入舍者日多,且不止汲县一地,当地名流联名上书,要求官府同意扩大办学规模,扩建校舍,并给予经济上的支持。经多方努力,筹银七千余两,对旧宅进行改造,修建了讲堂斋舍、书楼客厅、员工住室等屋舍四间。学舍安定下来,又购置了经史、天文、地理、西洋政法等书二百余种,加之原藏,存书量超过三十余万卷,成为当时豫北地区最大的藏书和读书学习场所。

《河南省志》第五十卷记载:"光绪二十六年(1900年)至光绪三十一年(1905年),资产阶级改良派学者李时灿、王筱汀、王静波、史小周等人主讲卫辉府经正书院。在教学方法上他们分斋设堂,令来就读的院生专攻一业,或研究经义,或博综史事,或参考时务兼习算学。凡天文、地理、农务、兵事及一切有用之学统归格致课,要求院生分门探讨。他们吸收张之洞1898年在《劝学篇》中提出的'中学为体、西学为用'的办学宗旨,积极推行康有为、梁启超的教育主张'以学习自然科学知识为基础,振兴实业'。经正书院在清末河南各级书院教学改革活动中取得了比较突出的成绩。当时,大河南北不少文士慕名来经正书院就读,院生人数常达三四百名,超过了大梁书院和明道书院的规模,河朔人士知科举外有学问自此始。"

1906年,清廷废除科举,兴新学。李时灿、王锡彤等人商定在书舍内设立经正中学堂,为避免名称重复,也为促进当地教育,培养教育人才,他们将原定的中学堂改名为经正师范学堂。周围各县青年学子来汲县求学者甚众,确立了清末民初汲县豫北文化中心的地位。

一方水土养一方人,嵇文甫就是在这种文化氛围中成长起来的。

## 二、嵇氏家族

嵇文甫的祖上居住在距汲县县城约二十里的吕村。祖上家境清贫,嵇文甫的祖父嵇玉靠卖砂锅为生,因早年丧妻,生活颇为艰难,嵇文甫曾写道:"祖母死得早,死时我父亲只有三四岁,

## 第一章 社会转型：嵇文甫在风雨飘摇中成长（1895—1918）

每当祖父担挑到20余里以外的汲县城关做买卖时，怕自己年幼的儿子留在家中与邻近小儿怄气，因此常常把他锁在屋中，由此可见，当时他们父子俩的生活是很艰苦的。"后来，祖父做了名儒李敏修家的雇工，全家迁居到汲县城关桥北西街居住，父亲嵇占元也跟了去。待积攒几个钱，祖父开了一个小磨坊，开始独立生活，不再当仆人。

嵇文甫的父亲嵇占元长大后，习武功，在清末曾获得一个武秀才的功名，继续经营小磨坊，那时家里有了一些钱，便开始购置田产。嵇文甫的母亲高氏，生有一子一女，即嵇文甫和嵇兰英。到嵇文甫成年读书时，家境已稍宽裕，田地达五十亩左右，家境已近乎"小康"水平。后来，嵇文甫正是据此认为自己的家庭成分应为"小商人兼小地主"，并曾以此填写履历表中"家庭成分"一栏。①

嵇文甫是家中独子，很受宠爱，有些娇生惯养。但嵇文甫并没有恃宠生娇，而是更多地体味到贫困人家生活的艰辛，懂得自己的生活只能依靠自己的道理，常常跟着父亲做事，养成了勤勉的好习惯。又因嵇家两代无人识字，吃了不少苦头，因此家里希望嵇文甫能做个读书人，出人头地。加之嵇文甫自幼表现出的聪明与智慧，也让嵇家看到了希望，因此，便送嵇文甫到汲县城内就近读书，嵇文甫由此开启了他的学习生涯。

---

① 嵇立群：《祖父嵇文甫的一生》，《河南文史资料》1992年第3辑；李道雨、李育安、翟本宽：《嵇文甫传略》，河南人民出版社，1986，第2页。

## 第二节 坎坷求学

### 一、私塾小学

1901年，嵇文甫六岁，开始入私塾读书，后又入卫辉李氏私立小学，嵇文甫学习极为刻苦，成绩一直名列前茅。嵇文甫天赋甚佳，记性极好，一篇文章常常只读一两遍就能背诵下来。嵇文甫有一个习惯，平日里读书极为刻苦，到了废寝忘食的地步，但到考试前别人开始"临阵磨枪"的时候，他每每丢开书本大睡三日，而考试成绩总是名列前茅。由于他成绩优异，引起一些同学的妒忌，说是因老师的偏爱私下向他透了试题，他才考得好。有一次，他正在教室里读书，忽听窗外有人喊着他的名字高声叫骂，叫骂者是一个顽劣学生，显然是在无端滋事。可是，他居然纹丝不动地坐在那里继续读书，全然不理会那个同学的挑衅。事后，有人将此事告诉了老师，老师在课堂上把嵇文甫称赞了一番，说他有如此的心胸和涵养，将来一定能成大事。

嵇文甫对学习很感兴趣，勤苦之名在当地盛传。即便是在寒假暑假，不管天多么冷多么热，他总是手不释卷。再加上他在学习中常常不依附古人的观点，善于提出自己独到的看法，引得老师和先辈的赞许。

### 二、中学时代

1910年，嵇文甫结束了小学生活，升入卫辉中学。卫辉中学(今卫辉市第一中学),始建于1902年,为河南省最早的三所百年名校之一,由卫辉知府于沧澜创设并任首届校首,后几易其名。卫辉中学久负盛名,是培养人才的摇篮,范文澜、嵇文甫、尹达、李春昱、何高民等名家,均毕业于此。

嵇文甫在卫辉中学不仅学到了知识,也受到了革命思想的熏陶。辛亥革命前夕,革命思想在全国迅速传播,斗争日益白热化,卫辉中学成为革命思想在豫北传播的一个重要阵地。当时卫辉中学的学生有两大派别:一是以康有为、梁启超为依归的改良派;二是以孙中山、黄兴为表率的革命派。改良派和革命派激烈论战的硝烟虽已沉寂,但影响依旧。通过论战,广大知识分子从改良主义思想的束缚中解放出来,逐渐意识到救亡图存不可能再走"变法维新"的老路,革命势不可当。当时全国各地的反清斗争如火如荼,清政府统治岌岌可危。革命的浪潮亦波及卫辉中学,时任校长石松虎、历史教员薛仲超,极力宣传革命,传播新思想;后来的学监暴质夫、体育教员张宗周、经学教员刘粹轩①,都成为同盟会会员,他们积极开展反清爱国运动,传播革命思想,抨击清政府的反动统治,学校弥漫着浓郁的革命气息。在这里,嵇文甫遇到了影响他一生的两位老师——刘粹轩、李敏修。在他们的悉心指导下,嵇文甫如饥似渴地读书,思想上开始追求进步,这奠定了他一生的基础。

1909年春,刘粹轩来到卫辉中学,以教学为掩护,从事革命活动。刘粹轩担任经学教师,讲授《春秋》和《左传》。他讲课寓褒贬、别善恶恰到好处,总以郑庄公、晋文公等历史人物,设身处地,借古讽今,学生们听得聚精会神,有时甚至忘记午饭的铃声。在实际教学中,刘粹轩往往通过讲解,让学生们体会到《春秋》的微言大义,进而积极争取那些思想进步的学生。后来,他的学生大都成为革命骨干,如嵇文甫等。

嵇文甫曾回忆刘粹轩的讲课效果说:"他善讲说,又贯注以满腔热情,设身处地,借古讽今,什么郑庄公啦,晋文公啦,都讲

---

① 刘粹轩(1881—1912),名纯仁,河南新蔡县吕镇人,清末举人,近代民主革命家,辛亥革命烈士。早年刘粹轩看到八国联军入侵,清政府腐败无能,遂立志改革社会。1902年,刘粹轩赴开封参加乡试,名列前茅。但他并不热心功名,而是致力于寻求救国救民的道路。中举后即弃举业,在家乡设馆授徒,研究中外历史,大量接触和吸收民主主义革命思想。不久,赴开封与杨源懋等商谈改革河南教育。回新蔡县后即将大吕书院改为高等小学堂,还创办"新蔡放足会"。光绪三十二年(1906年),先后去开封、保定、北京参观。回开封后任优级师范和高等学堂学监,并发起成立河南学会,决心改革河南教育。不久,河南同盟会组建,他首批加入,并被推选为河南支部长。继而与刘镇华创办"开封中州公学",作为同盟会的活动机关,在全省发展同盟会组织。1907年,因在新蔡聚众劫出被捕的同盟会会员阎子固,受到清政府的通缉。1909年,到卫辉中学,以教学为掩护,从事革命活动。见河南省地方史志编纂委员会编纂《河南省志 第60卷 人物志》,河南人民出版社,1995,第20-23页。

## 第一章 社会转型：嵇文甫在风雨飘摇中成长（1895—1918）

得绘影绘声，活灵活现，使大家都听得入神，不知吃饭钟已响。"①在学校，刘粹轩还经常给学生介绍课外读物，启发学生的民族意识与爱国思想。为了启发学生的觉悟，刘粹轩还把《民报》《国粹学报》和《黄帝魂》等进步书刊，秘密地介绍给学生，以激发学生的革命热情，鼓励学生走民主道路。这些进步书刊在学校秘密传播，无形中形成一个巨大的鼓舞力量。同时，刘粹轩还在学校组织"观摩会"，借讲修养、记日记、写心得之机，联系许多青年，引导他们走上革命道路。

刘粹轩的进步思想对嵇文甫产生了极大影响。当时，嵇文甫因仰慕刘粹轩先生的学识和人品，隔三差五就去他那里借书看。刘粹轩对嵇文甫也非常喜爱，每次去还书，刘粹轩总要"详细查问和指点"，并常拿出当时的报纸指给嵇文甫看，向嵇文甫讲述生平志愿和家庭情况，评论河南人才，谈及革命党人从事地下活动的情况，以及他和朋友们劫狱救反清志士阎子固等的经过，"谆谆切切，常至夜分"。②在他不断开化教导下，嵇文甫思想的进步之门逐渐被打开，开始明白革命的道理，并有了自己的精神寄托。

不久，辛亥革命爆发，在革命潮流推动下，各省纷纷宣告独立，卫辉中学亦暂时解散。刘粹轩嘱咐学生们要"抓紧时机，办实事"，并与刘镇华等20余人秘密召集会议，议定起义事宜，后被军阀设计谋害。刘粹轩的牺牲让嵇文甫深感痛心："一个志节

---

① 嵇文甫：《辛亥杂忆》，《河南文史资料》1981年第6辑。
② 嵇文甫：《辛亥杂忆》，《河南文史资料》1981年第6辑。

皎然，学识宏通，赤心耿耿的革命者，就这样牺牲了！这是河南革命运动的一大损失！至于我个人，更无限悲痛，在内心中留下永不磨灭的伤痕！"①

1912年1月，中华民国宣告成立，孙中山在南京宣誓就任中华民国临时大总统。消息传至汲县，嵇文甫兴奋异常，曾组织一二十人，在一个教堂里举行庆祝会，并且到街上游行。这支队伍规模虽然不大，但在当时的卫辉府却十分引人瞩目。这一行动可以说是嵇文甫直接受到刘粹轩影响的结果。数十年后嵇文甫在他的自传中写：刘先生是"影响我、使我的思想开始有了政治意识，启发我开始追求真理与光明的一个人……这是我后来痛恨旧社会、向往新社会、倾心于革命事业的一个开端"。②

1926年夏，北伐战争达到高潮，北洋军阀大败的消息传来，在开封河南省立第一师范教书的嵇文甫，"思想很感震动的时候"，曾写诗《忆先师刘粹轩先生》：③

凄凄无限情，当向何处寄？中夜念吾师，辗转不成寐。
忆昔庚辛间，卫城得趋侍。莘莘数百人，爱我独优异。
倾谈常夜分，教诲良深至。纵横论书史，慷慨感身世。
我善师为喜，我过师为悲。我有尺寸获，皆为师所赐。
广州败讯传，悲愤塞胸臆。武昌举义帜，弃家奔国事。
尤忆某日晚，吾师突临莅。匆匆一席谈，从此邈然逝。
杀身以成仁，舍生而取义。死者固无憾，生者处何地？

---

① 嵇文甫：《辛亥杂忆》，《河南文史资料》1981年第6辑。
② 嵇立群：《祖父嵇文甫的一生》，《河南文史资料》1992年第3辑。
③ 嵇文甫：《辛亥杂忆》，《河南文史资料》1981年第6辑。

忽忽十余年,往事如云烟。辕下徒局促,拊髀自怆然。

嵇文甫通过回忆过往的点点滴滴,以此来缅怀刘粹轩先生的崇高精神和对自己的深刻教诲,激励自己的革命意志。

## 三、初入北大

中学毕业后,1913年夏,嵇文甫考入北京大学预科,负笈古都,过着艰苦的日子,吃不起校内食堂,就跑到北大附近的简易饭棚里买最廉价的饭菜,即使这样,生活也难以维持,经常饿着肚子听课。尽管嵇文甫的父亲四处求人借钱,甚至愿出高息,也没有人愿意帮忙。勉强读了一年后,嵇文甫不得不中途辍学,离开了北京。

嵇文甫辍学回到家乡汲县后,在家乡的经正书舍附设小学班教英文,同时还在城里的小学教国文、历史,历时一年半。这一年半的教学生活,对他日后的发展产生了深远影响,他后来回忆这一段生活时曾说:"当时天真纯朴的儿童曾引起我的热爱,从而,我对于教书这一事,也就发生了浓厚的兴趣,这对于我后来数十年一直从事教育事业是很有关系的。"[①]

嵇文甫也是在这个时候结婚的,其妻赵氏,家住卫辉市德南街小学隔壁,自幼丧父,由其爷爷赵老先生抚养长大,深得爷爷宠爱。赵氏成人后,由赵老先生亲自为其择婿。赵氏虽没有什么文化,但是她本分、善良,在风风雨雨中毫无抱怨地跟随丈夫一生。没有她的操劳,嵇文甫也不可能在读书与研究中求得

---

[①] 嵇立群:《祖父嵇文甫的一生》,《河南文史资料》1992年第3辑。

宁静。

嵇文甫在从事教学工作时,并没有忘记自己的志向,一边教书,一边自学。

## 四、再入北大

1915年,在积累了微薄收入后,嵇文甫又赴北京,考上了他心仪已久的北京大学,专业是中国哲学。考上北大,自然是令人欢欣鼓舞的事,然而上大学的费用却没有着落,家人千方百计为嵇文甫筹措,又幸得李敏修老师的资助,还获得河南省教育会的助学金(每年可借给学生助学金100—200元,毕业后从薪金中逐年扣除),这样嵇文甫才实现了上大学的夙愿。

嵇文甫是北京大学中国哲学门开办以后,招收的第二届学员。当时嵇文甫的班级中共有13人,同学有冯友兰、孙本文、黄芬、胡鸣盛、李相因、谷源瑞、陆达节、唐伟等,后来这些人绝大部分都改了行,只有冯友兰、嵇文甫等少数人终生在哲学这块园地中耕耘。[1]

嵇文甫在北大的前一年半是在封建陈腐的氛围中度过的。入校时,新文化运动已经兴起,但随着袁世凯复辟帝制的紧锣密鼓,学校又掀起了尊孔读经的逆流。当时,北大哲学系开设的主要课程有中国哲学史、先秦诸子哲学、宋学、西洋哲学、印度哲学及断代史等。虽然这些课程和传统应付科举考试的科目有所不同,但"从观点、方法到教材,基本上都还是封建的一套"。以中

---

[1] 范鹏:《道通天地·冯友兰》,山东画报出版社,2001,第26页。

国哲学史这门课来说,任课教师是陈介石,他从前三皇后五帝讲起,讲了一学期(每周四小时)才讲到周公。学生问他何时讲完,他说:"无所谓讲完讲不完。要讲完一句话就可以讲完,要讲不完就是讲不完。"后来续讲的老师还是沿袭着陈介石的老方法讲,可见当时的学者们对哲学史这门课的性质是并不了解的。① 那时,北大有部分学生并不专心读书,而是追求做官的资格,热衷于找门路找靠山,浑浑噩噩度日,无所进取。有些教师,也不学无术,敷衍塞责。

嵇文甫又是幸运的。嵇文甫的大学时代,也正是北大历史上新陈代谢最关键的时候。适逢"五四"前夕,社会上各种新思潮激荡,北大校风相对开放和民主,师资阵容亦很强盛。在北大学习期间,嵇文甫和那些追求名利的学生不同,他充分利用时间,刻苦学习,潜心研究,每有体会,多为前人所未发,很受教授马叙伦等人的器重。

马叙伦(1885—1970),著名的教育家,浙江杭州人。曾东渡日本,参加过同盟会。1915年下半年,北大聘请马叙伦兼任宋学课教员。嵇文甫对马叙伦的课程深感兴趣,并选了当时最受欢迎的马叙伦的"二程学说"课程。马叙伦在授课时,特别注重结合中国传统学术理论,开展西方资产阶级新式教育。在马叙伦的指导下,嵇文甫开始受到其教育思想的影响。

1917年,著名教育家蔡元培任北大校长,作为一个学贯中西的学者,在担任北大校长后,他主张学术民主、思想自由,力整

---

① 冯友兰:《"五·四"前的北大和"五·四"后的清华》,载《文史资料选辑》编辑部编《文史资料精选(第二册)》,中国文史出版社,1990,第374页。

校风,改革教制,不仅为北大开时代之新风,而且为中国教育史乃至整个文化史写下了光辉的一页。尤其是蔡元培以"思想自由""兼容并包"为办学思想,进行大刀阔斧的教学改革,聘请陈独秀为文科学长。陈独秀来北大任教后,李大钊、胡适等相继来校并参与编辑《新青年》。北大文科教员形成了以陈独秀为代表的革新营垒,他们反对封建复古,提倡民主科学,提出"文学革命"的口号和文学形式的改革问题。与此同时,北大也有一些人,如梁漱溟等竭力宣扬封建文化,反对科学民主。革新和守旧两股势力尖锐对立,展开激烈争斗。凡此种种,给北大注入了新的生机和活力,北大成为新文化运动的中心。在这样的环境中,嵇文甫深受启迪和激励,如饥似渴地学习知识,积极接受新思想。

后来,嵇文甫在《"五四"回忆片断》一文中说:"五四前两年,新文化运动已经起来了。五四运动中心的北京大学,在当时已经非常热闹,新旧潮流冷嘲热骂……在学生中,也出有《新潮》与《国故》两种刊物,形成新旧对立的局面。"[1]在这样的环境中,嵇文甫一方面从这些大师身上学习知识,开阔眼界,掌握了研究哲学与历史的基本方法,这奠定了他后来学术研究的基础;另一方面,他以一个进步青年的热情迅速接受新思想,怀着理想和追求,投身到新文化运动的大潮之中,积极传播新思想。

---

[1] 嵇文甫:《"五四"回忆片断》,《河南青年报》1955年5月4日。

# 第二章 砥砺岁月:嵇文甫早期的革命活动(1918—1937)

嵇文甫早在五四运动时期,就积极投身革命洪流之中,创办《心声》杂志,宣传新思想。1925年五卅惨案发生后,面对迅速掀起的反帝新高潮,嵇文甫为进步组织"光明少年团"撰写团歌,并撰文支持开封教会学校学生反对宗教迫害的斗争。1926年底,嵇文甫加入中国共产党。同年底,受中共河南省委的委派,前往莫斯科入中山大学学习。1928因病回国后,在北京大学任教。1933年暑假后,嵇文甫回到河南。这一时期,是嵇文甫学术上的高产时期,他先后写了《左派王学》、《船山哲学》和《晚明思想史论》等著作。

## 第一节 走向革命

### 一、开封任教

1918年夏,嵇文甫结束了大学生涯,走向社会,以崭新的姿态投入时代的革命洪流中。当时五四运动虽然尚未爆发,北大的情形已是"处于雨云密布,大风暴即将到来的前夜了"。告别了山雨欲来风满楼的北京,嵇文甫怀着一腔热情,带着满脑子的新思想,带着对新时代的憧憬,登上南下的列车,到开封任教。嵇文甫受聘到河南省立第一师范学校(又称"开封一师")任国文教员,讲授文学史,同时又在开封一中、二中、女师以及法政专门学校兼课。

当时,开封一师的许多教师都是来自北京高等师范院校的学生,他们见识广,思想解放,支持新文化运动,但学校里也有不少教师思想较为陈旧。因此,新旧思想的斗争十分激烈,在这一斗争中,嵇文甫坚定地站在支持新文化运动这一方。时任开封一师校长的徐恃峰,是一个比较开明的教育家。他不干涉学生的民主爱国运动,学校里民主自由的空气相当浓厚。

嵇文甫积极投入省会开封的新文化运动,利用教育舞台,传播新思想。据当时在开封一师读书的任访秋回忆,因为嵇文甫老师能把新思想带入学校,故在学生中很有声望,"我们的国文老师是嵇文甫先生,他是当时河南教育界已负盛望的教师。他毕业于北京大学,当时正是五四文化革命时期,他回到河南,和当时其他在北京读书回豫工作的河南部分大学生把五四的新思想带回到河南,一时河南教育界风气为之一变。首先是反对封建主义的民主自由的空气;其次是提倡白话文,反对文言文"。①

对于徐玉诺、苏金伞等富有才华的文学青年,嵇文甫特别器重关心,常在他们写作的诗文上写下很长的批语,给以热情的指导,还多次在课堂上讲评徐玉诺已发表的新诗。老师讲学生的作品,这在当时的开封学界并不多见,体现了他敢于打破旧传统

---

① 任访秋:《回忆我的老师》,载《任访秋文集 集外集》,河南大学出版社,2013,第432页。

的新思想和新作风。嵇文甫这些大胆新奇的做法,是对新文化运动"反对文言文,提倡白话文"主张的身体力行,是河南白话文教育改革的最初尝试。学生们受到新文化运动的感染,思想大为活跃。

中国著名诗人苏金伞是嵇文甫的门生,当时在开封一师读书,他在创作回顾中提到,其思想深受嵇文甫老师的影响:"我们班的国文教员就是嵇文甫先生。他是对我影响最大的一个老师。嵇文甫先生给我们讲胡适的《文学改良刍议》,以及陈独秀、李大钊、刘半农等人的文章。鲁迅的小说《狂人日记》《阿Q正传》《孔乙己》等,都给我们讲过。在提倡白话文、反对文言文的战斗时刻,他这样做,是有革命意义的。他也讲古文,如《史记》上的《陈涉世家》《项羽本纪》《高祖本纪》《商君列传》《滑稽列传》等。他也讲古诗。他不用现成的课本(那时也可能没有现成的课本),而是用讲义的形式,石印出来零页发给学生。总之,从文学到思想,他给我们的影响,都起着启蒙的作用。"[①]

嵇文甫平时对学生态度平和,讲课从容,谈笑风生,对课文分析透彻,尤其是对一些经世不衰的文学作品,常用传神的方式讲出人物的精神风貌,受到学生们的好评和赞扬,很快就成为一名有威望的青年教师,并获得了"小颜回"的称誉。嵇文甫与其他同时回汴任教的北大和师大的毕业生,把五四运动提倡科学与民主,反对旧道德、提倡新道德,反对旧文学、提倡新文学的文化革命精神,带回河南来。因此,各校学风发生了巨大变化。后

---

① 樊会芹:《苏金伞研究》,河南大学出版社,2017,第36页。

来,在河南出现了不少知名的革命家、作家和学者,多是在这种新的思潮中培养和陶冶出来的。

## 二、创办《心声》杂志

为了打破河南社会及教育界"面貌徒更、精神不改"陈陈相因的状况,1918年夏,嵇文甫和北大同窗冯友兰以及韩席卿、徐旭生等开始着手创办心声杂志社,出版《心声》杂志,社址位于开封青云街。其成员有河南省立第一师范的冯友兰、嵇文甫、王柄程、王云青、魏烈臣及开封第二中学的韩席卿等十多人,后来徐旭生、徐侍峰等加入。

冯友兰任主编,经费由杂志社成员每人每月捐款五元。冯友兰在《三松堂自序》记云:"我在北大毕业以后,回到开封,在一个中等专科学校教国文和修身。有几个朋友商议,也要在河南宣传新文化,响应五四运动。我们大约有十几个人,每人每月出五块钱,出了一个月刊,叫《心声》。我当时担任功课比较少,就叫我当编辑。……这个刊物的内容很平庸,但在当时的河南,这是唯一的宣传新文化的刊物了。"①

嵇文甫也曾回忆说:"当时新文化运动虽已波及河南,但开封的封建保守势力却像一大磨盘压在我们背上。在学校里执教的还有旧派人物,新思想传播落后于全国其他中心城市。当时我还同北大同窗冯友兰等创办了《心声》杂志,这是'五四'前夕河南发行的唯一传播新思想的杂志……"②

---

① 冯友兰:《三松堂自序》,长春出版社,2017,第34页。
② 吴建设:《烽火河大》,河南大学出版社,2012,第46页。

## 第二章 砥砺岁月：嵇文甫早期的革命活动（1918—1937）

《心声》比较系统地介绍了西方资产阶级民主主义思想和一些社会主义思想，揭露社会及教育界的弊端，对几千年来一直禁锢人们的封建思想无疑是一个巨大的冲击，因而产生了广泛的影响，尤其在青年中，成为"引新思想之风吹入河南的一个窗口"。《心声》杂志以"输入外界思潮，发表良心上之主张，以期打破社会上、教育上之老套，惊醒其迷梦，指示以前途之大路而促其进步"为宗旨。① 自1918年秋创刊到1920年1月停刊，先后共出版10期，编成第一卷，之后刊出各期编成第二卷。杂志的撰稿人大多是心声杂志社的成员、河南学校思想进步的学生及河南文化界的进步人士，此外还有外省文化界的著名人士。

《心声》杂志创刊号

嵇文甫既是《心声》杂志的组织者，又是《心声》杂志的主要撰稿人。他先后在《心声》上发表了《吾所得于文学史者》（第1卷第1期，1918年9月）、《王船山的人道主义》（第2卷第1期，

---

① 冯友兰：《〈心声〉发刊词》，《心声》1918年第1期。

1920年1月)和《做人问题》(2次复刊第20期,1924年10月)等文章,颇有见地。其中《吾所得于文学史者》一文,在论述了文学的起源之后指出,文学是"人类精神之小影","精神之内容有殊,斯文之面貌亦异。一代有一代之精神,即一代有一代之文学,文学演进,无不与人群进化之原则相应者"。[1] 他以进化论的观点来论述中国古代文学的发展过程,进而引出了新文学的应运而生是顺理成章的结论,启迪人们要顺应历史潮流前进。

嵇文甫等人创办《心声》杂志,对当时河南开风气之先的作用不可低估。由《心声》开先河,至"五四"高潮,各种新刊物在河南便"不择地而生"。

嵇文甫因在这时期创办进步刊物,积极传播新思想,成为河南进步青年心目中"公认的导师"。据文学大师任访秋回忆,1923年他到开封一师读书时,校中高年级同学自由研究的风气已经很盛,政治活动尤其活跃。新文学刊物,如《创造》《小说月报》《语丝》,社会科学和革命刊物,如《向导》《中国青年》,是大部分学生的日常读物。嵇文甫先生所教过的班级的同学,在北伐时许多都参加了革命。当时嵇文甫先生已由宣传"五四"精神,到进一步地宣传马克思列宁主义,在河南进步青年的心目中,"已成为大家所公认的导师"。[2]

## 三、支持学生革命

1919年,五四运动震惊全国,也波及河南。开封的学生群

---

[1] 嵇明:《吾所得于文学史者》,《心声》1918年第1期。
[2] 任访秋:《忆先师嵇文甫先生》,《河南文史资料选辑》1981年第5辑。

## 第二章 砥砺岁月：嵇文甫早期的革命活动（1918—1937）

起响应，纷纷走向街头，游行示威，集会演说，抵制日货，为五四运动摇旗呐喊。嵇文甫毅然站在学生一边，参加集会游行，支持青年学生的革命行动。

在开封的学生运动中，开封一师是走在前列的。在一师校园里，围绕着革新和守旧，掀起过几次斗争风潮，嵇文甫一直积极支持进步青年学生，站在革新这边。当时开封一师三年级学生徐玉诺、苏金伞等富有才华的文学青年，发表了一些新诗，受到守旧派的嘲讽和压抑，嵇文甫力反旧俗，把学生的作品作为教材在课堂宣讲，这在当时是颇有民主精神的，一时传为佳话。

徐玉诺原名言信，河南鲁山县人，五四运动时期著名诗人，文学研究会成员之一，历任河南省立二师、三师、四师和厦门大学、河南大学、北师大等校教员。1915年，他考入开封省立第一师范就读，在求学期间，受五四新文化的影响，民主思想逐步形成，开始进行文学创作。五四运动爆发后，徐玉诺被推为河南学生联合会理事，不久与叶绍钧、郭绍虞等建立通信联系。为声援北京，开封学生准备于1920年4月19日再次进行总罢课。面对学生高涨的爱国热情，军阀赵倜软硬兼施，暗中收买学联中不坚定分子另立"中心"，导致学联分化，学生运动受到严重挫折。徐玉诺是个血气方刚、疾恶如仇的青年。运动受挫，再加上大家的不理解，年轻且易激动的徐玉诺痛不欲生，离校出走，意欲卧轨自杀。

嵇文甫上课时发现少了学生徐玉诺，放心不下，派学生四下寻找，结果在开封南关火车站附近找到了他，徐玉诺正卧在火车轨道上，幸得同学苏金伞及时阻止，才得以平安。嵇文甫把徐玉诺找来,耐心开导,晓以应进行韧性战斗的道理:"还是鲁迅先生讲得好:我们这个铁笼子太坚固,要进行韧性战斗。死则壮烈,可并不是我们的目的。你很有才华,我在班上多次推荐你的诗,正可以用你的诗去唤醒青年。"①徐玉诺渐渐平静下来,打消了死的念头。后来,徐玉诺将满腔的爱与恨化作一首首新诗,创作了大量诗歌和小说,成为20世纪20年代中国诗坛的一颗新星。

1925年五卅惨案发生后,中州大学、省立一师等开封的三十五所学校学生率先罢课,进行游行示威,声援上海同胞的正义斗争。面对迅速掀起的反帝爱国运动的新高潮,嵇文甫和学生一道上街游行示威,声援上海工人的斗争。之后,声势浩大的反帝爱国运动在全省各地逐步形成高潮。为适应这一斗争形势,1925年秋,中共豫陕区委在开封成立,王若飞、萧楚女等同志先后在此工作,区委的机关刊物《中州评论》公开发行,中共的影响在群众中日渐扩大。1926年10月,以共产党员和共青团员为骨干的进步组织"光明少年团"在中州大学成立,嵇文甫为该组织撰写团歌歌词。本时期,嵇文甫还撰文支持开封教会学校学生反对宗教迫害的正义斗争,他在一篇文章中称赞学生们的斗争是光明磊落的"壮举",并号召说:"同胞们!欲实行反抗宗教侵略,今其时矣!欲实行解脱吾呻吟于暴力压迫下之同胞,今其时矣!"②

北伐战争开始后不久,奉军虽有武器优势,却被革命军打得

---

① 吴建设:《烽火河大》,河南大学出版社,2012,第47页。
② 嵇明:《取缔教会学校案通过教联会后之第一壮举》,《心声》1924年第23期。

## 第二章 砥砺岁月：嵇文甫早期的革命活动（1918—1937）

大败。消息传入开封，嵇文甫非常激动，在课堂上，将《孟子》中"城非不高也，池非不深也，兵革非不坚利也，米粟非不多也，委而去之，是地利不如人和也"这一段大加发挥，向学生阐明"得道者多助，失道者寡助"的道理，暗示国民革命已是曙光升起，胜利在望。课堂上"学生听得非常兴奋，跃跃欲动，加强了革命胜利的信心，收到很好的宣传效果"。①

在嵇文甫的影响下，不久之后一些学生纷纷离开开封，到南方参加革命。据当时的学生黄祖瑜回忆："嵇文甫先生教我多年，除教授古文学及唐宋诗文外，他还介绍了近代白话文学，自胡适以至鲁迅、周作人和茅盾、巴金等，又顺便地给我们灌输了新的进步思想，如孙中山的三民主义和共产党的马克思主义等。主要因为受了嵇先生的影响，在1926年，我同班中，至少有一二个人到莫斯科去留学，还有很多人到广东黄埔去投军。"后来，黄祖瑜到南京中央大学读书，思想积极，"在中学时，我受了嵇文甫先生思想的影响，有点'左倾'，可是因为年幼，也没有和实际生活接触过，这种思想，没有充分地表现。到南京后，我专心读书，对政治毫无兴趣。1931年'九一八'事变后，学生们醒悟了，欲武装起来，到东北与敌人争斗。当时的中央政府，不允我们所请，又不愿对敌人宣战，好像要将东北，无条件地献给日本。'九一八'后十天，南京市学生游行示威，在外交部打了那时的外长王正廷，继续往总统府请愿，因为没有人出来答复，我们在总统

---

① 嵇文甫：《关于历史评价问题》，生活·读书·新知三联书店，1979，第34页。

府前,就地睡下,直到有人出来答复为止"。① 黄祖瑜的这种进步行为,很大程度上受到嵇文甫的影响。

嵇文甫曾回忆说,在一师教书时,他"一直是站在学生方面,从爱护学生出发,为学生而说话的"。和青年们在一起,使他得到了不少益处,并深刻地体会到,"与其说当时的学生受到过我的启发,毋宁说我是深深地受到了他们的影响的"。②

## 第二节 留学莫斯科

### 一、入莫斯科中山大学

1926年,嵇文甫经学生刘英③介绍加入了中国共产党。同年底,嵇文甫受中共河南省委的委派,由上海出发,前往苏联著名的莫斯科中山大学学习。

中山大学是国共合作进行民主革命的产物,也是苏联支援中国革命运动的一个成果。1924年1月,国民党第一次全国代表大会后,实现了第一次国共合作。随着合作的深入发展,对经过系统训练的政治理论骨干力量的需求越来越迫切,需要一所专门的学校来培养大批革命的政治干部。因此,经苏联与国共

---

① 黄祖瑜:《一个海外游子的自述》,载陈宁宁编《河南大学忆往》,河南大学出版社,2002,第46-48页。
② 李道雨、李育安、翟本宽:《嵇文甫传略》,河南人民出版社,1986,第21-22页。
③ 刘英,亦名明佛、明弗,河南淮滨人,曾任共青团河南省委代理书记、中共河南省委宣传部部长等职,长期从事革命工作,1941年牺牲于哈尔滨。

两党协商,1925年10月,在莫斯科成立了以孙中山先生名字命名的"中国劳动者中山大学"(又称"莫斯科中山大学")。

莫斯科中山大学1925年10月成立至1930年秋停办,历时五年,共招收四期学员,招收对象为国共两党党员,在国共合作时期共招收两期。大革命失败以后改名为"中国劳动者共产主义大学",学生都由共产党在各地秘密选送。嵇文甫属于莫斯科中山大学的第二批学员,和他同去的还有一师的段家骧、马景山、马霖、孟炳昶四位学生。①

20世纪20年代后期,莫斯科中山大学聚集了一大批中国青年精英,中国政界要员也在这里频频亮相,从这里走出的骄子,陆续成为国共两大政党的风云人物,曾任国共两党要职的张闻天、邓小平和蒋经国等就是从这个学校里走出来的。

## 二、求知若渴

嵇文甫1927年1月入校后,如饥似渴地学习马克思列宁主义,曾担任中国问题课"总书记"(类似现在的"课代表")。其间,嵇文甫结识了许多进步人士,学习了许多进步思想。在莫斯科中山大学,与嵇文甫同住一室的是河南同乡、著名翻译家曹靖华,他们由此成了好友。许多年后,嵇文甫填写履历表,在莫斯科时期的"证明人",填写的就是曹靖华。曹靖华早在20年代初就到了苏联,俄文水平很高,后来翻译了《铁流》等苏联文学作品,成了翻译家。此后数十年,曹靖华与嵇文甫一直保持着深厚

---

① 李道雨、李育安、翟本宽:《嵇文甫传略》,河南人民出版社,1986,第29页。

的友谊。曹靖华每出版一本书就寄送给嵇文甫一本,每一本的扉页上都题有"文甫同志指正"。①

当北伐军胜利占领上海的消息传到莫斯科,"当时中山大学里一片欢腾,留学生们笑着,唱着,跳着,走出校门上街庆祝。莫斯科的市民们也加入他们的游行队伍,'上海!上海!'的呼喊声响彻莫斯科的上空。游行队伍中,人们甚至抬起一些中国留学生,不断地将他们抛向空中,仿佛他们就是中国革命的化身和英雄。路边,姑娘们向中国留学生送上热情的飞吻,那欢快的气氛,如同过盛大的节日"。②

然而国内风云突变,蒋介石背叛革命,将共产党人和革命群众推入血泊之中。莫斯科中山大学内的气氛也骤然改变,许多人陷入"革命向何处去"的苦闷之中。正是在这个革命转折的关键时刻,1927年5月12日,斯大林来到莫斯科中山大学,并作了讲话,围绕十个问题分析了"四一二"前后的中国形势,阐述了某些理论和策略问题。这对正处于思想苦闷中的中国留学生来说,无疑是一场及时雨。嵇文甫的思想也受到了极大的教育与启迪。

## 三、中途归国

正当嵇文甫刻苦学习马克思主义,研究苏联和中国的革命问题的时候,不幸患上肺结核。先在校医院住了三个月,出院后在克里米亚海滨疗养了一个时期,但温暖的海风和灿烂的阳光

---

① 嵇立群:《祖父嵇文甫的一生》,《河南文史资料》1992年第3辑。
② 嵇立群:《祖父嵇文甫的一生》,《河南文史资料》1992年第3辑。

## 第二章 砥砺岁月：嵇文甫早期的革命活动（1918—1937）

也未能使他的病痊愈。特别是俄罗斯的严寒对他的病十分不利，他身体很虚弱，无法继续学习，也难以工作，加上一直水土不服，长期下去只能使病情更加恶化。于是，在征得中共党组织同意之后，嵇文甫于1928年二三月间回国。

这时，大革命已失败，中共党组织遭到严重破坏，嵇文甫也随之和党组织失去了联系，但是他并未因此颓废和迷茫，继续默默为党和革命做了不少有益的事情。嵇文甫在后来的回忆中说："在中山大学学习这一阶段，虽然因为病的关系，并没有把全部时间用在学习上，学习的东西非常有限，不过较之在国内的时期，却提高了一步，对于社会历史发展的规律和中国革命的道路，总算有了些认识。……后来运用辩证唯物主义与历史唯物主义的观点从事中国社会史和思想史的研究，也就从这时候打下了基础。"[①]

## 第三节　参加社会史大论战

1928年，嵇文甫由苏联回到中国，先在开封做了一个短期的治疗。1928年底，嵇文甫前往北平闲居，病愈后在北京大学任教，并在清华大学、燕京大学、北平女子师大等校兼课。嵇文甫以马列主义观点在北大讲授先秦诸子思想、宋代哲学、清代学术思想，在各院校开先秦思想史、明清思想史、中国社会经济史、十七世纪思想史等课程，编有《十七世纪中国思想史概论》等讲

---

① 嵇立群：《祖父嵇文甫的一生》，《河南文史资料》1992年第3辑。

义,经常应邀为北平进步学生作报告。当时,中国革命正处于低潮,但学术界却异常活跃,正围绕中国社会史问题展开一场激烈的大论战。

中国社会史大论战发生于20世纪20年代后期至30年代,这与当时特定的历史背景密不可分。

1927年大革命的失败直接促成了大论战的发生。"中国向何处去"成为社会各界重新思考的问题。中共六大将中国社会性质确定为半殖民地半封建社会,指出革命的任务是反帝反封建。托派分子和国民党改组派则持反对态度。各方各抒己见,由此,一场关于中国社会性质的论战大规模展开。

论战的内容可以归纳为三个核心问题:第一,中国历史上是否经历过奴隶社会;第二,中国封建社会的起讫时间和特征是什么;第三,亚细亚生产方式问题。争论的实质是中国历史发展阶段与马克思主义所总结的人类历史发展基本规律是否一致,马克思主义是否适用于中国。在论战中,各派围绕当时及历史上中国的社会性质、中国农村的社会性质展开了激烈论争,不同问题、不同派别交织在一起,呈现复杂的局面。如何以马克思主义的观点来论证这些问题,不仅有重大的理论意义,而且也具有直接的现实意义,因为它关系到对中国革命的对象、任务、性质及前途的认识。国民党御用文人和托派分子,颠倒黑白,否认中国存在过奴隶社会,否认当时中国社会的半殖民地性质,从而在根本上否定了马克思主义的普遍真理,否定了继续在中国进行资产阶级民主革命的必要性。

在这场论战中,"用马克思主义的历史理论观察整个中国

## 第二章 砥砺岁月：嵇文甫早期的革命活动（1918—1937）

历史的进程并跟当时的革命实践结合起来，是一个很突出的特点"①。嵇文甫主张以社会史为基础，来研究中国思想史，而且他在北平各大学中，讲授的也是中国思想史方面的课程，于是，他积极地参加了这场论战。一方面，用新兴社会科学观点（即马克思主义唯物史观）讲授先秦诸子和宋明理学等课程，另一方面，奋笔疾书，先后发表了《周末社会之蜕变与儒法两家思想上的斗争》、《老庄思想与小农社会》、《"仁"的观念之社会史的观察》以及《伟人领导群众呢？还是群众领导伟人？》等文章，批判形形色色的错误观点，旗帜鲜明地宣扬历史唯物主义。

在这次论战中，嵇文甫以抨击陶希圣的文章最为直接而尖锐。陶希圣是国民党的御用文人，他一方面说中国从未有过封建社会，另一方面又说中国从来就是封建社会。嵇文甫在《评陶希圣中国社会史著述》一文中指出：陶的理论尽是些考试制度、俸禄制度等"支支节节的陈述"，对于"最紧要的生产方法反没有确实的把握着"，同时还"拘执着一个'完整'的封建制度，而抹杀了封建制度在发展过程中所表现的各种形式。由前而言，那不是唯物论，而是多元论；由后而言，那不是辩证观，而是机械观"。② 嵇文甫对陶希圣的批判，受到北平学术界的重视，后来进步史学家蔡尚思先生在所著的《中国历史新研究法》（1936年中华书局出版）一书中，曾引用并表示赞许。

随着郭沫若《中国古代社会研究》一书的出版，历史学界也

---

① 白寿彝主编《史学概论》，中国友谊出版公司，2012，第209页。
② 文甫：《评陶希圣中国社会史著述（二）》，《北平晨报》1932年8月10日，第12版。

开展了对中国古代社会分期的争论。就中国的奴隶社会问题而言,郭沫若在其著作中认为"西周完全是奴隶制的国家……秦以后的郡县制实际上就是适应于这种庄园式的农业生产与行帮制的工商业的真正的封建制度"。① 郭沫若从大量的历史文献和出土文物中来搜索西周时代奴隶制存在的证据,他认为西周时期存在大量的所谓奴隶,生活苦不堪言,徭役赋税沉重,自由受限,因此西周时期可以被称为奴隶社会。

嵇文甫则认为郭沫若关于西周时期奴隶社会存在的证据有些过于牵强,坚持用马克思主义唯物史观来研究历史分期问题,从马克思、恩格斯的众多原始资料里证明自己的论点。他认为:"我向来是主张长期封建论的,把西周春秋时代看作原始封建社会,把战国以后看作封建社会之更高级的发展形态。"②嵇文甫认为西周时期以及战国以后的社会都是封建社会,只不过是原始阶段和高级阶段的区别。对于同一个问题之所以会出现如此大的分歧,很大原因在于他们对于划分社会的标准未能统一。嵇文甫后来认为:"从前划分社会发展阶段的标准很不一致,有的根据交换关系,有的根据政治形态。随手拈来,并没有确定见解。"③后来,就连郭沫若也承认自己当初的研究方法,"犯了公式主义的毛病","我是差不多死死地把唯物史观的公式,往古

---

① 郭沫若:《中国古代社会研究》,商务印书馆,2011,第162页。
② 嵇文甫:《先秦诸子与古代社会(讲义)》,载《嵇文甫文集(上)》,河南人民出版社,1985,第366页。
③ 嵇文甫:《〈中国经济史〉序》,载《嵇文甫文集(上)》,河南人民出版社,1985,第488页。

## 第二章 砥砺岁月：嵇文甫早期的革命活动（1918—1937）

代的资料上套，而我所据的资料，又是那么有问题的东西"。①

1932年1月，北平开拓社出版了嵇文甫的第一本著作《先秦诸子政治社会思想述要》，这是中国较早用马克思主义观点较系统地研究中国思想史的著作，标志着嵇文甫运用马克思主义研究学术问题达到了一个新的水平。嵇文甫在该书的序中指出："本书不是系统的历史著述，仅仅把先秦时代几个主要学者的政治思想和社会思想个别的撮叙其概要。但其中也许有些地方不同于一班人的生吞活剥，也许不同于另一些人的专就思想而讲思想。成绩何如不敢说，但大体上总是根据新兴社会科学观点说话的。"

正因为嵇文甫直言自己的看法来自马克思主义的唯物史观，所以此书一出版就引起一些人的责难。有人指责他用阶级分析的方法研究思想史，就是"犯了把事情简单化了的毛病"。嵇文甫严正指出，所谓思想的社会基础，或者说思想具有阶级性，这种理论"并没有把事情简单化"，倒是他们把这种理论简单化了。他接着反问道："我只奇怪现在的许多学者，一方面自己大讲什么贵族思想和平民思想，另一方面却反对人家讲农民思想，地主思想等。难道阶级分化只能分化到贵族和平民为止，就不能分化为农民和地主吗？难道只有贵族和平民的对立能反映到思想上，而农民、地主等的对立就不能在思想上反映出来吗？他们不明白这种'思想的阶级性'的理论，只是比他们所谓

---

① 郭沫若：《郭沫若选集（第二卷）》，四川人民出版社，1982，第83页。

贵族思想和平民思想对立的主张更进一步,更讲得彻底。"①

在此次论战中,马克思主义被广泛地应用于对中国现实和历史问题的研究中。可以说,中国社会史大论战直接促成了中国马克思主义史学的形成,产生了广泛而深远的影响。随着全面抗战的爆发,社会史大论战在1937年基本结束。

---

① 李道雨、李育安、翟本宽:《嵇文甫传略》,河南人民出版社,1986,第38-39页。

# 第三章 烽火岁月：抗战与解放战争时期的嵇文甫（1937—1949）

抗日战争时期，以嵇文甫为代表的一大批知识分子，在时代的感召下，在抗日救国的大旗之下，为抗击日寇，挽救民族危亡，积极投身到抗战救国的时代洪流中。

## 第一节 战斗的学者：嵇文甫与河南抗日救亡运动

在抗战时期，嵇文甫随河南大学离开开封，辗转流亡。在最艰苦的日子里，嵇文甫坚守教育阵地，积极投身到抗日的洪流中，参加各种救亡会议，组织救亡团体，出版进步刊物，利用各种形式积极宣传全面抗战，发展和壮大了河南人民的抗日力量。由于他在学术界德高望重，加之善于因势利导，成为中共团结各阶层进步力量的中间纽带。

### 一、创办救亡刊物

1937年7月，日本全面侵华，中华民族全面抗战爆发。在中共河南省委的领导下，中原大地迅速掀起波澜壮阔的抗日救亡运动。与此相应,全省抗日救亡报刊如雨后春笋般大量涌现,仅河南省会开封就出现了《大时代》《抗日》《抗敌》《争存》等数十种报刊,在救亡运动中起到了巨大的动员、推动和组织作用。其中,影响最大的就是《风雨》杂志。

(一) 创办《风雨》杂志

1937年8月,在中华民族生死存亡的紧急关头,中共河南省工委负责文化宣传工作的王阑西,受组织委托,联络当时的河南大学教授范文澜、嵇文甫,以及开封新闻检查所副主任方天逸,《民国日报》总编辑冯天宇等著名人士20余人,召开河南省文化界抗日救亡座谈会。经到会人士商议,决定创办一个以宣传抗日救亡为目的的刊物,嵇文甫提议取"八方风雨会中州"中的"风雨"作为刊物的名称,得到与会者的认同。

1937年9月12日,《风雨》杂志创刊,初为周刊,从第五期后改为五日刊,由嵇文甫、王阑西、姚雪垠三人担任主编。后来根据工作需要,主编由原来的三人增加到五人,新增主编为范文澜和方天逸。时事版由王阑西主编,文艺副刊由姚雪垠主编,嵇文甫主要负责对外联络工作。

《风雨》刚出版时,每周一期,最初只发行三四千份,后逐渐扩大到1万多份,发行地区也逐渐由河南的几个主要城市扩大到江苏省的徐州和南京、陕西省的西安、山西省的临汾和运城、湖北省的武汉、安徽省的蚌埠以及北平等城市。甚至流传到大后方兰州、重庆、延安等地,是内地发行最早的三个群众性抗日救亡进步刊物之一,也是中共推动救亡活动的指导刊物。

## 第三章 烽火岁月：抗战与解放战争时期的嵇文甫（1937—1949）

《风雨》作为中共河南省委机关刊物，秉承"宣传抗日救国，动员民众，组织进步人士抗日"的编辑方针，成为宣传抗日救亡的喉舌和组织游击战争的有力武器。当时，《风雨》杂志刊登的文艺作品很少，多为政治性文章。内容主要是宣传全民团结抗日，激励人民奋起救亡；也有些是讽刺政治腐败、社会黑暗，描写人民大众生活的疾苦；也有些是抒发人们渴望光明，追求进步、自由、民主的情怀等。

嵇文甫先后在《风雨》上发表《扫除一切阴霾》（1937年第4期）、《从鲁迅说起》（1937年第6期）、《恐日病的消除》（1937年第8期）等数篇文章，用犀利的文笔，抨击国民党的消极抗战行为，号召民众对日进行不屈不挠的斗争。在《从鲁迅说起》一文中，嵇文甫盛赞鲁迅，说鲁迅"始终面对着黑暗，面对着人间一切罪恶，坚决斗争，直到临死还是那副硬骨头。多难的中国，现在正需要大批坚贞强项的人来支撑这个危局。得一个硬汉子，胜过千千万万的软体动物"。①

《风雨》前后共计发行三十期，对抗战初期河南省的群众抗日活动、抗日民族统一战线的建立和敌后游击战的准备工作，发挥了极大的指导和推动作用。时任中共河南省委书记朱理治曾在给中央的报告中说："省委出了《风雨》作省机关报，对全省的救亡工作，起了相当的领导作用。"在《风雨》的影响下，开封的《大时代》旬刊、《战时学生》，洛阳的《行都日报》，南阳平津同学会的《救亡周刊》等救亡报刊也陆续创办出版。

---

① 嵇文甫：《从鲁迅说起》，《风雨》1937年第6期。

## (二) 创办《大时代》旬刊

为了团结和组织开封文化界更多的人士共同抗战,《风雨》杂志创刊后一个月,嵇文甫和郑若谷①又创办《大时代》旬刊,林孟平(中共地下党员)任主编。

在《大时代》第一期上,嵇文甫发表了《一切救亡力量配合起来》一文,文章指出在抗日作战中,不能只注意军事而忽视政治方面的问题,有了上下团结一致、前方后方相互呼应的政治局面,即使前线偶有挫折,整个战线也不至于根本动摇。接着举例说,刘邦所以能战胜项羽,除有张良的计谋、韩信的攻战,还必须配上萧何的政治,萧何把关中治理得井然有序,粮草、壮丁能及时补充,和前方配合默契,胜利是必然的。文章还指出,对日作战中,军事不如人,我们并不悲观,我们最关心的是政治,"只要政治有办法,我们军事上的缺陷,可以在长期抗战中逐渐弥补",最后号召"一切救亡力量配合起来"。②嵇文甫提出既注意军事更注意政治的主张无疑是正确的。

## (三) 资助《救国先锋》报

为了加强宣传,交流情况,扩大影响,鼓动全民族的抗战,在1935年的一二·九运动中,开封学生非常注意宣传工作,自行办起《救国情报》《北仓简讯》《救国先锋》《抗日》等。在这些报刊中,规模大、影响远、印刷精美、发行时间较长的是河南大学学

---

① 郑若谷即郑竹虚,河南大学教授。
② 嵇文甫:《一切救亡力量配合起来》,《大时代》旬刊,1937年第1期。

## 第三章 烽火岁月：抗战与解放战争时期的嵇文甫（1937—1949）

生救国宣传团主办的《救国先锋》报。

《救国先锋》的创办得到了嵇文甫等人的捐款资助。该报诞生于1936年1月1日，当时正值开封一二·九学生运动的高潮时期，也是面临严峻考验的时期。1935年底，河南学生的卧轨请愿运动使得京汉、陇海、津浦等主要铁路干线的交通一度中断，国民党河南省政府采取软硬兼施的手法，企图将学生运动的烈火就地扑灭。河南大学学生为适应斗争形势的需要，成立了学生救国宣传团，并在艰苦的件下，经过多方努力，集资办起了《救国先锋》报。嵇文甫不仅捐款资助，而且还为该报写了不少文章。

嵇文甫在《救国先锋》第一期上发表《为学生救国运动说几句话》一文。该文如匕首一般锋芒犀利，开篇第一句就是："中国就要这样糊里糊涂、不声不响的断送了吗？中国人心已全被征服，一点反抗意识也没有了吗？自五四以来，震动全世界的种种壮烈行动再也不会发生了吗？不能，决不能！"文章为学生运动正名，鼓励学生的救亡热情和革命斗志，并呼吁在非常时期实行非常教育，培养能做救亡工作的人才，"现在国家情势比五四时代更糟糕万倍。种种不祥的消息，刻刻向学生来袭击，叫他们怎么能安心读书呢？……我们现在处的是非常时代，就应该实行一种非常教育。从各方面看，这种救国运动的本身上，就含有教育价值。我们不可以就从这一点出发，另制定一种非常时期的教育方案吗？"嵇文甫的言论，为广大爱国青年学生指明了方向，鼓舞着他们的斗志！

## 二、组织河南大学抗敌工作训练班

抗战爆发后,河南各界民众自行组织的抗日救亡团体冲破桎梏,雨后春笋般在中原大地纷纷成立。据不完全统计,抗战初期河南成立的各种救亡团体达500多个,其中影响较大的应属"河南战时教育工作促进团",其前身为"河南大学抗敌工作训练班"。

1937年11月,中共河南省委为了迅速开展全省的抗日救亡运动,决定培训一批青年学生,作为宣传抗日救亡的骨干力量,到全省各地开展工作。为此,省委委托河南大学进步教授范文澜、嵇文甫负责办理此事。1937年12月,嵇文甫、范文澜创办了"河南大学抗敌工作训练班"(简称"训练班"),旨在培训抗日救亡的骨干力量。经过考试,训练班录取了开封女师、开封高中、开封女中、北仓女中和流亡开封的平津学生共200余人。

党组织对训练班的工作非常重视,河南省委特派马致远(即刘子厚,后任河北省委第一书记)以八路军代表的身份到班上讲课。嵇文甫亲自为训练班讲授中国革命问题,范文澜讲抗战形势、统一战线,马致远讲抗日救国十大纲领、游击战术。学生们最感兴趣的是马致远讲的游击战术,他除讲理论外,还组织学生实弹射击,并带领他们到城北沙土岗上进行游击战演习,还带着学生到农村演出街头剧。金山领导的上海抗日话剧团一队在开封宣传期间还多次到训练班教唱抗日歌曲,帮助排练抗日戏剧。范文澜后来在延安撰写的《从烦恼到快乐》一文中回忆说,有嵇、马"这两位台柱子撑起训练班的'金字招牌',声名很好",在青年中影响很大。当时在训练班工作的教师没有工资,学生也没有报酬,连吃饭都是自己出钱。但师生们热情高、劲头大。经过一个多月的学习和训练,这批青年在政治、军事、文化等方面都得到很大提高,结业后大部分学生投入到抗日工作中。①

1937年12月中旬,豫北部分县城沦陷,豫东形势紧张,开封多次遭到敌机轰炸,训练班不能顺利办下去。鉴于这种情况,河南省委决定停办训练班,把一部分学员送往延安学习,留下来的70余人组成"河南大学抗敌工作训练班农村服务团"(简称"服务团")。服务团主要任务是:深入农村进行抗敌宣传,组织发动群众起来抗日。服务团以嵇文甫为团长,范文澜为副团长,冯纪鑫为大队长,嵇道之(嵇文甫次子)等为小队长,马致远仍随团讲课。服务团下设总务、宣传、组训、生活四股和学员总队。同时,为了加强对这一组织的领导,在服务团中成立了中共地下党总支,作为服务团的战斗堡垒和领导核心。团内划分戏曲、歌咏、漫画、壁报、宣传、生活等小组,排练戏剧和歌曲,在群众中进行抗日宣传。

12月下旬,服务团青年离开开封,踏上了抗日救国的征程。他们徒步到朱仙镇、尉氏、鄢陵等地开展救亡宣传活动,于1938年元旦到达许昌。沿途在城镇、乡村通过讲演、话剧、唱歌、张贴标语等方式,进行抗日宣传。他们把这二百余里的远足作为考题,要求每个人都能顺利通过,结果都得了满分。这对于长期住

---

① 范文澜:《从烦恼到快乐》,《中国青年》1940年第2期。

在城里的学子来说,无疑是一个不小的锻炼。

在许昌,服务团除了进行抗日宣传,同时为了满足当地青年的要求,开办了一期抗敌工作训练班。训练方式完全仿照陕北公学和陕北安武堡青训班的模式,集体住宿,吃大锅饭,啃窝窝头和咸菜。早晨上早操,学唱救亡歌。上午上课,学员席地而坐,边听边记笔记。下午分组谈论和自学。学习内容有政治、历史、哲学、游击战等。范文澜讲政治课(名为"精神讲话""形势讲话"),嵇文甫教社会发展史,张师亮讲唯物辩证法,马致远讲游击战术。内容丰富,引起学员的极大兴趣。[①]

嵇文甫、范文澜不辞劳苦地讲课,还和学生同吃同住,同甘共苦,赢得了全体学员的尊敬。经过近两个月的紧张工作,训练出100多名青年学生。这批青年一部分被送到延安学习,一部分到竹沟由中共安排了工作,还有一部分参加了服务团。其间,国民党顽固派害怕服务团宣传民众、组织民众,不断干扰服务团的工作。嵇文甫不得不时常奔波于国民党上层人物之间,做统战工作,争取活动权利。

1938年1月30日,服务团冒着大雪由许昌来到舞阳,受到当地群众的热烈欢迎。此时,国民党河南省党部下了命令,要服务团改名为"河南省战时教育工作促进团"(简称"战教团"),理由是:大学应当办教育,不要管农村的事情。实际上是限制服务团的活动,压制人民群众起来抗日。服务团虽然更改了名称,但其性质未变,仍是中共领导下的以抗日救亡为宗旨的团体。

---

[①] 张明舜:《抗日工作训练班点滴回忆》,《许昌县文史资料》1987年第1辑;王效堂:《参加"抗训班"的前前后后》,《许昌县文史资料》1990年第4辑。

## 第三章　烽火岁月：抗战与解放战争时期的嵇文甫（1937—1949）

在舞阳城乡，战教团通过漫画宣传、写标语、走街串巷、借谈家常等各种形式，向广大群众宣传党的抗日主张和抗日必胜的道理，传播八路军在华北取得胜利的消息。他们还为群众演出街头剧，教唱抗日歌曲，举办夜校、识字班等，①使群众受到了极大的教育和鼓舞。在战教团的影响下，舞阳县青救会胡岗分会也随即建立起来，战教团帮助其举办了三期抗敌训练班，共训练300多人。他们还组织夜间训练、演习，到田野、河塘搞实地演练。

正当战教团在群众中的影响日益扩大的时候，国民党顽固派害怕群众觉悟，反对民众起来抗日，面对舞阳如火如荼的抗日救亡运动，当时驻扎在舞阳的蒋介石嫡系52军头目关林麟坐卧不安，如芒刺在背，便想方设法赶走战教团。当时舞阳有3000名农村青年希望进城接受战教团的训练，这一合理的要求，却受到国民党驻军的阻挠。他们无理限令战教团离开舞阳，遭到全团同志的坚决反对。范文澜同志十分气愤地说："我们应该有在中华民国土地上作救亡工作的自由，舞阳难道不是中国土地么？我决计不走，我决计到舞阳县监狱里找中国土地去。"②范文澜和全团同志的正义行动，揭露了国民党顽固派破坏抗日的阴谋，教育了当地群众，同时也感动了国民党军队中下层的爱国士兵和军官，获得了他们的同情。对于这一正义斗争，嵇文甫曾风趣地称之为"范先生大闹舞阳城"。国民党当局害怕群众运动的

---

① 范振江、胡德周：《战教团在舞阳的抗日宣传活动》，《漯河文史资料》1995年第6辑。
② 范文澜：《从烦恼到快乐》，《中国青年》1940年第2期。

蓬勃发展,严令嵇文甫和范文澜离开战教团。

迫于形势,嵇文甫和范文澜于1938年3月离开这个战斗的集体,上了鸡公山(当时河大文、理学院已经迁移到此)。战教团在党的支持下,继续活跃在鄂豫边区等地。

战教团是中共河南省委直接领导下的抗日救亡团体,规模大、活动区域广、坚持时间长。在宣传中共的抗日主张、动员民众起来抗日、建立抗日武装、开展统战工作、培训输送干部等方面都做出了巨大的贡献,是河南抗日救亡运动的一面旗帜。

抗战初期嵇文甫周围有许多共产党人和他一起工作,通过这些共产党人,他及时了解党的方针政策和意图,并积极贯彻执行。由于嵇文甫的行动能和时代脉搏同一节奏,所以他在河南知识界特别是在青年学生中,享有很高的威望,因而国民党顽固势力对他的监视更厉害。对此,嵇文甫和范文澜都非常气愤,于是范文澜决定走下鸡公山,奔赴河南省委所在地竹沟,后又于1939年秋转赴革命圣地延安。他奔赴延安途中,曾被国民党陕西地方当局扣押在商洛县龙驹寨,后经嵇文甫以河大文学院院长名义保释,才得以脱离虎口。嵇文甫决定不走,留在国统区继续工作。当时嵇文甫曾对学生说:"留在这里,是带着铁镣手铐抗战,日子是难过的,可是,每一块土地上,都得有人耕耘啊!"事实上,当时他们二人的去留都不是个人的意见,是党组织安排好的。范文澜曾说,当时他和国民党已经决裂,势如冰炭,只有出走,"嵇先生在那里有一定的地位和声望,国民党不敢轻易下手。

嵇先生又比较宽厚,善于因势利导,他就留下来了"。①

## 三、《河南精神》不朽

此后的抗战岁月里,嵇文甫同河南大学师生一起辗转迁徙。途中,遭遇种种艰难险阻,嵇文甫始终为广大师生的安危殚精竭虑,在深山峡谷中坚守中原教育阵地。1939年秋,刊登在《河南民国日报》上的《河南精神》一文,就是嵇文甫在最困苦的岁月里,写下的鼓舞中原儿女抗战的文字。1940年,该文又发表在《国立河南大学学术丛刊》。

嵇文甫在《河南精神》中盛赞中华民族是一个伟大的民族,有着深厚的文化根基,她包罗万象,每一个省份都有一种特殊的精神。接着,嵇文甫在介绍了四川、河北两省的精神后,自问何谓"河南精神"。他说,河南地处中原,古称中州,为中华文化的中心地带,五千年前的仰韶文化、三千年前的殷墟文化在考古学上开创了一个新时代,皆在河南境内。嗣后千余年间,屡建帝都,东汉、北宋,称尤盛焉。群雄逐鹿,人文荟萃。无论老庄道家、商君法家、玄奘佛教、韩退之古文、二程理学,还是岳飞抗敌御侮尽忠报国,其宗皆在河南,自豪之情跃然纸上。

论及南宋后中原的衰落,嵇文甫不免扼腕叹息:"七百年来,此中国古文化中心地,虽不无一二豪杰之士挺生其间,然以视昔日跄跄济济,辉煌灿烂之景象,则邈乎不相及矣。"至于衰落的原因,嵇文甫进行了客观公允的分析:"中国古文化之萃集于中原,

---

① 李蕤:《把死者埋在活人的心中——怀念嵇文甫老师》,载《水终必到海》,长江文艺出版社,1986,第337页。

实有其一定之历史条件存焉,爰及后世,因农耕技术之进步,工商业之发展,中国人经济生活之范围日益扩大,于是长江流域,昔视为蛮民族之蹂躏,衣冠文物,遂更加速南迁,形成中国历史上之民族大转移。然河南以多年文化之积累,且帝都所在,河运四达,其中心地区犹未遽而失坠也。及南宋以后,京都既迁,河流淤废,更以海上贸易日益发展,国际关系日益密切,于是文化中心渐移向沿海各埠;而河南遂被封锁于内地,与四外繁盛区域相隔绝,其地位乃一落千丈矣。"

既然如此,河南人文精神有无复兴之希望?嵇文甫认为,抗战的爆发,为河南精神之复兴提供了一个千载难逢的契机,"然当今形势,则又不同。自抗日军兴,国都西移,内地各省之建设运动迅速开展。如河南者,以西北之门户,当抗战之前卫,无论在军事上、政治上、经济上、文化上,皆将得全国力量之撑持,以与敌人争一旦之命。今而后,河南在全国人心目中将日渐恢复其重要性,而河南人经此训练,亦当非复'吴下阿蒙'矣。故知河南人文之所以盛,则知其所以衰;知其所以衰,则知其未尝不可以复盛"。

那么,究竟何谓"河南精神"?嵇文甫在文章的最后总结:"盖河南之传统精神,以'平正通达'为其特征者也。夫'平正通达'则近乎'中'。惟其'中'也,故当其盛时,文而不弱,武而不暴,正位居体,执道枢,秉天钧,岿然为一世重;及其衰也,则黄茅白苇,弥望皆是,平凡庸阓而无所建明。"嵇文甫将河南人精神归为"平正通达",宠辱不惊。抗战以来"时移事易",河南父老又"奋鹰扬之威",屏卫西北之门户,勇当抗战之前卫,"以与敌人争一旦之命"。只要有这种文不弱、武不暴、胜不骄、败不馁、"不以物喜、不以己悲"的"平正通达",民族精神历久弥新,故嵇文甫断言"河南在全国人心目中将日渐恢复其重要性"。嵇文甫对河南的未来充满信心:"倘异日者,黄河治,长淮导,农林兴,矿山开,合作盛行,公路密布,平汉陇海,纵横通贯,国际路线,别辟道途,开西北之宝藏,招东南之财货,则抗战胜利后之河南,岂不俨然成一新兴大都会哉?"嵇文甫的文章如洪钟大吕,振聋发聩,令人勇气顿生,激励着河南人努力抗战,创造河南光明的未来。

## 第二节 解放战争时期:从反蒋到走向新政权

抗日战争胜利后,中共力图通过和平的途径来建设一个独立、民主、富强的新民主主义国家,提出建立联合政府的主张。但以蒋介石为首的国民党统治集团,在美帝国主义的支持下,悍然挑起内战,中国民众再次陷于战火之中。面对国民政府的倒行逆施,嵇文甫猛烈抨击国民政府的反动行径,并通过课堂、报刊,继续向青年们传授知识,传播进步思想,支持学生的正义斗争。1948年,嵇文甫不顾国民政府的阻挠,毅然来到豫西解放区,热情地投身于解放区的建设事业中。

### 一、嵇文甫与《中国时报》

1946年,国共内战爆发后,为了民族解放,为了新中国的诞生,中国共产党领导人民在军事上、新闻舆论上同国民党反动派展开新的斗争。这一时期,共产党人在开封创办的《中国时报》影响较大。该报创刊于1945年12月1日,社址位于开封市书店街南段路东六号(今开封新华书店处),发行人为郭海长。嵇文甫应邀为《中国时报》撰写发刊词。

《发刊词》表示,除报道新闻、宣扬国策、传达民意以外,该报还特别强调两点,一是扶持正义。"一个社会的坏,莫过于是非混淆,邪正不分,莫过于小人道长,君子道消。……直道不存,大家都失掉正义感,以致形成曾文正公所谓'不黑不白不痛不痒之世界'。这样社会,一切事业就算完了。我们要重直道,要激浊扬清。宁为狂狷,不为乡愿。欲起顽立懦,振发一世之人心,非如此不可的。"二是倡导学风。"在历史上,河南本是中国文化的中心地,人才号称极盛。然而近代以来,步步落后。到现在,一提到河南的人才,实在太可怜了。我们认定有学术斯有人才。不揣绵薄,将尽力之所能,从各方面把研究学术的风气提倡起来。这在新河南乃至新中国的建设上,不是无意义的罢。"此外,在创刊号上,该报排出"消除人间病毒,洗净天下污垢"的对联,语意双关,十分醒目。其后,《中国时报》始终坚持自己的宗旨,曾揭露河南省农工银行行长李汉珍的舞弊案、河南省粮食局局长李杏林的贪污案,以及商城土皇帝顾莹的种种罪状。

《中国时报》编排活泼,版面新颖,经常刊发省内外著名学者作家的文章,如嵇文甫、苏金伞、姚雪垠等人的作品,非常受青年人的欢迎。该报发行量最大时曾达到5000份。中共中央中原局对《中国时报》给予了很高评价。经过地下党组织多方面的努力,《中国时报》成为中共领导下以共产党员和进步新闻工作者为基本力量的宣传活动阵地,有力地配合了党的白区斗争。

## 二、支持学生的正义斗争

抗战结束后,饱尝战争之苦的民众渴望和平,但蒋介石集团坚持独裁,反对和平,悍然挑起内战,重新把人民拉入灾难和血泊之中。残酷镇压人民的和平民主运动,限制、取缔言论自由,实行法西斯统治,制造了昆明惨案,公然杀害李公朴和闻一多等敢于仗义执言的民主战士。针对国民党反动派悍然发动内战、镇压民主运动的罪行,嵇文甫通过课堂、报刊,继续向青年们传授知识,传播进步思想,支持学生反饥饿、反内战的正义斗争。

### (一)发表"新说书",抨击国民政府

国共内战爆发前夕,中国时报社社长郭海长经常把革命书刊,通过嵇文甫等教授在河大师生中传播。与此同时,1945年12月至1946年4月,嵇文甫在《中国时报》和南阳《前锋报》副刊《燧火》上以"新说书"的形式,接二连三地发表了十几篇杂文,以借古讽今的方式,揭露国民党的法西斯独裁统治,预言国民党统治必然失败的历史结局,受到广大读者的欢迎。他在武王伐纣的一篇杂文中说,武王伐纣前对殷朝进行了周密的侦察,当他听到殷朝"坏人压倒了好人""贤德的人都被坏人排斥掉了"的报告后,虽然认为殷朝已经乱了,但还是迟迟没有发兵。后来,当他知道殷朝的"老百姓都不敢说话了"的时候,才认为殷朝国内是真的乱了,便立即发兵,一举推翻了殷纣王腐朽残暴的统治。嵇文甫抓住这段历史故事,淋漓尽致地加以发挥,阐述

了"民不敢谤时,就是反动统治即将覆灭之日"的道理,积极支持当时声势浩大的民主运动。

嵇文甫"新说书"的另一篇文章,引用古代慎子政术论的"天道因则大,化则细",从哲学上阐明"因"和"化"是截然不同的两条路线:"因"就是充分调动一切积极因素,团结一切可以团结的力量,使百流汇成大海;而"化"就是以自己为标准,断鹤之颈,续凫之足,使万事万物都一律"类我"。嵇文甫怒斥国民党的文化专制:"一个芝麻样大的人物,都想把人家'化'一'化'。"文章矛头直指当时的国民党妄图把亿万人民的思想都"化"入他们预定的框框的愚蠢做法。嵇文甫还根据世界政治,对国共战争的未来走向作出了预判:"黑色意大利,既早崩溃,纳粹德国,又已无条件投降,只剩这个东洋小鬼,也早被轰炸得焦头烂额。'因'呢?'化'呢?孰得?孰失?最后的裁判快到了。'请看今日之宇中,竟是谁家之天下'。"这些言论公开在报上发表,对于当时汹涌澎湃的民主运动,无疑起到十分积极的推动作用。①

(二)积极支持学生的反饥饿、反内战斗争

1946年2月以后,反饥饿、反内战、反迫害的斗争此起彼伏,接连不断。当年春天,开封物价飞涨,河大教师"任教有心,治生乏术,食少见粮,衣难蔽体,终日所忧,唯在米盐"。党组织适时提出"要面包,不要炮弹;要民主,不要独裁;要自由,不要迫害"

---

① 嵇文甫:《新说书》,载《嵇文甫文集(中)》,河南人民出版社,1990,第342-367页。

## 第三章 烽火岁月：抗战与解放战争时期的嵇文甫（1937—1949）

的口号。河大学生在"民主栏"张贴了大量的标语、短文,以军费庞大和教育经费甚少相比较,呼吁停止内战,挽救教育危机。当时省参议会组织了"哭诉团"向南京政府"哭诉"兵役配额问题。河南大学党支部抓住时机,经上级同意也举行了化装游行,反对征兵征粮,把反蒋斗争引向深入。3月开学以后,广大师生积极呼吁停止内战,挽救教育危机。

5月3日,河大全校教职员工联名致电教育部,要求"准与京沪各大学同等待遇"。由于迟迟得不到答复,教授会决定于5月4日起全体停教。5月18日,学生自治会宣布一致罢课,声援教师,师生共选出代表13人赴京请愿。5月22日赴京请愿团出发,全校师生在大礼堂集合欢送,全市学生亦一起欢送,欢送行列成了一次示威游行,沿途高呼"反内战、反饥饿、反迫害"和"争民主、争自由"等口号,并书写"打倒蒋宋孔陈"等标语,震动全城。嵇文甫、王毅斋、李俊甫等进步教授在斗争中走在最前列。

嵇文甫等人的言论和支持学生斗争的行径,引起了国民政府当局的不满。国民政府当局将嵇文甫等进步老师视为眼中钉,在他居住的潘杨湖南边刷绒街寓所的院内,安插住着六十八军侦察科长,对其进行监视。保安司令部政训处也在他寓所门外的街墙上刷上"纷杂错综的思想必须纠正"的标语,以示警告。

面对国统区掀起的反饥饿、反内战、反迫害运动,河南大学进步师生积极响应,遭到国民党反动当局的残酷镇压。1947年5月28日上午十点左右,嵇文甫教授正在河南大学大礼堂向学生作《真理的具体性》的报告,积极支持学生们的正义行动。突然,20多个特务学生捣乱会场,进步学生群起而攻之,特务学生寡不敌众,四散逃走,后来警察逮捕进步学生48名。① 这就是有名的五二八事件。5月29日,学校教授会为营救被捕学生召集紧急会议,并推荐嵇文甫、樊映川、段再丕、单德广四名教授随同学校当局到省府请愿,并慰问被捕学生。②

五二八事件后,逮捕范围进一步扩大,前前后后共计92人被捕,嵇文甫也上了特务的黑名单。由于社会各界纷纷抗议,至8月,国民政府当局才被迫释放全部被捕人员。但是,这并不能阻止嵇文甫宣传进步思想。并且,通过中共地下党,嵇文甫和早已在解放区的范文澜通了消息,做好了走向解放区的准备。

## 第三节　挺进解放区,投身新政权

### 一、投奔豫西解放区

1947年7月以后,中国人民解放军转入了全国规模的进攻。刘邓、陈谢、陈粟三支大军先后渡过黄河,越过陇海铁路,建立了拥有3000万人口的中原解放区。在西北、华北、华东、东北等地区,人民解放军也获得了伟大胜利,收复解放了广大地区,

---

① 本报开封通讯:《河南大学不幸事件　学生四十八名被捕》,《大公报》(上海)1947年6月2日,第4版。
② 《自治会商讨营救被捕同学　教授代表谒刘主席》,《民权新闻》1947年5月31日,载河南大学校史编纂研究室、河南大学档案馆编《河南大学史料长编》第4卷,河南大学出版社,2014,第137页。

## 第三章 烽火岁月：抗战与解放战争时期的嵇文甫（1937—1949）

使过去被分割的各大解放区，几近完全衔接，可以作战略上的直接支援。

1948年2月，陈(士榘)、唐(亮)兵团和太岳兵团主力，乘敌后方空虚、洛阳守敌孤立之机，发起了洛阳战役，一举攻克豫西重镇洛阳，歼灭国民党青年军二〇六师等1.9万余人，切断了中原与西北敌人之间的联系，扩大和巩固了豫西解放区。5月9日，为适应战争形势的发展，党中央和中央军委确定加强在1947年5月成立的中原局，邓小平任第一书记，并决定成立中原军区，晋、冀、鲁、豫南征野战军改为中原野战军。6月17日，华东野战军在中原野战军的配合下，发起了豫东战役。6月21日，一举攻克开封城，古都开封回到人民手中，河南大学也发生了巨变。

在开封第一次解放后的第3天，人民解放军主动撤出开封。在中共党组织的特别关照下，6月29日，河南大学文学院嵇文甫教授、经济系王毅斋教授、化学系李俊甫教授、教育系罗绳武副教授、文史学系赵俪生副教授、体育系苏金伞教授等一行79人，乘解放军开封前线司令部的军车进入中原解放区①中共中央中原局所在地——豫西宝丰县，参加革命工作。河南大学的师生和开封的知识青年纷纷踊跃报名，形成投考解放区学校、积极参加革命的热潮。7月9日，首批前往解放区的学生200余人，在这批青年学生中，主要是大学生(98人)、专科生(39人)、职业青年(35人)，其余为高中、初中学生。在奔向解放区的路

---

① 当时，中原解放区包括河南、湖北、安徽、陕西、江苏5省已被解放的广大地区。

上,他们得到了地下党组织和军队的帮助,受到了各地民主政府和群众的热烈欢迎和招待。这些知识分子,后来成了建设中原解放区的一支十分重要的力量。"开封文教界学者名流投奔解放区一事,在国民党首都引起了震动,国民党中央执行委员会通知国民政府司法行政部,命令河南高等法院对已知的郭海长、刘国明、刘世明、嵇文甫、王毅斋、罗绳武、李松灵等十三人发出通缉书。"①

河南大学师生奔赴解放区

不久,中共中央中原局派刘鸿文、林恒到鲁山来接谈,研究他们的去留和工作安排。稍后,公推嵇文甫、王毅斋、郭海长和刘国明到宝丰去向中原局的领导致意。到中原局后,嵇文甫一行人还受到了刘伯承、邓小平、陈毅、邓子恢等领导同志的接见和宴请。嵇文甫等相继致辞,对中共的各项主张表示赞同,并希

---

① 陈承铮:《回忆新闻工作者刘国明》,《河南文史资料》1992年第1辑。

第三章 烽火岁月：抗战与解放战争时期的嵇文甫（1937—1949）

望在中共领导下,参加中原解放区的各种建设工作。同时,嵇文甫等还介绍了蒋区人民民主运动蓬勃开展,以及蒋介石统治的黑暗腐败和内部分崩离析的情况。①

到了解放区,嵇文甫心情无比舒畅地说:"昨天还是封建法西斯反动统治下的羔羊,一觉醒来,成了新民主主义的天下了……多年来沉闷窒息的生活乃告结束,像游子还乡一样,终于回到了革命大家庭。"②

1948年嵇文甫等赴解放区的有关报道

| 序号 | 报道 | 报刊 | 日期 |
|---|---|---|---|
| 1 | 《开封河大教授及各校师生千余人踊跃来我区》 | 《东北日报》 | 1948年7月9日 |
| 2 | 《嵇文甫等七十九人安抵豫西解放区》 | 《东北日报》 | 1948年7月16日 |
| 3 | 《中原解放区首长欢宴嵇文甫等》 | 《东北日报》 | 1948年7月27日 |
| 4 | 《二百余知识青年自动离汴到解放区》 | 《东北日报》 | 1948年7月30日 |

在解放区,嵇文甫见到曾经在开封一师的学生、著名诗人徐玉诺。别离几十年的师生故知,如今又在解放区相会,激动之情

---

① 《中原解放区首长欢宴嵇文甫等》,《东北日报》1948年7月27日第3版。
② 嵇立群:《祖父嵇文甫的一生》,《河南文史资料》1992年第3辑。

难以言表。一同投奔解放区的苏金伞,曾作诗道:

> 在汝河岸上,
>
> 我们大笑着,
>
> 握手相逢。
>
> 河水响着,
>
> 时常把我们的谈话淹没,
>
> 因此,
>
> 不得不把声音提得更高。

苏金伞的诗,真实地表达了他们当时欢快的心情。长期生活在国民党黑暗的统治下,在随时都有可能被捕和杀头的环境里,突然来到这梦想许多年的自由天地里,像"游子还乡"回到了母亲的怀抱一样,他们怎么会不感到豁然开朗、无比欢畅呢?在解放区,嵇文甫热情地投身于建设事业,为中原大学的创办等做出了巨大贡献。

## 二、筹办中原大学

中共中央中原局和中原军区决定创办一所新型的革命大学,以满足知识青年的学习要求,并培养革命和建设的各种干部,以适应全国解放战争不断胜利后发展的需要。1948年6月,中原大学在河南省宝丰县开始筹建。中共中央中原局邀请嵇文甫、王毅斋、罗绳武等人参加会议,共同商讨筹备新型大学的工作。经中共中央中原局和中原军区决定,这所大学的校名定为"中原大学"。

1948年7月10日,中原大学筹备委员会正式成立,由陈毅

## 第三章 烽火岁月：抗战与解放战争时期的嵇文甫（1937—1949）

担任主任委员，刘子久、嵇文甫、王毅斋任副主任委员，委员由陈毅、张际春、刘子久、嵇文甫、王毅斋、张柏园、罗绳武等7人组成。① 7月15日，在嵇文甫的主持下召开全体师生大会（河南大学进步教师和开封各界进步人士79人与会），中原大学筹备委员会主任委员陈毅将军向师生作了题为《来解放区学习与工作问题》的报告。这个报告不仅在投奔解放区的师生中引起了强烈反响，而且对留在开封重新陷入国民党统治下的河大师生也是一个巨大的鼓舞。

大白庄中原大学旧址

经过紧张的筹备，1948年8月2日，在中原军区召开的八一纪念大会上，中国人民解放军中原军区司令员刘伯承庄严地宣告了中原大学正式成立，校址设在河南省宝丰县的大白庄村（现河南省平顶山市宝丰县肖旗乡大白庄村）。这所大学的办学方针是通过短期训练，使学员受到共产主义世界观的教育和为人民服务的革命人生观教育，及党在解放战争时期的总路线、总政策及各项基本政策的教育。教学原则是理论联系实际，学

---

① 陶军主编《中原大学校史》，华中师范大学出版社，2003，第3-4页。

以致用。以期经过短期培训,学生就能胜任工作。

建校初期,时值三大战役前夕,前线军情紧急,后方条件艰苦,中原大学的设施极为简陋,几间草房就是办公室,草地、打谷场、大树下就是教室。师生们吃的是小米饭和青菜萝卜,晚上点的是土蜡烛、煤油灯,学习和生活条件相当艰苦。但嵇文甫怀着革命乐观主义精神,认真负责,日夜操劳,精神奕奕,夜以继日为建校工作忙碌,从不叫苦,为创办中原大学、培养人才作出了可贵的贡献。①

1948年8月7日,学校正式开课。课程除由少数党政干部兼任教员外,嵇文甫、王毅斋、罗绳武等教授担任了大部分教学工作。中原大学成立初期,学制4—6个月,学习课程主要有:辩证唯物主义、社会发展史纲、现代中国革命运动史、新民主主义的基本政策、青年修养等。嵇文甫在大树下讲辩证唯物主义,在草地上作报告。"嵇先生在河大时,上课不带课本,手夹粉笔侃侃而谈;现在思想解放了,更是讲得有声有色。"②

9月5日,中原大学校本部移至宝丰县城东街文庙。至11月,人民解放军在秋季攻势中取得伟大胜利,特别是在10月22日郑州解放和24日开封再次解放后,各地青年纷纷自动到中原大学报考。几个月之内,中原大学共录取新生1966名,胜利地完成了扩大招生的任务。11月下旬,研究班学员及第一、二大

---

① 李蕤:《把死者埋在活人的心中——怀念嵇文甫老师》,载《水终必到海》,长江文艺出版社,1986,第340页。
② 赵岚:《难忘的中原大学》,载陈宁宁编《河南大学忆往》,河南大学出版社,2002,第397页。

队学员提前毕业。这是中原大学首届毕业生,共有毕业学员189人。[①]

## 三、随中原大学迁汴

在1948年6月开封第一次解放时,原有的河南省最高学府——河南大学,除一部分师生奔向解放区之外,大部分师生在硝烟中离开学校,各返乡里。解放军主动撤出开封后,国民党反动当局自知开封终究难保,便在开封最后解放前夕,下令将河南大学迁往江南。校方秉承旨意,欺骗和挟持师生途经南京转赴苏州落脚。随校南迁和返乡的学生,有的认不清形势,有的则是"不忍中断学业",陆续前往苏州。所以当1948年10月,中国人民解放军第二次解放开封时,位于开封的河南大学原址已经空出。中原解放区领导经研究决定在河南大学原址上开办中原大学分校。其后,中共中央中原局决定,将中原大学整体暂迁往开封河南大学原址。

1948年11月29日,中原大学开始整体迁校工作。搬迁分4批进行,各批均指定了具体负责人,并由校部统一印制了《行军工作要点》和《行军路线图》。12月10日,中原大学所有师生全部搬迁到开封,顺利复课。迁到开封的中原大学师生,便借用河南大学暂空着的校舍,投入了紧张的工作和学习,中原大学进入到一个大发展时期。

中原大学迁汴后,由于革命形势的迅猛发展,许多从老区来

---

[①] 陶军主编《中原大学校史》,华中师范大学出版社,2003,第6页。

的干部纷纷南下,留在地方上的干部责任更加重大,中共对嵇文甫更加信任和倚重,作为校务委员和研究部主任,许多社会活动的领导责任都落在嵇文甫的头上。李蕤对当时嵇文甫辛苦工作的情景,记忆犹新:"他那时已是两鬓成霜的老人了,而且眼睛不好,整天价忙忙碌碌,几乎没有休息和治学的时间。但他从无怨言,白天忙于社会活动,晚上挑灯读书写作。当我们觉得他太辛苦而感到不安时,他总是微笑着说:'……为了全国解放,有钱出钱,有力出力,有名出名,我没有什么本事,有一点虚名,当前革命需要它,对革命有用的事都是有意义的。'"①

1949年4月27日,人民解放军解放苏州,河南大学师生载歌载舞迎接解放军入城。6月,在刘伯承、陈毅等军政领导同志的关怀下,河南大学1200多名师生员工顺利返回开封。6月19日,河南大学与中原大学共同举行联欢晚会,中原大学欢迎河南大学胜利返回开封,河南大学则欢送中原大学南迁武汉。② 中原大学南迁后,嵇文甫又积极投入河南大学的重建工作。

---

① 李蕤:《把死者埋在活人的心中——怀念嵇文甫老师》,载《水终必到海》,长江文艺出版社,1986,第341页。
② 陶军主编《中原大学校史》,华中师范大学出版社,2003,第9页。

# 第四章　新时期：中华人民共和国成立后嵇文甫的文教与行政活动(1949—1963)

新中国建立后，嵇文甫创办《新史学通讯》，担任郑州大学首任校长、河南省文史研究馆馆长、河南省历史研究所所长，以及《历史研究》《历史教学》编委等。此外，嵇文甫还承担繁重的社会工作，担任全国政协委员、全国人大代表、中原临时人民政府委员会委员、中南军政委员会委员、河南省人民政府副主席、河南省人民政府副省长。他积极投身新时期的各项工作，为新中国的建设事业贡献自己的力量。

## 第一节　新时期的文教活动

### 一、嵇文甫与《新史学通讯》

《新史学通讯》(现《史学月刊》)，在1951年1月31日由嵇文甫主持创刊，由河南省历史学会主办，是中华人民共和国成立后国内最早出版的史学刊物之一。嵇文甫不仅是《新史学通讯》的创办人，同时还在上面发表多篇研究论文，并促使其成为当时为数不多的全国性历史学期刊之一。

1950年5月25日,中国新史学研究会河南分会(1951年8月改为中国史学会河南分会)成立,嵇文甫任主席(会长),会址设在河南大学。分会成立后,即着手筹办会刊,其时嵇文甫先后任河南大学副校长、校长。经过多方努力和准备,1951年1月31日《新史学通讯》诞生。

《新史学通讯》是特定历史时期的产物,其刊名本身即具有鲜明的时代特征。新中国成立后,在中国共产党领导下,广大知识分子认识到学习马列主义、毛泽东思想的重要性,以及必须清除帝国主义、封建主义和官僚资本主义的思想影响,树立无产阶级的世界观和为人民服务的人生观。对史学工作者来说,必须厘清两种不同的史学观点,要有一个新的立场、观点、方法,以区别旧的资产阶级史学思想体系,故刊名冠以"新史学"。嵇文甫在谈到创办《新史学通讯》时曾有过这样的说明:"所谓'新史学',就是区别于封建资产阶级旧史学的马克思主义历史科学。办刊的宗旨,就是要推动马克思主义的历史教学和研究工作,要宣扬唯物史观和爱国主义。"①

《新史学通讯》是专门性的历史学刊物,它也是新中国成立后最早出现的、以宣传马克思主义史学为内容的专门的历史学杂志。《新史学通讯》发刊词中说,"积极进行马列主义新史学的研究工作","把我们的研究工作与当前大中学的历史教学工作联系起来,一方面克服教学中的困难,另一方面即以此为基础,提高新史学的研究水平",②这就是办刊的宗旨和初衷。

---

① 胡思庸:《坚持开拓者的正确方向》,《史学月刊》1991年第1期。
② 《发刊词》,《新史学通讯》1951年第1期。

## 第四章 新时期：中华人民共和国成立后嵇文甫的文教与行政活动（1949—1963）

《新史学通讯》作为一个专门的学术性刊物，由嵇文甫担任主编。每月只出版一期，无封面和封底，朴实无华。有人问嵇文甫：你们的刊物有什么特点？嵇文甫回答"四小"是其特点，即小刊物、小文章、小问题、小人物。故后来就戏称《新史学通讯》为"四小刊物"。① 当时能在《新史学通讯》上发表三四千字的文章，就算是大块文章，一般都是千八百字。但是，就是这样一个"四小刊物"，却适应了解放初期特殊历史情况的需要，受到广大中小学历史教师及从旧社会过来的史学工作者的热烈欢迎。

1957年1月，《新史学通讯》更名为《史学月刊》，之后，嵇文甫不再担任主编。从《新史学通讯》的内容来看，在很大程度上反映了这个时期中国马克思主义史学主导地位确立的过程；而对于中国马克思主义史学主导地位确立的贡献，则反映了该刊自身的史学价值。

《史学月刊》的宗旨，是向史学研究综合性刊物方向发展。1960年10月，由于经济困难，《史学月刊》停刊。1964年7月，《史学月刊》得以复刊，这次复刊时，郭沫若第三次为《史学月刊》题写刊名。② 可惜这次复刊时，嵇文甫已离世将近一年。为缅怀有筚路蓝缕之功的嵇文甫，编辑部在复刊号上刊载了他的遗作《怎样研究中国政治思想史》，这是嵇文甫《中国政治思想史》一书中"绪论"的遗稿，同期还发表了嵇文甫生前好友张遂

---

① 朱绍侯：《回忆〈新史学通讯〉》，《史学月刊》2001年第1期。
② 郭沫若先生曾三次为本刊题名：第一次是1955年为《新史学通讯》题名；第二次是1957年为《史学月刊》题名并题词："尽可能占有史料，坚持阶级分析观点，加以整顿、批判，在史学研究中，高举起现代化与革命化的旗帜。"1964年，《史学月刊》复刊，郭沫若第三次为其题名。

青教授的《忆嵇文甫同志》一文,又在同年 8 月刊发其遗作《档案工作与历史研究》,以此来表达深深的怀念之情。

嵇文甫既是《新史学通讯》的创办人,也是《新史学通讯》的主笔。嵇文甫在担任主编期间,先后为《新史学通讯》撰写了 19 篇论稿(包括讲演整理稿),其中有关历史人物评价问题 4 篇:《历史人物的评价问题》(1951 年第 2 期)、《封建人物九等论》(1951 年第 5 期)、《孔子思想的进步性及其限度》(1951 年第 6 期)、《关于历史评价中的几个矛盾问题》(1953 年第 5 期)。

历史人物评价问题,是新中国成立后史学工作者遇到的一个不可回避的重要问题。不同的阶级和集团对同一事物、事件、人物有截然不同的看法,尤其是旧史书上把农民起义的领袖诬蔑为"盗贼""匪众""祸首",如果没有一个正确的历史观点,就无法进行准确的评价。嵇文甫以敏锐的视角和深厚的史学功底,抓住这一史学中的敏感点,运用辩证唯物主义和历史唯物主义的立场、观点和方法,指出对待历史人物不是简单的翻案问题,归纳出"二、三、四"的观点:要防止"两种偏向",一种是"左"的偏向,这是历史否定论,对历史人物"一齐骂倒";一种是"右"的倾向,一切存在都是合理的,对历史人物"一齐歌颂"。对历史人物的是非功罪,把握好"三个标准",第一,对人民有贡献的、有利的;第二,在一定历史阶段起进步作用的;第三,可以表现我们民族高贵品质的。合乎这三个条件都是好的,相反都是坏的。还要抓住"四个要点",第一,根据一定具体的历史条件;第二,要认识历史人物的多面性与复杂性;第三,站稳阶级立场,反对主观主义;第四,要配合当前的政治任务。① 这些论断利于把史学界对历史人物评价问题的研究引向深入,推向新的界域。

爱国主义是史学一个永恒的主旋律。尽管不同的社会、不同的阶级对爱国主义有着不同的诠释和理解,但它始终是历史教育的一个主题。早在1951年,《新史学通讯》就出版了爱国主义与历史教学特辑,请郭沫若、范文澜、吕振羽等著名史学家就爱国主义与史学的关系发表观点,登载了《爱国主义与历史教学座谈会纪要》,嵇文甫在这次座谈会上作了题为《历史教育与爱国思想》的发言。② 文中说:"我们成天说'爱祖国',但'祖国'并不是一个空洞的概念,那里面包含着丰富的历史内容,如果对祖国了解得愈多,便愈是觉得情意深长,所以历史是很容易和爱国主义结合,而且是最自然不过的事。"其后,《新史学通讯》登载了嵇文甫的《关于历史教学中的几个重要问题》(1954年10月)等,反复地强调进行爱国主义教育是史学工作者和广大历史教师一项义不容辞的职责,历史课是最方便进行爱国主义教育的。

## 二、担任郑州大学首任校长

考虑到河南高等教育的现状,1954年教育部决定由山东大学、北京大学、吉林大学、东北大学等院校负责并提供师资,于河南省会郑州市设立一所新的综合大学,以此填补郑州没有综合

---

① 嵇文甫:《历史人物的评价问题》,《新史学通讯》1951年第2期。
② 嵇文甫:《历史教育与爱国思想——在爱国主义与历史教学座谈会上的发言》,《新史学通讯》1951年第4期。

大学的空白,此即郑州大学的开端。

1956年2月高教规划会议上,决定在郑州新建一所综合性大学,这样原来的内迁就变成新建。随之,郑州大学筹备委员会成立,嵇文甫任主任委员。9月15日,全校师生千余人欢聚一堂,热烈庆祝郑州大学诞生,并举行第一届开学典礼。

1956年10月31日,高教部(56)干达字第(461)号文转告:国务院1956年10月10日任命嵇文甫为郑州大学校长。①

嵇文甫作为郑州大学的首任校长,为学校的建设殚精竭虑、呕心沥血,学校的学科设置、校舍兴建、经费筹集、风纪整顿、学制改革,他无不参与其中,为学校的发展奠定了坚实的基础。

## 三、担任河南省历史研究所所长

1958年,河南省省长吴芝圃接受嵇文甫和尹达的建议,在全国率先建立一所专门研究历史的机构——河南省历史研究所。这也是中华人民共和国成立后河南省建立的第一个人文科学研究机构,下设有考古、专题断代史、地方史、思想史4个研究室。

为了建设该专业研究机构,1958年1月15日,河南省人民委员会特发出《关于成立河南省历史研究所的决定》,规定:研究所的主要任务是探讨中国古代人民的劳动成就、经验与社会演变情况,服务于社会主义建设的需要;由省直接领导(后省委宣传部又委托开封师范学院党委负责政治和行政方面),经费

---

① 刘光夏:《记郑州大学建校之初》,《郑州市文史资料》2008年第29辑。

## 第四章 新时期：中华人民共和国成立后嵇文甫的文教与行政活动（1949—1963）

列入河南省文化事业费项下开支，由副省长嵇文甫兼任所长（时间1958年3月至1963年10月），开封师范学院院长赵纪彬兼任副所长。[①] 所址暂设在开封师范学院院内。1958年3月19日，河南省历史研究所宣告正式成立。

新中国成立的前30年，中国在探索中前行，其间经历了许多的挫折。诞生在特殊岁月中的河南省历史研究所，发展道路自然不可能平坦顺畅。然而，在"文革"爆发前的时段中，河南省历史研究所在所长嵇文甫的带领下，无论是在科研成果的积累、科研队伍的培养，还是图书资料的建设等方面，均取得了可喜的成绩。

河南省历史研究所草创之时，全国文化教育界正处在片面强调阶级斗争、批判"白专道路"的氛围中，许多从旧中国过来的专家学者被视为"资产阶级知识分子"而屡遭白眼。但是当时的所长嵇文甫、副所长赵纪彬等领导却能比较客观、正确地看待这些学有专精而又乐于为社会主义建设服务的专家学者，像孙海波、朱芳圃、赵丰田等，都礼聘入所为专职研究员、助理研究员，特意安排几个安静的单间做他们的办公（科研）室，信任和鼓励他们扬其所长，承担多项重点科研任务；并分配青年同志做他们的助手，让他们开设学术讲座，向青年同志传授专业知识和治学经验；多方关照他们的生活，就连会议室里的几张沙发，开会时也总是留给老专家坐，"全所上下，尊老敬贤，蔚为风气"，这在当

---

[①] 王天林主编《河南省社会科学院志1979—1999》，河南省社会科学院，1999，内部资料，第13、19页。

时是有政治风险的,在河南也是比较罕见的。①

## 四、当选中国科学院哲学社会科学学部委员

现代科学技术正经历一场伟大的革命,以信息技术和生命科学为先导的科技革命日新月异,高新技术产业迅猛发展,科技的竞争、人才的竞争更为激烈。中国科学院院士、中国工程院院士(简称"两院院士"),是中国在科学技术方面设立的最高学术称号,作为中国各个领域学科带头人,具有崇高的荣誉和学术上的权威性,代表着中国当今科技队伍的最高水平和声誉,是中国在科技革命中的旗手和先锋,是第一生产力的开拓者和代表者。

嵇文甫作为河南大学史学科贡献极大的历史学家,其在河南大学史学系、文史学系任职时间长、著述颇丰、学术影响巨大,也是河南大学史学科的代表人物。早在1947年9月,国立中央研究院院士选举,河南大学依法提出候选人。这是国立中央研究院第一次院士选举,当时的院士是终身名誉职,学术地位崇高。河南大学接到通知后,依法推举生物组的郝象吾、人文组的嵇文甫、数理组的樊映川3人。② 此次院士选举全国仅选100人,河南大学推荐的3人均落选,但是也显示出嵇文甫在校内外的知名度和影响力。

新中国成立后,"学部委员"(类似现今院士,数量更少,

---

① 王天林主编《河南省社会科学院志1979—1999》,河南省社会科学院,1999,内部资料,第13-14页。
② 《国立中央研究院院士选举,本校依法提出候选人》,《河南大学校刊》1947年第16期。

## 第四章 新时期：中华人民共和国成立后嵇文甫的文教与行政活动（1949—1963）

1994年改称院士）制度是1955年开始施行的。后来仅在1957年有过一次少量增补,嵇文甫正是在这次成为3名增补的中科院哲学社会科学部的委员之一。在20世纪五六十年代,他是河南省唯一的学部委员。对于这次增补的导向、方法与过程,有人做了细致深入的研究,例如郭金海在《1957年中国科学院学部委员的增聘》一文中,详细论述了学部委员的产生过程,对人选的取舍,"哲学社会科学部采取与所属研究所负责人共同逐个研究的办法"。该文所列资料表明,嵇文甫的推荐人为翦伯赞、范文澜。翦、范二位在1955年学部成立时即为学部委员,是最负盛名的马克思主义史学家,范文澜30年代曾在河南大学和嵇文甫共事数年,朝夕切磋学问,携手宣传抗战,数十年间先后在北京、开封、解放区数度相逢共处,相知甚深,当然是了然于胸才鼎力推荐的。该文从总体上指出,不同于1955年的选聘,这次增聘淡化了政治标准,主要从学术水平考虑。① 正是在这样的过程中,嵇文甫成为新增补哲学社会科学部委员之一。

1959年5月29人,中科院第12次院务常务会议按照各学部决议结果,通过了增聘学部委员的名单。这次共增学部委员21人,其中数学物理化学部最多,7人;生物学部次之,5人;其他3个学部各3人。其中哲学社会科学部3人为嵇文甫和前燕京大学校长陆志韦,以及佛学大家吕澂。

---

① 郭金海:《1957年中国科学院学部委员的增聘》,《中国科技史杂志》2011年第4期。

## 第二节 新时期的行政活动

### 一、参加全国人民政协第一届全体会议

中国人民政治协商会议是中国人民爱国统一战线的组织，是中国共产党领导的多党合作和政治协商的重要机构，是中国政治生活中发扬社会主义民主的一种重要形式，是国家治理体系的重要组成部分，是具有中国特色的制度安排。

1949年9月21日至30日，中国人民政治协商会议第一届全体会议在北平隆重举行，宣告中国人民政治协商会议正式成立。中国人民政治协商会议第一届全体会议，共45个单位及特邀人士参加，正式代表和候补代表共计662人，嵇文甫作为华中解放区代表参加了此次会议。[①]

中国人民政治协商会议在当时还不具备召开全国人民代表大会的条件下，肩负起执行全国人民代表大会职权的重任，完成了建立新中国的历史使命，揭开了新中国历史的第一页。

1949年9月22日，中国人民政治协商会议第一届全体会议通过了六个委员会，嵇文甫当选为国旗、国徽、国都、纪年方案审查委员会委员。[②]

---

[①] 全国政协研究室编《中国人民政协全书（上）》，中国文史出版社，1999，第1012页。
[②] 何虎生、李耀东、向常福、蒋建华主编《中华人民共和国职官志》（增订本），中国社会出版社，1996，第246页。

第四章 新时期：中华人民共和国成立后嵇文甫的文教与行政活动（1949—1963）

1949年10月1日，嵇文甫作为中国人民政治协商会议代表登上了天安门城楼，亲历了开国大典这一激动人心的历史性时刻。

## 二、出席第一届全国人民代表大会

中华人民共和国全国人民代表大会是最高国家权力机关。全国人民代表大会每届任期五年，每年举行一次会议。

中华人民共和国第一届全国人民代表大会的代表，任期从1954年9月至1959年4月，共5年，人数一共1200多名。在这些代表中，包括了中国当时所有的民主阶级和民主党派的代表人物，包括了工农业劳动模范，武装部队的英雄人物，著名的文学、艺术、科学、教育工作者，工商界、宗教界的代表人物，包括了中国各民族各阶层人民的代表。

第一届全国人民代表大会第一次会议1954年9月15日至28日在北京中南海怀仁堂举行，河南共有56名代表参加，嵇文甫当选为全国人大代表，赴北京参加会议。①

这次会议通过并公布了新中国第一部宪法《中华人民共和国宪法》，以及全国人民代表大会组织法、国务院组织法、人民法院组织法、人民检察院组织法、地方各级人民代表大会和地方各级人民委员会组织法五部法律，以无记名投票方式选举出国家领导人，国家领导机构全面建立起来。嵇文甫为第一届全国人

---

① 穆兆勇编著《第一届全国人民代表大会实录》，广东人民出版社，2006，第249-250页。

民代表大会第一次会议主席团代表。① 此后,嵇文甫多次担任全国人大代表。

## 三、区域与省域行政活动

新中国成立初期,嵇文甫积极从事各类社会行政活动,在担任全国政协委员、全国人大代表的同时,还先后任中原临时人民政府委员会委员、中南军政委员会委员、河南省人民政府副主席、河南省人民政府副省长。

### (一) 中原临时人民政府委员会委员

人民解放军进军中原后,到1948年底,中原敌人大部肃清,城乡大部解放,中原地区建立了豫皖苏、豫西、鄂豫、皖西、桐柏、江汉、陕南七个行署。

随着解放战争的胜利发展,形势要求建立中原全区的政权,统一领导各项工作。

1949年3月3日至6日,中原解放区临时人民代表会议在开封召开。出席这次大会的各团体、各界代表共计81人。3日举行的预备会上,选出提案审查委员会并选出邓子恢、李雪峰、吴芝圃、刘子久、潘梓年、嵇文甫、王毅齐等17人为大会主席团。会议选举刘伯承、李先念、嵇文甫等21人为中原临时人民政府委员会委员,中原临时政府宣告成立。全区辖3个专区、2个直

---

① 穆兆勇编著《第一届全国人民代表大会实录》,广东人民出版社,2006,第260页.

辖市和鄂豫、江汉、陕南3个行政区,豫皖苏、豫西、桐柏等行署同时撤销。

## (二) 中南军政委员会委员

新中国成立之初,中共中央通过军事占领的办法,全面掌管新占领区党政军民大权。随后,全国被划分为东北、华北、华东、中南、西北、西南六大行政区,实行党政军一体化管理。

1949年12月4日,中央人民政府决定成立中南军政委员会,任命嵇文甫等73人为委员。中南军政委员会作为新中国成立初期中南地区最高政权机关,隶属中央人民政府,下辖河南、湖北、湖南、江西、广东、广西6个省的人民政府。在中南军政委员会撤销前,中南区进行了各项社会改革运动及经济恢复与建设工作,顺利完成了它的历史使命。

## (三) 河南省副主席、副省长

新中国成立后,至1963年离世,嵇文甫一直担任河南省人民政府副主席、副省长等职务。其中,在1950年4月,河南省第一届各界人民代表会议选举中,被推选为省副主席,任职时间自1950年4月至1955年1月;在1955年1月河南省一届人大二次会议选举中,被推选为副省长,任职时间自1955年1月至1958年12月;在1958年12月河南省二届人大一次会议选举中,再次被推选为副省长,任职时间自1958年12月至离世。

### （四）其他行政兼职

嵇文甫还先后担任河南省总学习委员会主任委员、副主任委员，学习委员会副主任委员，河南省文史资料委员副主任委员等。

1953年9月，以贺龙元帅为首，组成中国人民第三届赴朝慰问团，下设分团。河南省分团有87位各界人士代表组成，嵇文甫（副省长）、王毅斋（民盟负责人）为正、副团长。10月初，在郑州集中，乘火车直达沈阳，与慰问总团会合。[①]

## 第三节 伤逝

长期繁重的文教工作和各类社会活动，使嵇文甫不堪重负。1963年10月10日，嵇文甫因突发脑溢血溘然长逝，终年67岁。他是在讲台上倒下的，可以说是工作到了生命的最后一息。

嵇文甫的追悼会十分隆重，全国人大常委会、国务院、中共河南省委等部门以及亲朋好友发来唁电唁函，送来花圈。10月11日的《光明日报》，登载了嵇文甫先生逝世的消息：

> 全国人大代表、河南省副省长、中国科学院哲学社会科学部委员、郑州大学校长嵇文甫在郑州病逝，终年67岁。

"文化大革命"爆发后，虽然当时嵇文甫已去世，但也未能幸免劫难，反动派对其横加诋毁，他的坟墓被砸毁平掉，他的手

---

[①] 具体内容参见《徐丙辰参加中国赴朝慰问团到朝鲜慰问中朝军队》，《襄城文史资料》1990年第4辑。

稿被一扫而空,他的著作被付之一炬,甚至他的名字被泼上了许多污水。①

"四人帮"被粉碎后,党中央拨乱反正,对过去的冤假错案,一律给以平反昭雪。不仅对"文革"中的冤假错案进行平反,还对"文化大革命"以前的冤假错案进行了平反,教育战线平反冤假错案工作取得了很大成绩,嵇文甫也终于得以平反昭雪。

1979年8月15日,在郑州举行了嵇文甫平反昭雪骨灰盒安放仪式,骨灰盒上覆中国共产党党旗,仪式由时任中共河南省委常委、省革委会副主任刘杰主持,省委书记、省革委会副主任戴苏理致辞。戴苏理指出,嵇文甫同志是国内著名的哲学家、历史学家,又是著名的教育家和学者。他对党无限忠诚,对工作高度负责,对同志热忱,对青年一贯爱护和关怀。他的逝世是我国教育界、学术界的损失。② 故友冯友兰为其撰写挽联:

哲学正跃进,万马奔腾失旧侣;

中原留勋业,一生尽瘁为斯民。③

斯人已逝,遗风长存。这是对嵇文甫先生一生成绩的充分肯定,更包含着对其短暂一生的深深遗憾!

---

① 嵇立群:《祖父嵇文甫的一生》,《河南文史资料》1992年第3辑。
② 《中国历史学年鉴》编辑组编《中国历史学年鉴1979》,生活·读书·新知三联书店,1980,第277页。
③ 冯友兰:《三松堂全集》第14卷,河南人民出版社,2000,第553页。

# 第五章　河大岁月：嵇文甫与河南大学

嵇文甫作为中国现代著名的教育家、哲学家和史学家，先后在河南大学工作二十余年，他把自己的青春和知识都奉献给了河大。早在1918年从北京大学毕业后，嵇文甫被河南省第一师范（开封一师）聘为国文教员，并在河南留学欧美预备学校（河南大学前身）等兼课。1927年前往莫斯科中山大学学习，1928年回国后在北京大学任教。1933年夏，嵇文甫再次回到开封，就职于河南大学，先后出任河南大学文史学系主任、文学院院长、河南大学校长，直到1956年调任郑州大学校长，在河南大学的时间长达20余年。其间，河南大学经历了从省立到国立，以及新中国成立后重要的发展转型期，因此，嵇文甫堪称河南大学早期发展转型的重要亲历者和见证者。

## 第一节　南下河南

### 一、北大时光

1928年，嵇文甫由苏联回国，在开封经过一个时期的养病，于1928年底返回北京，在北京大学任教，同时在清华大学、燕京大学、女子师大等校兼课。所开设课程主要是中国哲学史、中国思想史、中国社会经济史等。

在北大的日子里,嵇文甫的生活是比较拮据的,这与他当时的收入相对较低不无关系。在北大,不同职称的教员,经济收入和职位稳定性差异很大。嵇文甫当时作为初聘任的教员,是讲师级别,月工资也只有40元。当时北大哲学系讲师的平均工资为79.5元,嵇文甫显然属于学校中的低收入者。这时期北大哲学系教员收入详见下表。当然,由于嵇文甫当时新入职北大,工资级别低,也是情理之中的事情。为了维持生计,嵇文甫不得不在清大、燕大、女师大等校兼课,以补家用。

1931—1934年北大哲学系部分教员薪资收入一览表[①]

单位:元

| 姓名 | 1931年10月 职称/月薪 | 1932年10月 职称/月薪 | 1933年10月 职称/月薪 | 1934年10月 职称/月薪 |
|---|---|---|---|---|
| 张　颐 | 教授/400 | 教授/500 | 教授/500 | 教授/500 |
| 汤用彤 | 教授/500 | 教授/500 | 教授/500 | 教授/500 |
| 马叙伦 | 教授/400 | 教授/400 | 教授/400 | 教授/400 |
| 贺　麟 | 讲师/120 | 副教授/300 | 副教授/300 | 副教授/320 |
| 程　衡 | 讲师/80 | | | |
| 许地山 | 讲师/50 | 讲师/40 | | |
| 周叔迦 | 讲师/60 | 讲师/60 | 讲师/40 | |
| 张心沛 | 讲师/40 | | | |
| 温寿链 | 助教/80 | 助教/80 | 助教/80 | 助教/80 |

① 唐博:《住在民国:北京房地产旧事》,山西教育出版社,2015,第162页。

续表

| 姓名 | 1931年10月 职称/月薪 | 1932年10月 职称/月薪 | 1933年10月 职称/月薪 | 1934年10月 职称/月薪 |
|---|---|---|---|---|
| 张崧年 | | 讲师/50 | 讲师/50 | 讲师/50 |
| 嵇文甫 | | 讲师/40 | | |
| 郑 昕 | | | 讲师/180 | 专任讲师/200 |
| 金岳霖 | | | | 讲师/50 |

在北大的岁月,也是嵇文甫潜心治学的重要时期。北大作为当时国内一流的学府,聚集了学界最优秀的资源,李大钊、陈独秀也在北大,这对嵇文甫的思想有很大影响。嵇文甫潜心学问,踏踏实实,1929年至1933年在北大、清华任教期间,先后发表了多篇论著。如1931年1月在清华大学《政治学报》创刊号上发表《吊民伐罪与民权思想》一文,6月在《北大学生》月刊第一卷五、六期发表《伟人领导群众呢?还是群众领导伟人?》,12月又在《北大三十三周年纪念特刊》撰写了《文化战线上的北大》一文。1932年,在北平开拓社出版《先秦诸子政治社会思想述要》一书。同时,还编有《明清思想史讲义》《中国哲学小史》《宋儒学说讲稿》等。就当时全国学术界来说,能达到如此高度的人,可谓寥寥无几。

九一八事变后,民族危机日益严重,救亡运动逐渐开展起来,嵇文甫积极支持学生的爱国斗争,发表了多篇爱国文章,表明自己鲜明的立场,积极热情地进行爱国抗日宣传,深受青年们的敬佩。

但反动势力却采取各种手段对嵇文甫进行打击迫害,使他在北大处境维艰。当时国民党在北平实行高压统治,宪兵三团疯狂地迫害进步人士,实行的是"血淋淋的统治"。"侯、马事件"①发生后,嵇文甫的同窗好友范文澜也因宣传抗日被捕,嵇文甫在学术活动中的表现也引起国民党特务的注意。知内情的朋友给嵇文甫传递信息,告诉他已被盯上,要他警惕。在北大,胡适又提出"哲学关门"。险恶的环境下嵇文甫难以正常工作、生活,于是决定离开北平。

1933年夏,嵇文甫离开北京大学,南下河南。

## 二、受聘河大

1933年暑假,嵇文甫回到河南,在河南大学任教,后兼文史学系主任、文学院院长。

抗战前,嵇文甫在河南大学文史学系任教期间,担任了多个年级的课程,主要有散文、清代学术思想史、先秦学术思想史等。同时还开设有中国社会史、宋元明学术思想史等选修课程。

河南大学良好的工作环境、重教的工作氛围,为嵇文甫潜心教学和学术研究提供了条件之便,这个时期是嵇文甫学术上的

---

① "侯、马事件":侯外庐因在北平公开宣传抗日,公开宣传马克思主义,于1932年2月被捕入狱,次年8月被保释出狱。马哲民早年毕业于武昌外国语专门学校和福州高等工业学校,后去德国柏林大学学习社会学。五四运动后回国,在上海参加马克思主义学会、中国社会主义青年团,并在武汉与陈潭秋创办中外通讯社。1931年任北平师范大学社会系和中国大学经济系主任。1932年冬应北平学生之请,讲"陈独秀和中国革命",因涉及时政而被捕,判刑两年半,后经保释出狱。

一个高产期,他先后在《河南大学学报》、《中国经济》、《食货》半月刊、《大时代》旬刊、《风雨》周刊、《经世》战时特刊等刊物,发表了大量的学术论文和时论性文章,并出版多部著作。

1934—1937年嵇文甫作品一览表

| 序号 | 名称 | 刊物 | 日期 |
|---|---|---|---|
| 1 | 《明清时代的唯名论思潮》 | 《河南大学学报》 | 1934年4月第1卷第1期 |
| 3 | 《李卓吾与左派王学》 | 《河南大学学报》 | 1934年6月第1卷第2期 |
| 4 | 《中国历史上曾有过民权思想么?》 | 《河南大学学报》 | 1934年10月第1卷第3期 |
| 5 | 《井田制有无问题短论》 | 《中国经济(南京)》 | 1934年10月第2卷第10期 |
| 6 | 《〈中国经济史〉序》 | | 1935年1月12日 |
| 7 | 《朱梁的农村复兴热》 | 《食货》半月刊 | 1935年第1卷第5期 |
| 8 | 《从王安石变法说到中国历史上的无为思想》 | 《河南政治》 | 1935年第5卷第11期 |
| 9 | 《公安三袁与左派王学》 | 《文哲月刊》 | 1936年8月第1卷第7期 |
| 10 | 《为学生救国运动说几句话》 | 《救国先锋》 | 1936年1月1日 |
| 11 | 《一切救亡力量配合起来》 | 《大时代》旬刊 | 1937年第1期 |

续表

| 序号 | 名称 | 刊物 | 日期 |
|---|---|---|---|
| 12 | 《最紧张的工作与最大量的容忍》 | 《大时代》旬刊 | 1937年第2期 |
| 13 | 《怎样取得民众的信仰》 | 《大时代》旬刊 | 1937年第4期 |
| 14 | 《抗战到底》（歌词，分《农民战歌》《献给祖国》《走出象牙之塔》《你莫忘记》四首） | 《大时代》旬刊 | 1937年12月 |
| 15 | 《对于长期封建论的几种诘难和解答》 | 《食货》半月刊 | 1937年3月第5卷第5期 |
| 16 | 《黄河三部曲》（歌词） | | 1937年秋 |
| 17 | 《扫除一切阴霾》 | 《风雨》周刊 | 1937年10月第4期 |
| 18 | 《双十节献辞》 | 《风雨》周刊 | 1937年10月第5期 |
| 19 | 《从鲁迅说起》 | 《风雨》周刊 | 1937年10月17日第6期 |
| 20 | 《恐日病的消除》 | 《风雨》周刊 | 1937年10月第8期 |
| 21 | 《发展新细胞运动》 | 《风雨》周刊 | 1937年11月第9期 |
| 22 | 《值得注意的几件事实》 | 《风雨》周刊 | 1937年11月第10期 |
| 23 | 《赠给当政治教官的诸同学》 | 《风雨》周刊 | 1937年11月第11期 |

续表

| 序号 | 名称 | 刊物 | 日期 |
|---|---|---|---|
| 24 | 《评几种对日抗战的胜败观》 | 《争存》半月刊 | 1937年10月10日创刊号 |
| 25 | 《在全面抗战中知识分子能贡献些什么》 | 《经世》战时特刊 | 1937年10月第1期 |
| 26 | 《知识分子的自我改造》 | 《经世》战时特刊 | 1937年11月第2期 |
| 27 | 《对日抗战与三民主义》 | 《经世》战时特刊 | 1937年11月第3期 |
| 28 | 《张居正的学术》 | 《经世》 | 1937年第5期 |

## 三、呼吁全民抗战，支持学生爱国运动

1935年12月，在中国共产党的领导下，北平爆发了一二·九学生爱国运动，"反对华北自治"，遭到血腥镇压。爱国青年拯救民族危亡的呼声，风驰电掣般迅速传到全国各地，得到各界人士的同情和支持。当消息传入河南省会开封时，群情激昂，舆论哗然。12月18日，河南大学通电，呼吁"援助平市爱国运动"，"消灭一切汉奸"。紧接着，北仓女中电慰北平学生，表示"竭尽绵薄，誓作后盾"。开封市中学生连发5通电报，慰问北平受伤学生，抗议当局的罪恶行径。各校学生秘密串联，商议如何支持北平学生爱国运动。

12月21日，开封学生一万二千余人，在校方的组织下，齐集龙亭后华北体育场举行集会，声援北平学生的斗争。首先由大会主席、河南大学校长刘季洪报告开会意义，接着学生请嵇文

甫讲话,嵇文甫欣然答应学生们的要求。他考虑到在公开场合讲话,必然会引起国民党反动派的注意,于是采用了巧妙的方式,与反动势力作斗争。他在讲话中没有正面提及一二·九运动的意义,而是首先从北宋末年国势垂危时发生在汴京(开封)的太学生运动的情形讲起,借古喻今,侃侃而谈。他阐发太学生们顽强不屈的斗争精神,暗示和称颂学生们的爱国行动。"两氏所述,均言简意赅,切合奋斗救国要旨,全场听众莫不首肯。"刘、嵇二人讲话完毕,讨论决议通电全国,反对华北伪自治活动,援助北平学生爱国举动,之后是万余人的大游行。这是嵇文甫1933年到河大任职以来,第一次参与大规模的游行示威和时政讲演,此时的嵇文甫更多的是投入到文字笔伐中去。

这一时期,嵇文甫还经常应邀作报告,激励抗战。1937年10月初,嵇文甫在河大礼堂,为青年们作了题为《评几种对日抗战的胜败观》的演讲,批评了短见的、机械的胜败观,主张"动的胜败观"。他强调指出,对日抗战既不能灰心丧气,也不能乐观等待,应当积极全面地参加抗战。一个多小时的演讲结束后,当时的《争存》半月刊曾报道说,青年们都怀着思索和难以表白的欢快心情走出礼堂,"大家都象一只有着引擎的船,更重新获得了驾驶的摩托,在准备着干!干到底!争取我们最后的胜利!"①

与此同时,嵇文甫在这一时期还发表了许多宣传抗战的时论杂文,大声疾呼全民抗战。如《扫除一切阴霾》《在全面抗战

---

① 《评几种对日抗战的胜败观》,《争存》1937年创刊号。

中知识分子能贡献些什么》《恐日病的消除》《赠给当政治教官的诸同学》《一切救亡力量配合起来》《怎样取得民众的信仰》等。还创作出多首热情奔放的抗战歌词,号召青年学生冲破"读书救国"的樊篱,到农村去,到前线去,如《农民战歌》《献给祖国》《走出象牙塔》《你莫忘记》《黄河三部曲》等。

>你莫忘记! 光荣的祖先,大好的河山,
>文治武功何彪炳,
>艰难缔造五千年。

>你莫忘记! 长白山之麓,松花江之滨,
>铁蹄纵横群魔舞,
>腥风血雨痛煞人。

>你莫忘记! 北起阴山头,东到黄浦江,
>一片杀声震天起,
>万恶倭寇正猖狂。

>战呀! 干呀! 你莫忘记!
>黄帝大禹的子孙,终不做人家的奴隶!

《你莫忘记》这首歌,一方面深情地歌颂了祖国古老的文化和美好的山河,同时愤怒控诉日寇铁蹄践踏国土的罪行,声声唤起人们不要忘记祖国的过去和现在,为了不做奴隶赶快奋起抗战。歌词简单明了,又情真意切,慷慨激昂地表达了亿万中国人民在腥风血雨时代的共同心声。

《走出象牙之塔》是一首当时较为流行的歌曲,歌词写道:
>到街头去!到农村去!到前线去!
>
>当此全民族的生死关头,
>
>我们不能长躲在象牙塔里。
>
>战鼓敲起来了!热血沸腾了!
>
>大家都滚入时代的浪潮,朋友们!起来!
>
>用我们革命的烈火,把疯狂的侵略者一齐烧掉!

传统中国奉行"君子不党",知识分子不应过问政治,只需一心只读"圣贤书"。然当一个民族处于生死攸关的时刻,知识分子也不可能置身事外,平静地待在象牙塔了,必须冲破"读书救国"的樊篱,走出脱离社会的"书斋",到农村和前线去,这在当时的爱国青年中,已成为强大的时代潮流。嵇文甫的歌曲唱出了一代青年的精神风貌,表达了他们共同抗日的决心!

## 第二节 流亡潭头

1937年卢沟桥事变后,由于国民党消极抗战,军事上一溃千里,是年冬,豫北各县相继沦陷,战火直接威胁省府开封,河南大学被迫迁离开封,开始了流亡办学之路,先后辗转于河南信阳、南阳、洛阳、陕西西安、宝鸡等地。1937年底,农学院和医学院随着政府机关迁往镇平,文学院、理学院、法学院和校本部迁往信阳鸡公山。不久豫南吃紧。1938年7月,文学院、理学院、法学院迁往武昌。8月,校本部和文、理、法三院集中到镇平。

1939年5月,日本侵略军进犯新野、唐河,镇平危在旦夕。于是河南大学又撤离镇平,师生日夜兼程,北越伏牛山,迁校嵩县。至嵩县后,法学院并入文学院。医学院留在嵩县县城,文、理、农三院及校本部迁至潭头镇。

1944年5月,日寇进攻豫西,国民党汤恩伯部队节节溃退,河南大学在仓皇中撤离嵩县潭头,在伏牛山中辗转一个多月,又聚集在豫、鄂、陕三省交界处的淅川县荆紫关镇。当年11月,停顿了半年之久的教学才恢复起来。不料次年3月,日寇又进犯南阳城区、西峡、淅川一线,河南大学在省内已无立足之地,全校师生员工及其家属被迫经商洛、越秦岭向西安、宝鸡方向转移、集结,最后于1945年下半年,在陕西宝鸡附近开学复课。这时日寇已无条件投降,8年离乱终于结束。

大敌逼近,河大在迁徙中常遇到种种危险和困难,嵇文甫随河南大学离开开封,辗转流徙,由信阳鸡公山到镇平,由镇平到嵩县潭头,由潭头到荆紫关,最后到陕西宝鸡。在豫西,嵇文甫担任河大文学院院长,为文学院师生的安危殚精竭虑,和学生共命运,在深山峡谷中坚守着教育阵地,他不仅开设多门课程,坚持学术研究,同时结合抗战形势,通过课堂教学和学术报告,对学生进行马列主义观点和爱国主义思想教育,引导学生将学术研究和挽救民族危亡结合起来。

## 一、复课上课

1939年6月,河南大学由镇平迁往伏牛山中嵩县潭头镇。潭头是一个小小的土寨,四面环山,交通闭塞,比较安全。迁到潭头后,学校办事处设在寨内的关帝庙,教授职员分散住在群众家里,学生按年级分住寨西的桥上村和党村、寨东的石门村、寨南古城村、寨北的大王庙。校舍借用原潭头小学的校址,原有校舍不够用,临时修建草房40余间,作为公共教室和图书馆。在这几乎与世隔绝偏僻闭塞的地方,河南大学度过了五个春秋。在潭头,嵇文甫任文学院院长,为文学院的教学及师生的安危问题,殚精竭虑。

初至潭头办学,困难重重,各项工作千头万绪。当时,潭头设校本部,文、理、农三个学院共八百多名学生、教职员工及家属。教室严重不足,尽管当地主动将潭头小学校址腾出供河大使用,但仍不够,只有当作公共教室,轮流上课。另外,经济问题严峻,由于局势动荡,省政府拨付的教育经费迟迟不到,教职工薪水发放十分困难。此外还有教职工子女的入学问题,许多教职工子女随迁到潭头,当时潭头只有一所县立小学,师资太少,子女入学的事情紧迫。嵇文甫向校长王广庆建议,当务之急是尽快恢复学生上课,建立正常的教学秩序。嵇文甫的建议获得了王广庆的肯定。

迁潭头不久,学校办学条件十分艰苦,但文学院到潭头第五天就开始复课。教室设在上神庙内,课桌高低不齐,有长有短,有宽有窄,有的同学没有凳子,就坐在用砖头、土坯垒起的座位上,前面放一块木板,就算是书桌了。[①] 在当时的情况下,能很快恢复教学秩序,实属不易。当时,嵇文甫除讲授中国学术思想

---

① 吴建设:《烽火河大》,河南大学出版社,2012,第21页。

史、中国社会经济史之外,又开设有秦汉史、中国教育史、群经诸子选读等课程。

文学院复课后,嵇文甫首先给大家讲文天祥的《正气歌》。嵇文甫特别注意把表现民族高贵气节与品质作为评价历史人物的重要标准之一。在讲文天祥的《正气歌》时,他采用对比的方法,热情讴歌文天祥身上所表现出的坚毅忠贞的崇高品格与情操,并将张邦昌、刘豫等人在大敌当前割地求和,丧失人格和民族尊严,甘愿受降的行为一一列出,通过对比,使文天祥的民族气节更加彰显,令青年学子更加敬佩民族英雄,痛恨卖国求荣之行径。嵇文甫奋笔疾书,在黑板上写下"国破家亡,抗战救国,匹夫有责",①积极进行抗日宣传,时刻不忘爱国教育和宣传。

正因为如此,嵇文甫的课受到广大爱国青年学生的青睐。"嵇文甫讲《中国哲学思想史》,长衫布履,手持纸片一张、粉笔两支,从容步入课堂。开始时,语言平缓,似与朋友闲聊,听着听着,你会顿然醒悟,原来闲话不闲,均与所要讲的核心或主要内容有关。听他讲课,如在轻风微拂下,缓步于飘散幽香的风景区内寻奇探胜,确是一种高雅的精神享受。先生授课的教室,往往是可容一二百人的大房间,常座无虚席,甚至还有窗外伫立聆听者。"②

---

① 吴建设:《烽火河大》,河南大学出版社,2012,第22页。
② 刘家骥:《抗日战争时期的河南大学》,载陈宁宁《抗战烽火中的河南大学》,河南大学出版社,2015,第388页。

## 二、抗战宣传

在河南大学抗战流亡办学过程中,关于抗日救亡理论的探索、宣传与抗日救亡活动始终以不同的形式进行着。在中共河南大学党支部的指导下,嵇文甫、李俊甫、张邃青、朱芳圃等进步教师,把抗日宣传和学术活动紧密结合起来,收到了良好的效果。

1940年10月,省委宣传部部长郭晓棠受中共河南省委委派,到河南大学开展上层分子的统战工作。郭晓棠的到来,使河南大学的地下党员找到了组织,明确了党在国统区开展工作的方针和任务,重新建立了因迁校而中止活动的党支部,张传芳任党支部书记。党支部积极主动地和进步教师保持密切联系,共同商讨抗日大计,探索救亡理论。嵇文甫、李俊甫、陈仲凡、任访秋、苏金伞等教授、讲师,积极响应学生邀请,参加多种学术和进步活动,把革命活动和学术活动紧密结合起来。

1939年秋到1940年底,基于全民统一抗日战线的建立,这一时期河南大学的学术环境是相对自由和宽松的,课堂上既可以宣传三民主义,用唯心主义观点分析国际国内形势,也可以公开宣讲马克思主义的哲学、政治经济学观点,当然也有不问政治追求纯学术的讲台。曾一度被河大解聘的进步教授王毅斋,这时又应聘回河大任经济系主任,在嵇文甫的支持下,还冒险在系里创办了一个资料室,收藏图书两千本左右,大部分都是马克思主义的进步书刊,供师生阅读,成为师生学习和宣传马克思主义的重要阵地。①

文学院在嵇文甫的主持下,在中共地下党组织的支持下,呈现出一派蓬勃的生机。院里还成立了许多学术团体,学术空气活跃,经常讨论问题,培养了许多宣传马列主义理论的骨干。1941年3月,以河大地下党员和进步学生为骨干的中原青年文艺笔会创办了《青年文艺》半月刊,在嵇文甫帮助和指导下,经常刊登进步学生的文章,以文艺形式揭露国民党的黑暗统治,宣传抗日救国的道理。这时期,嵇文甫除授课外,还曾作《学术中国化问题》《民族形式问题》《大学生是否应该参加政治活动》等专题报告,在学生中有很高的威望。嵇文甫通过学术报告和专题演讲从学术问题着手阐述革命道理和爱国抗日思想。

嵇文甫在给中原青年文艺笔会的同学们讲课时,板书"大学生应该不应该参加政治活动"后,问学生说:"同学们,在我们民族面临亡国灭种的今天,大学生应该不应该参加活动?回答是肯定的!"后来,嵇文甫又将《大学生是否应该参加政治活动》,全文刊在《国立河南大学学术丛刊》上。也因为此事,嵇文甫引起了国民党地方政府的关注,校方迫于压力,撤去嵇文甫文学院院长一职。②

嵇文甫在当时河南知识界有很高威望,成为河南大学进步力量重要的精神支柱,在他周围团结着许多进步师生。"当时在学术上最负声望的是嵇文甫先生。他运用马克思主义的观点方法,来研究中国学术思想史。他的课程最受一般进步学生的欢

---

① 冯若泉、卢治国:《王毅斋先生传略》,《中州今古》1984年第4期。
② 吴建设:《烽火河大》,河南大学出版社,2012,第126-127页。

迎。以文甫先生为中心,在师生间很显然地形成了一个进步集团。文学院除文史学系师生外,还有经济、教育两系的部分师生经常围绕在文甫先生身边。"①

## 三、被捕前后

随着抗战形势的变化,国共关系恶化。1939年底至1943年5月,国民党先后掀起了三次反共高潮。嵇文甫等进步教授的抗日宣传引起了国民党特务的关注,1941年10月,嵇文甫被秘密逮捕,其后有多名教授和学生被捕。

### (一) 秘密逮捕

河大学生运动的蓬勃发展,引起了国民党顽固派的仇视和恐慌。校方为控制学生思想,秉承国民党政府的旨意,迫令公教人员加入国民党,在学生中大力发展三青团员,新生一经入学首先实行训练,灌输反动思想,借以毒化学生心灵。但是种种阴谋活动,在中共领导下的进步师生面前纷纷破产。于是,校方勾结军政当局对革命师生进行镇压。

1941年1月皖南事变后,蒋介石发动第二次反共高潮,特务们四处搜捕共产党人、进步人士和革命青年,嵇文甫也上了黑名单。1941年初,学校迫于各方压力,对嵇文甫等进步教授的活动加以种种限制。2月底,迫使嵇文甫辞去文学院院长的职务,学校办事处门前贴出布告:"嵇文甫院长因久病初愈,请假一

---

① 任访秋:《潭头时期的河大》,载《任访秋文集 集外集》,河南大学出版社,2013,第378页。

月,所授各课照常上课。"实际上,嵇文甫没有生病,所谓的"病"不过是当局迫害的一个借口。就通过这张文理不通的布告,解除了嵇文甫文学院院长一职。①

消息传出,学生都为嵇文甫院长被撤职一事打抱不平,并推荐学生代表去找校长。嵇文甫对此却很淡然,说:"我很感谢同学们的关心,大家也不要为这件事再去找学校了。学校的事难办,校长也有他的苦衷。区党部催得紧,不撤掉我不行,而我在院长的位置上,我口不能说我心,我笔不能抒我意,连发表一篇文字的权利也没有,大家说,当个不做事的院长有啥意义!"②

10月26日晚,两名国民党特务在嵇文甫家中,秘密将其逮捕。因害怕走漏风声,引起河大师生的公愤,特务将嵇文甫绑在驴背上,星夜兼程押往洛阳,关在洛阳西工一地下室里,后转入洛阳邙山监狱的窑洞。

很快,嵇文甫被捕的消息传遍整个河南大学。文学院教育系男生姚惜鸣在日记中悲愤地记录下当时的心情:

> 昨夜是个寒冷的夜,睡梦中把我冻醒几次,就在这个深夜里,一位深受我们尊敬的老师——嵇文甫教授离开了潭头。他那样瘦弱的身体,怎样经受这样寒风的侵袭呢?他怎么遭这样不幸呢?……③

在狱中,嵇文甫写了许多诗,借以抒发思想,表达情怀。他

---

① 姚惜鸣:《难忘潭头岁月》,载陈宁宁编《河南大学忆往》,河南大学出版社,2002,第237页。
② 吴建设:《烽火河大》,河南大学出版社,2012,第128页。
③ 姚惜鸣:《河南大学在潭头》,《河南文史资料》1993年第1辑。

借周文王被商纣王囚于羑里和王阳明被贬于龙场的典故,抒发了自己的信念:

> 坎坷何足道,磊落此襟期。
> 羑里艰贞日,龙场悟彻时。
> 精金须百炼,健马终一驰。
> 默数平生事,飘然壮志飞。

## (二)积极营救

嵇文甫被押解至洛阳后,关在窑洞里,经受了严峻考验。由于叛徒的供认,嵇文甫只是承认自己是大革命时期的共产党员,对于他所知道的共产党人的情况只字不露,保护了党组织和多位共产党人。

嵇文甫被捕在河南文化教育界引起极大震动和义愤。首先引起了河南大学广大师生的不满和抗议,许多教授和学生积极开展营救活动。嵇文甫被捕第二天,训导长赵新吾向师生报告了嵇文甫被捕的经过。第三天,学生发动了罢上军训课的活动。当时学校开设军事课程,目的是让学生学习抗战时期必要的军事知识和掌握一定的军事技能,但后来却变成了对学生进行控制和监视的手段。罢课先从文学院开始,继而扩大到农学院、理学院,所有年级的学生都罢上军训课。

校长王广庆以及学校的其他老师和学生,也积极通过不同渠道开展营救活动,他们分别给国民政府立法院秘书长、中苏文化协会理事长梁寒操,以及曹靖华、冯玉祥、冯友兰、徐旭生、刘镇华等发出函电,争取社会舆论的支持。社会各界极为关注,国内一些报纸也相继报道了此事。

嵇文甫的老师、年逾七旬的李敏修先生获知此事后,寝食不安,心急如焚,便给他的门生刘雪亚写信。刘雪亚接到了老师的信,立即给张治中、何耀祖分别写信保释嵇文甫。李敏修先生深恐有失,放心不下,又与萧一山联系,通过萧一山给国民党"CC"特务头目徐恩曾写信保释嵇文甫。① 1943 年李敏修先生逝世,嵇文甫发表《暗斋师伤辞》悼念李敏修先生,深情地回忆这一段往事说:"前年余有洛阳之狱,先生焦念,形诸梦寐。盖先生视余如子,所以属望者至殷。言念及此,不禁泪涔涔下。"② 此外,嵇文甫的朋友马乘风也为营救嵇文甫积极活动。当时马乘风是国民参政会参政员,听知此信,便积极协助中共地下党进行营救,找到张治中将军请求作保。

经多方周旋,1942 年 3 月,嵇文甫终于获释。

(三) 先生归来

河南国民党反动当局受到社会舆论的谴责,被迫将嵇文甫释放。

1942 年 3 月 6 日,被关押了 4 个月之久的嵇文甫要返回学校,消息传来,大家奔走相告,学生们聚在经济系资料室商量如何迎接嵇文甫老师,并准备了鞭炮和五颜六色的旗子,小旗上写

---

① 耿玉儒:《宁作大事不作大官的李敏修》,《新乡文史资料》1990 年第 4 辑。
② 嵇文甫:《暗斋师伤辞》,载《嵇文甫文集(中)》,河南人民出版社,1990,第 399 页。

着"迎接嵇先生回校!""向嵇先生问好!"等。欢迎的人群于下午四点钟陆续向石门岭出发,可是左等右等不见人来,姚惜鸣、梁安民、刘金绪三人领着大家到更远的地方迎接。

天已经大黑,由于山上小路很多,于是大家兵分几路分头迎接,满山遍野燃起火把,约定举火为号,互相呼应。"嵇先生从嵩县到潭头,要走近百十里山路身体恐怕吃不消,可能晚上要住在旧县了。"正在大家等得心焦的时候。突然有人发现四五十米之外有人影晃动,姚惜鸣激动地喊道:"嵇先生回来了!"果然是盼望已久的先生。他一声喊,后边鞭炮齐鸣,大家拥上去和敬爱的老师拥抱、握手,有的同学喊起了口号:"欢迎嵇先生重返潭头!"欢呼声、鞭炮声响彻寂静的山野。霎时间,石门岭也传来鞭炮声,燃起了篝火,大家簇拥着嵇文甫走过石门岭来到潭头寨门里的十字路口。大家边走边聊,姚惜鸣说:"同学们都很想念您,先生在狱中受苦了!"嵇文甫说:"皮肉之苦算不了什么,最大的痛苦在于剥夺人身自由,剥夺了看书的权利!"①

在潭头街十字路口,夜色中站满了前来迎接的教师和学生。校长王广庆、教务长郝象吾、训导长赵新吾和一些教授都在关帝庙的校办事处门前迎接。和迎接的人群道别后,嵇文甫回到家中,落座未稳,段凌辰、徐墨耕、马辑五等老师又来慰问,直到夜里10点多,室内室外还挤满了师生。见到如此场面,嵇文甫感到莫大安慰,他觉得自己多年来的心血没白费,播撒的种子已生根发芽,在学生们身上更看到了光明和希望。

---

① 吴建设:《烽火河大》,河南大学出版社,2012,第115页;英子:《潭头故事》,河南大学出版社,2008,第142-148页。

为了庆祝这次斗争的胜利,教授们还设宴为嵇文甫接风洗尘。他们诙谐地称这个宴会是"十八罗汉请菩萨"。回到学校后嵇文甫曾对人说:"这件事(指被捕)他们一年前就该办了,所以我不感到突然。"①被释放月余,嵇文甫就开始指导学生学术问题,学生日记中记载:"嵇老师每逢和学生谈到学术问题,便眉飞色舞,兴高采烈,滔滔不绝地发挥起来。"②

## 四、谱写校歌

校歌是时代精神的折射,是一所学校师生众望所归的灵魂家园。许多学校在建校之初就创作校歌,并在长期办学过程中广为传唱,成为凝聚思想、催人奋进的号角。1940年,抗战进入最艰苦困难时期,河大师生的思想状况较为复杂,虽然学校竭尽全力争取做好生活等各个方面的安置,但前线战况使大家看不到胜利的曙光,难免滋生一些不良情绪,一部分教师和同学抱着混日子的念头,懒于读书学习,整天吃喝唱戏,混沌度日。为了凝聚师生思想,鼓舞抗战斗志,弘扬河大光荣传统和学术精神,迎接抗战的最后胜利,学校决定创作河南大学校歌。利用歌曲的形式,通过广大师生传唱,在阴霾的天空和血腥的环境中树起河南大学的猎猎战旗,以凝聚师生,鼓舞抗战斗志,弘扬学术传统,坚持办学不辍。最终,创作校歌的重任落在嵇文甫和陈梓北两人身上。

---

① 李道雨、李育安、翟本宽:《嵇文甫传略》,河南人民出版社,1986,第68页。

② 姚惜鸣:《河南大学在潭头》,《河南文史资料》1993年第1辑。

## 第五章 河大岁月：嵇文甫与河南大学

嵇文甫自30年代初期到河南大学任教，对河南大学的历史非常熟悉。他在中学时就有了研究先秦诸子和宋明理学的兴趣，具备深厚的国学功底，在北京大学哲学门学习时更是经历了新文化运动的洗礼，具有强烈的爱国主义情怀和对日寇的无比愤慨，以及对家乡对河南大学无比的热爱。抗战爆发后，时任文学院院长的嵇文甫激情奔放地创作了《献给祖国》《走出象牙之塔》等抗战歌曲。教育系教授陈梓北长于作曲，曾为《纪念鲁迅歌》《远征进行曲》《七七中学校歌》等谱曲，编有《抗战歌曲选》。因此，校歌由两人联袂谱写，也是众望所归。

《河南大学校歌》正式诞生于1940年，嵇文甫作词，陈梓北作曲。两人合作的《河南大学校歌》很快回响在伏牛山麓，伊水河畔。歌词如下：

嵩岳苍苍，河水泱泱，中原文化悠且长。

济济多士，风雨一堂，继往开来扬辉光。

四郊多垒，国仇难忘。

三民是式，四维允张。

猗欤吾校永无疆，

猗欤吾校永无疆。

"嵩岳苍苍，河水泱泱，中原文化悠且长。"早期校歌爱校、爱国主题鲜明，每每在歌曲起首就点明学校所处的具体方位。嵩山、黄河是河南人的骄傲，以此特征入歌，让人有一种亲切感和归属感。巍巍嵩山雄峙华夏大地中心，象征河大人顶天立地的性格；滚滚大河川流不息，滋养着在此繁衍生息的中州儿女，创造出灿烂悠久的华夏古代文明。歌词开篇具有鲜明的地域特色。

"济济多士,风雨一堂,继往开来扬辉光。""济济"是众多、整齐、美好的意思。"多士"形容有很多博学大儒、饱学之士以及读书人。《诗·大雅·文王》中有"济济多士,文王以宁"之句。众多的博学大儒和读书之人,风雨同舟,共聚河南大学这座科学的殿堂,继承中原文化的光荣历史,开创黄河文明美好的未来。

"四郊多垒,国仇难忘。""垒"指营垒,出自《礼记·曲礼上》:"四郊多垒,此卿大夫之辱也。""多垒"形容敌人四面逼近,大军压境,形势非常危急。时河南大学也正处于"四郊多垒"的形势之下。但是,日寇的暴行并没有吓倒河大人。"国难当头,华北不保,中原不保,如今省会也不保,读书无用,回去打鬼子"的呼声不绝于耳。国仇难忘,具有强烈爱国主义精神的河大师生在中共的领导下,开展了形式多样的抗日救亡运动。百折不挠的河大人,最终一定会迎来胜利的曙光。

"三民是式,四维允张。"三民主义是孙中山所倡导的民主革命纲领。在完成"驱除鞑虏,恢复中华,创立民国"的任务之后,孙中山接受了中国共产党的帮助,确立了联俄、联共、扶助农工的三大政策,把旧三民主义发展为新三民主义。"三民是式"就是将孙中山提出的新三民主义作为一切行动的法式和规范。"四维"是指礼、义、廉、耻。《管子·牧民》中曰:"四维不张,国乃灭亡。"明人冯梦龙《东周列国志》第十六回有"礼义廉耻,国之四维。四维不张,国乃灭亡。今日君欲立国之纲纪,必张四维,以使其民"。可见"四维"对于民智教化的重要作用。歌词结尾,嵇文甫脱口喊出"猗欤吾校永无疆"。① 整首校歌字句简洁,意蕴深邃,以高昂的爱国主义精神,鼓舞师生的抗战意志,表达出强烈的时代背景、地域特征和文化特色。《河南大学校歌》一经问世,便在全校师生中广为流传。此后,一代又一代的河大人,传承校歌精神,弘扬学术传统,坚持办学不辍,奋发图强,创造出河南大学的光辉历史!

## 第三节 辗转荆紫关

1944年春,穷途末路的日寇垂死挣扎,进犯豫西。河大师生在流徙中仓皇移往豫陕交界的淅川县荆紫关,之后,又辗转西迁至陕西宝鸡。

### 一、逃往荆紫关

1944年5月,河南大学从潭头迁往荆紫关,这是最惨烈、损失极为惨重的一次大逃亡。5月11日,学校方面获悉敌人已距潭头30里,紧急通知全校师生:一律于12日晨离开潭头。当时亦未讲向何处去,在什么地方会合。当师生得到迁移通知时,日军已到嵩县,直逼潭头,什么都措手不及。5月12日、13日两天,一部分学生开始逃离潭头。当时,潭头小镇一片混乱,到处可以看到人们惊恐的神色,到处是被丢弃的衣物、书籍。因为没有什么交通工具。他们只能徒步撤离,跋山涉水,经庙子、栾川,

---
① 陈宁宁:《河南大学抗日流亡办学纪实》,河南大学出版社,2012,第114-115页。

翻摩天岭,过西坪镇,于6月初,陆续集中在淅川县荆紫关安顿下来。

最惨的是晚走了两天的人。15日中午,日军到了潭头。此时大雨滂沱,山洪暴发,人们想走也走不了了。在紧急躲避中,河大师生死伤严重。在这次惨案中,河大师生遭日寇屠杀9人,失踪25人。① 这就是骇人的五一五惨案。

嵇文甫的孙子嵇立群小时候听祖母讲过1944年离开嵩县潭头的情景:有一次,日军深入豫西,情形十分险峻,学校再次迁移。出发前夕,祖父闭门整整考虑了三日,几乎不与家人说话,也极少吃饭,最后选定了一条路线。祖父的主张被采纳了,事后证明,他的选择是正确的,对大家来说是幸运的,因为走另一条路的一群人随即与日军遭遇,死伤了不少师生。②

## 二、恢复教学

学校到荆紫关后,经过紧张的筹备,于1944年10月10日开学,10月16日正式上课,教学工作又恢复起来。师生们因陋就简,以农舍草屋为住处,把谷场树荫当课堂,石块为凳,双膝为桌,开始了艰苦的学习。嵇文甫作了题为《谈程伊川》的学术报告,大受欢迎。③ 尽管当时条件简陋,但教师倾心施教,循循善

---

① 陈宁宁编《河南大学忆往》,河南大学出版社,2002,第194-195页;刘家骥:《抗日战争时期的河南大学》,载陈宁宁编《抗战烽火中的河南大学》,河南大学出版社,2015,第386页。
② 嵇立群:《祖父嵇文甫的一生》,《河南文史资料》1992年第3辑。
③ 河南大学校史修订组编《河南大学校史》,河南大学出版社,2012,第92页。

诱,学生专心攻读,勤思苦练,教学又有了新的进展。

面对空前浩劫,校长王广庆决意引咎辞职,1944年10月由张仲鲁接任校长。此时学校正处于极其困难的时期,张仲鲁几次到重庆等地募得400万元及大批医药用品,以解学校在荆紫关所面临的危难之急。到11月间,停顿半年之久的教学、科研工作全面恢复。

是年暑假,学校已开始招收新生。11月4日,新生开始了为期两周的训练,学习的科目有:政治训练、修学指导、本校历史、音乐训练。政治训练主要学习:三民主义、总理训示、国民革命史、抗战建国纲领等内容,由马辑五、张克勤、张邃青、嵇文甫、郝冠儒、王雨尘等讲授。①

在正常的教学活动之外,学校还举办了许多学术讲座,这在一定程度上弥补了课堂教学的不足,活跃了学术空气,开阔了师生视野。由郝象吾、嵇文甫、张邃青、孙祥正、王直青发起的,以李俊甫、郭翠轩等为主席团成员的学术讨论会,在潭头时就已请嵇文甫、郝象吾、张邃青、熊伯履、徐墨耕、段凌辰、陈梓北、朱芳圃、王直青、樊映川、贾惠宜等教授就各人专业阐述己见,使听众受益匪浅。

到荆紫关后,大家一致认为学术研究不可一日松懈,于是随着课业的进行学术讨论会也恢复起来,相继举行了三次讨论会。第一次学术讲座由张仲鲁和张邃青首讲。1945年2月17日和3月3日又相继举行了第二次、第三次学术讲座,分别由嵇文甫

---

① 陈宁宁:《河南大学抗日流亡办学纪实》,河南大学出版社,2012,第175页。

作《先秦诸子与尧舜禅让的传说》、郝象吾作《有机演化与宇宙程序》、樊映川作《天界现象》的报告。① 每逢举办学术讲座,讲堂总是爆满,听众聚精会神,进不了学校的听众则在外面踮脚侧耳倾听,唯恐漏掉一字。每当讲到精彩处,场上不时爆出热烈掌声。大家忘掉了艰苦,忘却了战争,沉浸在学术的绕梁余音之中。

为了指导学生的学术活动,在荆紫关时,学校还成立了校学术评议会,由嵇文甫任主席,王牧罕、李俊甫、王鸣岐任委员。主要任务有三:第一,评议学生发表的文章、稿件、毕业论文、壁报,择其优者由校方予以奖励;第二,为学生举行的演讲比赛考核成绩,评定名次;第三,指导学生的课外活动,把一些学术研究活动交给学生主持,以便培养其科研能力。②

多次流亡迁徙,没有安定的环境,缺少仪器设备图书与参考资料,许多教师多年积累的研究资料也在战乱中遗失;学校地处深山,道路险阻,信息不畅,难以与国内外学术界进行交流沟通,给科研工作带来极大困难。但师生们紧密结合山区特点,克服种种困难,开展多项学术研究,取得了不少成果,为抗战时期经济、文化的发展做出了贡献。

即便在最恶劣的环境中,嵇文甫仍坚持看书的习惯,也因此成为学生眼中的"书呆子"。"嵇文甫常坐在书店横骑门槛的条

---

① 陈宁宁:《河南大学抗日流亡办学纪实》,河南大学出版社,2012,第180-181页。
② 河南大学校史修订组编《河南大学校史》,河南大学出版社,2012,第95页。

凳上,专心地浏览新旧书籍,因此被目为书呆子。"①也正因此,嵇文甫才能在艰苦的环境中取得巨大的学术成就。1943年4月,《国立河南大学学术丛刊》出版,第一期上刊载了嵇文甫的《民族哲学杂话三讲》。1944年,嵇文甫先后在西安《力行》上发表《王船山的政术论》和《王船山黄书中的政治纲领》,在《时代中国》上发表《中国文化与世界文化》和《名家言为市民哲学说》等文章。

1945年8月,日寇投降,国土光复,举国欢腾。消息传来,河大师生无不欣喜若狂,齐集石羊庙举行庆祝胜利大会。嵇文甫在发言中强调,日寇的投降应归功于世界人民和中国人民艰苦卓绝的斗争,而不仅仅是原子弹的威力,给师生们留下了很深的印象。②1945年底,河南大学迁回开封,嵇文甫随河大一起回到开封。③

## 第四节　开封解放,重建河南大学之努力

1948年10月,开封第二次解放,中原大学迁到开封,不久河南大学由苏州迁回开封,中原大学迁往武汉,嵇文甫留下来重建河南大学。这时期,嵇文甫先后担任河南大学副校长、校长,河

---

① 郝守勤:《抗战初期河南大学播迁杂忆》,《河南文史资料》1988年第27辑。

② 河南大学校史修订组编《河南大学校史》,河南大学出版社,2012,第92页。

③ 有关解放战争时期嵇文甫在河大的一些活动,在第三章第二节中已有论述,本章节不再赘述。

南师范学院校长等职务。在他的组织领导下,学校采取了本科、专科、短训班等各种办学形式,在短短的时间内,为河南培养了大批急需的各种专门人才。

## 一、委以重任

为了恢复和发展河南的文化教育,培养国家所需要的人才,1949年5月,新成立的中共河南省委和河南省人民政府正式决定重新扩建河南大学(当时称为"河南人民革命大学",1950年3月恢复"河南大学"校名)。新组建的河南大学,以解放区的中原大学的医学院、师训班和河南行政学院(原豫西行署干部学校和伊洛公学)为基础,并从苏州接回旧河南大学师生1200余人,于同年6月在开封建成。

新河南大学的教学和一切工作,为工农服务,为河南经济和文化建设服务,既重视提高学术水平,又继承了革命老区重视思想政治教育的优良传统。学校的院系设置和学科层次,力求适应革命和建设的需要。同时,任命河南省人民政府主席吴芝圃为校长,任命河南省人民政府教育厅厅长张柏园和原河南大学文学院院长、中原大学教授嵇文甫为副校长。

1949年9月,河南大学成立了校务委员会。10月,在新中国成立的大喜日子里又成立了河南大学正规教育设计委员会。委员会负责具体研究和规划学校的办学思想、院系设置、规模等问题,由吴芝圃校长,张柏园、嵇文甫副校长等同志组成。

1950年10月25日,河南大学校长吴芝圃,由于在省人民政府的工作比较繁忙,要求辞去河南大学校长职务。政务院任命嵇文甫为河南大学校长,张柏园继续任副校长,仍实行校长负责制。

从1952年下半年开始,中国学习苏联高等教育的经验,有计划地进行了全国范围的高等学校首次院系调整。教育部1952年7月提出了"以培养工业建设人才和师资为重点,发展专门学院,整顿和加强综合性大学"的方针。根据这一方针,河南大学农学院独立设置为河南农学院(今河南农业大学),医学院独立设置为河南医学院(1984年改称河南医科大学,2000年郑州大学、河南医科大学、郑州工业大学三校合并)。

1953年,教育部进一步明确全国高等院校院系调整以中南区为重点,中南区又以河南大学为重点。于是,河南大学水利系调往武汉大学水利系,财经系调往武汉中原大学财经学院,畜牧兽医系调往江西农学院,植物病虫害系调往武汉华中农学院,行政学院单独设校,成立河南行政学院。文教学院所设中文、历史、地理、数理、化学、教育6系和俄语专修科改为师范性质,并更名为"河南师范学院"。① 河南大学此次调整改称为河南师范学院后,成为一所有中文、历史、地理、数学、物理、化学、教育7个系和俄语专修科的高等师范学校,有4000余名学生、600余名教职工,在中南六省规模最大,面向全国各地招收学生,直属中共中央中南局管辖。

1953年8月6日,政务院文教委员会和中央人民政府教育部决定院系调整后的河南大学改称河南师范学院,分别在开封、

---

① 李文山主编《百年回眸》,河南大学出版社,2012,第75页。

新乡两地办学。政务院任命原河南大学校长嵇文甫继续担任河南师范学院院长。

## 二、工作和成绩

1. 学院设置

1949年10月,河南大学院务会议决定成立河南大学正规教育设计委员会,由吴芝圃校长、张柏园、嵇文甫副校长、王高秘书长、刘介愚教务长、李俊甫、张遂青教授,以及郭少海等组成,委员会具体研究和规划学校的院系设置、规模和如何办学等问题。经研究决定,在正规院系建立之前,先建立6个研究室,即理工研究室,由李俊甫、郭少海负责;文教研究室,由嵇文甫、黄元起负责;政经研究室,由郭晓棠、周守正负责;农林研究室,由吴绍骙负责;生物研究室,由陈兆骝同志负责;医学研究室,由卢长山、张静吾负责。开始研究各院系的教学计划、课程准备等工作。

1950年初,学校领导和河大正规教育设计委员会共同研究决定,把原河南大学的文学院改为文教学院,下设政治、国文、教育、史地、财经5个系和俄文专科,培养中学文科师资和财经人员;理学院与工学院合为理工学院,下设数理、化学两系,为中学培养理科师资;农学院下设水利、林学、病虫害、畜牧兽医4系,培养高级农业技术人员;医学院,除医本科外,设助产、护士、外科3个专修科及公共卫生班,培养高级和中级医务工作者。新建的行政学院继续为河南省短期培训各类干部。省人民政府任命嵇文甫为副校长兼文教学院院长。不久,撤销理工学院,把数理、化学两系并入文教学院。1952年夏,医学院和农学院分别独立出去,河南大学由综合大学转变为培养师范生为主的师范性质的高等学校。

1954年8月8日,中南6省高等师范院校历史学科专业教学座谈会在河南师范学院召开,会议由嵇文甫院长主持。

2. 教学科研

嵇文甫是教育战线上一位勤劳的耕耘者,他热爱教育工作,解放后十多年始终没有脱离教学岗位。嵇文甫在担任河南大学校长期间,提出教学工作的关键是提高教师水平,反对标语口号式的教学,主张教师的教学必须把理论和实际结合起来,如1955年他在《用唯物主义武装起来保证教育质量的提高》一文中,精辟地论述了上述观点。文章针对教学上一个普遍的问题——开口阶级,闭口劳动,标语口号一大堆的倾向,精辟地指出:马列主义辩证唯物主义和历史唯物主义是一个思想体系,是一个完整的世界观,只有彻底建立马克思主义的唯物主义世界观,才能从根本上提高教育质量。[1]

3. 成人教育工作

建国初期,党和政府把成人教育摆在重要位置,在实际工作中,实行"向工农开门"的方针,逐步建立起适应经济社会发展需要的成人教育体系。新中国成立初期,河南大学的成人教育一直走在全省的前列。

河南大学是全国创办成人高等教育最早的几所高等学校之

---

[1] 河南教育通史编纂委员会编《河南教育通史(下)》,大象出版社,2004,第62页。

一,早在1949年9月便开始创办成人教育,当时招收了3个师资短期培训班培养中学教师,这标志着新中国成立初期河南大学成人高等教育的开端。1950年,河南省教育厅颁发了各类学校在职教师轮训办法,规定全省中学、中专教师轮训由省教育厅抽调,由河南大学接收并负责培训。到1954年,共有1000余名中等学校老师通过学习政治、各种专业知识和苏联教育经验,与在校师生一起参加各种政治活动,政治思想觉悟和教学业务水平得到明显提高。创办伊始,嵇文甫为招生宣传做了大量工作。

1956年8月,中共河南省委传达国务院的决定,嵇文甫调离开封,将担任新建立的郑州大学的校长。

# 第六章　学界巨擘：嵇文甫的学术成就

嵇文甫作为饮誉中国学术界的大家，在哲学、史学等领域造诣颇深，为学界所景仰。嵇文甫一生研究领域甚宽，著述颇丰，被誉为"河南学术界一面伟大的旗帜"，在许多方面取得了令人瞩目的成就，尤其是对船山学的研究。嵇文甫把史学理论和方法论的倡导与思想史研究的实际结合起来，使其研究既有开创性成果，又提出了许多独到的见解，奠定了其在中国文化思想史和马克思主义史学研究中的地位。

## 第一节　学术师承：河南理学传承中的嵇文甫

20世纪20年代至40年代，中原大地涌现出两位哲学巨擘、国学大师，曾被誉为"南冯北嵇"①。嵇文甫之所以成为蜚声中外的大师级人物，一个重要条件是他深厚的旧学功底。嵇文甫旧学的获得，一方面根植于理学传统深厚的河南，另一方面源于他的学术师承。从嵇文甫的论著不难发现，他的学术渊源由两大部分构成，一是现实中的老师——刘粹轩与李敏修，他们直接

---

① "南冯北嵇"，即豫南唐河人冯友兰和豫北汲县人嵇文甫。

给青少年时期的嵇文甫以教导,是嵇文甫的学术启蒙老师、学术奠基者;二是嵇文甫的研究对象——"一峰二山",即孙夏峰、全谢山和王船山。作为嵇文甫精神上的导师,他们通过自己的著作,给嵇文甫以精神指导。现实中的老师和精神上的导师构成了嵇文甫的学术渊源。① 这些老师的指导与教诲,加上嵇文甫自身的不懈努力,共同成就了他辉煌的学术成就。

## 一、理学传统根深蒂固之河南

宋代之后的理学,主要有四个大的学派,就是以周敦颐为代表的濂学,以程颢、程颐为代表的洛学,以张载为代表的关学和以朱熹为代表的闽学。程颢、程颐为河南人,系理学大家,朱熹继于二程,集理学之大成,故理学又称"程朱理学"。元代最大的理学家之一许衡,河南河内(今沁阳)人,曾向元朝统治者建议用程朱理学统一人们的思想,深受当局重视。到了明代,河南又有吕坤,为理学张目,颇具影响。河南的理学传统,可谓根深蒂固。

明末清初,随着大明王朝的衰败,国内不少思想大家进行反思,进而抨击程朱理学,但河南学术界的风气仍无太大改变。梁启超曾经说过,清代初期,"中州学者,无一不渊源于夏峰"。嵇文甫在谈到河南学术流变时也说:"河南本理学最盛之区,其在

---

① 嵇文甫的学术渊源,详见郑永福:《嵇文甫先生旧学承渊源考略》,《史学月刊》1995年第6期;李在亮、耿玉儒:《回忆二伯父李敏修》,《河南科技学院学报》2015年第9期;李道雨:《刘粹轩和李敏修对嵇文甫的影响》,《郑州大学学报》(哲学社会科学版)1995年第6期;林万成:《论嵇文甫学术思想研究》,博士学位论文,郑州大学历史学院,2015。

清初,有孙汤耿李窦二张所谓八先生者,树立坛坫,更唱迭和……"①嵇文甫所说的清初八先生,即指孙奇逢、汤斌、耿介、李灼然、窦克勤、张沐、张伯行。另一遗漏之人为冉觐祖,字永光,河南中牟县人,曾杜门潜居,精研《四书集注》约二十年,康熙三十年(1691年)进士,著述仅刊刻者即达数百卷。清初,以上述诸人为核心的知识分子群,形成了宋明理学氛围浓重的中州文化圈。

清初,顾炎武、黄宗羲提倡经世致用之风,其后汉学大盛,全国景从,至乾嘉时期,考据大家如林。然河南的学者,却恪守程朱理学,不为时风众好所转移。这一时期及其后,河南考据学家寥寥,影响甚微,而有相当影响的学者如马平泉、李棠阶、王少白等,孤行其志,沿着程朱理学的路子走。

至1840年前后,中国社会处于一个大变动时期。社会转型呼唤文化变迁,文化变迁推动着社会转型。鸦片战争前夕,在已经没落的程朱理学与考据学互争正统的时候,今文经学崛起,其后西学东渐加剧。而河南学术界对此反应迟钝,中州大地上占主导地位的仍是程朱理学。直到清末,河南思想界的理学传统仍未动摇。1866年出生、后来对中州学界产生重大影响的李敏修,"早岁从武陟王少白先生游,笃守洛闽矩矱。既而出入诸家博观约取,特心折于船山之学,故其教人,由船山以上溯洛闽,而

---

① 嵇文甫:《读毋自欺斋文字纪年》,《豫教通讯》1946年第2期。

归宗于洙泗"①。李敏修继承乡正遗绪,成为河南历史上最后一位有影响的理学家。嵇文甫生于理学传统浓厚的河南,成长于学风浓厚的豫北重镇汲县,深受理学大家李敏修的影响,旧学功底深厚,这成为构成其学术渊源的重要方面,奠定了他日后学术的基础。

## 二、精神导师:"一峰二山"

"一峰二山"是指嵇文甫的研究对象孙夏峰、全谢山和王船山。嵇文甫在史学哲学理论方面受王船山影响较大,在治学门路上接近以全谢山为代表的浙东学派,在为人处事和读书治学上则受孙夏峰的影响更大。这些精神上的导师,对嵇文甫产生了多方面的影响,促使他向着更高的学术与精神追求进发。

嵇文甫一生以"一峰二山"为师表。1941年,嵇文甫被国民党囚禁于洛阳期间曾赋诗词数首,其中一联曰:"寝馈六经三史,瓣香一峰二山。"②孙夏峰的"刻厉、庸行、实用",王船山的"贞晦、博学、皎志",全谢山的"渊博无涯,于书无不贯串",都是他师法的榜样。③

---

① "上溯洛闽"指上溯二程和朱熹,"归宗于洙泗"系指归宗于孔子。洙、泗原是鲁国水名,孔子是鲁国人,于是有此说。嵇文甫:《读毋自欺斋文字纪年》,《豫教通讯》1946年第2期。

② 嵇道之:《嵇文甫传略》,载晋阳学刊编辑部编《中国现代社会科学家传略》第1辑,山西人民出版社,1982,第342页。

③ 嵇文甫:《嵇文甫文集(上)》,河南人民出版社,1985,《前言》第9页。

## （一）嵇文甫与孙夏峰

孙夏峰（1584—1675），名奇逢，字启泰，号钟元，直隶容城人（今河北保定），明末清初理学家、诗人、书法家。明末，孙夏峰便以节侠闻名。天启年间，魏忠贤阉党荼毒正直人士，孙夏峰与鹿善继倾身营救，成一时佳话。孙夏峰还替个人急难主持公道，替地方任事开发公益事业，做了许多善事。崇祯九年（1636年），清军入关大肆掠夺，孙夏峰率众抵抗，保卫容城，迫使清军弃城而走。后因流寇遍地，治安混乱，孙夏峰率领弟子门人迁至五公山。顺治元年（1644年）明亡后，由于故园被清军圈占，并作为采地赏给旗人，孙奇逢举家南迁至河南辉县夏峰村，从此隐居夏峰。此间清廷多次征召，甚至以国子监祭酒之职相聘，均遭拒绝。孙奇逢在苏门山下隐居20余年，授徒讲学，弟子甚多。当时直隶、河南一带的学者，多出自奇逢之门。清初，北方学者奉孙奇逢为"泰山北斗"，他与黄宗羲、李颙并称"清初三大儒"。

在为人处事、读书治学方面，嵇文甫受孙夏峰的影响很大。嵇文甫的家乡汲县与孙夏峰晚年讲学的辉县毗邻，汲县学者深受夏峰北学遗风影响，嵇文甫也不例外，这与他的学术继承有关。"嵇先生的老师是李敏修，李敏修的老师是王少白，王少白治学便是承继孙夏峰，其中的师承关系应该说是非常清楚的。"[1]因此，嵇文甫在为人处事、读书治学上，受孙夏峰影响很大。

---

[1] 郑永福：《嵇文甫先生旧学师承渊源考略》，《史学月刊》1995年第6期。

嵇文甫认为孙夏峰不作无谓的门户空谈,敢于打破门户之见,为清代北方学术昭示了方向,"他是个调和派,程、朱、陆、王并加推尊。……不拘守阳明门户,斟酌调剂于程、朱、陆、王间以救时弊,这是明、清间思想界转向朴实的先声"①。这种思想的萌芽及其后期发展,促使颜习斋及颜李学派完成了发展与转变。"他晚年学风稍变,和会朱陆,兼综汉唐,打破门户之见,而一以躬行实践经世致用为归。当时大河南北之学者几乎尽出其门下,即颜李学派亦未尝不渊源于此,实清初北学一大宗也。"②这是嵇文甫对孙夏峰的独到见解,也正因为如此,嵇文甫盛赞孙夏峰的为人处世,"处人处世以孙夏峰为师"③。

### (二)嵇文甫与全谢山

全祖望(1705—1755),清代文学家、史学家,字绍衣,号谢山,学者称谢山先生,浙江鄞县人,以治史见长,浙东史学的集大成者,在清代学术史上占有独特地位,是宋学转向汉学的重要代表。乾隆年间进士,1736年选翰林院庶吉士。因为不肯趋炎附势,受大学士张廷玉排斥,贬任知县,后辞官回乡。曾任蕺山书院、端溪书院主讲,对广东学风产生了较大影响。全谢山最擅长论述学术流派,梁启超认为他是集中了黄宗羲、顾炎武、李颙等人碑传,以简短的文章包含他们全部的学术与人格,"其识力与

---

① 嵇文甫:《十七世纪中国思想史概论》,载《嵇文甫文集(上)》,河南人民出版社,1985,第74页。
② 嵇文甫:《晚明思想史论》,东方出版社,2013,第167页。
③ 嵇道之:《嵇文甫传略》,载晋阳学刊编辑部编《中国现代社会科学家传略》第1辑,山西人民出版社,1982,第342页。

技术,真不同寻常"。

全谢山治学记实存真,表彰忠义,新见迭出,这些都体现出"经世致用"思想。嵇文甫非常推崇全谢山,并师法其"渊博无涯,于书无不贯串",又"在治学门路上则近乎全祖望代表的浙东学派"。姚惜鸣曾提到:"嵇文甫老师在家里和我们谈论清代学术和宋明理学问题时,大力推崇全谢山(祖望)与李穆堂二先生。他认为李氏、全氏都是了不起的人物,他们讲陆王哲学特别彻底,所以,我们要研究陆王哲学,他们两人的著作是非读不可的。"[①]从这一细节中我们可清楚地看到嵇文甫对全谢山的推崇与重视。

全谢山不仅弘扬民族气节,还以真性情探求真学问,其一以贯之、融会百家的治学思想,表现了一个正直知识分子的良知与责任感,对当时和后世也都产生了深远影响。作为史学家,全谢山实事求是地深入调查,致力于乡邦文献的搜集和整理,以达到人格精神与学术精神的统一。

嵇文甫极为赞同全谢山的做法,他非常清楚实事求是对学术的重要性,也格外推崇全谢山高尚的学术品行和严谨的治学态度。"他创造的以碑传序记等旧形式装爱国反清内容的新办法,来宣传爱国思想。这是独创的表现。先父学习他们的独创精神,文章风格,自成一派。大家称赞他的一些小论文,名之为哲学小品(文)史学小品(文),同时他也作到了全祖望淹贯的学识。"[②]

---

① 姚惜鸣:《河南大学在潭头》,《河南文史资料》1993年第1辑。
② 嵇道之:《先君嵇文甫言行钩沉》,《郑州文史资料》1995年第2辑。

### (三)嵇文甫与王船山

王船山(1619—1692),本名夫之,字而农,号姜斋,湖南衡阳人,他与顾炎武、黄宗羲并称为明清之际三大思想家。清军南下湖南,王船山在衡山举义反抗;后败走桂林,晚年隐居于衡阳石船山下,因此学者称之为"船山先生"。王船山对天文、历法等均有研究,尤精于经学、史学、文学,哲学上总结和发展了中国传统的朴素的辩证法和唯物论,其思想对后世影响深远。

王船山是明末清初伟大的唯物论者,学问造诣深厚。在嵇文甫创立较为完备的船山学研究体系之前,国内学界对王船山的学术已有过研究。嵇文甫极为仰慕王船山,认为王船山深微的学术思想、"微言妙论"都具有现实意义,认为王船山把中国古代旧唯物主义哲学推向了顶峰,形成其博大精深的学术体系。同时,嵇文甫认为王船山终生被国破家亡的危殆苦困所笼罩,这也使得他从事著述的心境与宋代以来的程朱陆王都大不相同,明清之际的时代巨变成为他学术创作的根本动力,这些都是王船山取得如此成就的重要因素。

嵇文甫的一生与王船山紧密相连。"他十七八岁时就开始接触到船山的著述,并从此和王船山结下了不解之缘。"[1]1920年,年轻的嵇文甫在开封《心声》杂志上发表了生平第一篇研究王船山学术的论文——《王船山的人道主义》。此后,嵇文甫一发不可收,发表了一系列关于王船山研究的成果,从哲学、史学、

---

[1] 李道雨、李育安、翟本宽:《嵇文甫学术风格漫评》,《郑州大学学报》(哲学社会科学版)1985年第3期。

阶级立场、民族思想、爱国思想等方面对王船山进行系列研究，不但使他在船山研究上享誉国内，也成就了他学术的辉煌。"他一生对船山的研究，穷究底蕴，掌握材料之多，据说已超过大学者梁启超。直到晚年他还制订了对船山进行'彻底地研究一番'的计划。"①他的诸多观点，至今为学术界赞许。

## 三、学术启蒙之师：李敏修

一个人的成长，因素固然很多，但总和老师的耳提面命息息相关。嵇文甫天资聪颖，勤奋好学，而他之所以于辛亥年间觉醒，"五四"时期投身于革命洪流，并接受马克思主义理论，以后潜心于教学和学术研究，坚持真理，追求进步，在国内外的学术界享有很高的声誉，这一切和他的老师，尤其是和他早期的两位老师——刘粹轩、李敏修的培育和影响，密不可分。前文已述，刘粹轩是嵇文甫的"思想启蒙者"，指引他走上追求进步的革命道路，提高他结合历史与现实的研究素养。李敏修则是嵇文甫的"学术启蒙者"，在求学治学上给予嵇文甫无私的指导，并为他指明研究方向，奠定他学术成功的基础。

李敏修（1866—1943），清光绪十八年（1892年）进士，名时灿，号暗斋，汲县城关人，与嵇文甫家隔墙而居。李敏修的经学及宋明理学造诣较深，执着著述，并热心收集中州文献，是清末民初河南的一代著名学者、教育家、文献研究专家，品德修养极好，嵇文甫从中受益匪浅。李敏修联合同仁，在汲县县城创办经

---

① 李道雨、李育安、翟本宽：《嵇文甫学术风格漫评》，《郑州大学学报》（哲学社会科学版）1985年第3期。

正书舍,收藏图书最多时达30余万卷,经正书舍成为豫北最大的读书学习场所。① 经正书舍不仅供乡里青少年借阅图书,还由李敏修、王锡彤等人为青少年批阅读书笔记。在学童时代,嵇文甫经常到经正书舍看书,每逢放假回家,几乎天天去经正书舍看书。

嵇文甫对李敏修非常敬仰,他在十二三岁时曾见李敏修的一篇告汲县父老文,"读斯文至成诵,感受实深且切也"。嵇文甫回忆说:"余生也晚,未及侍先生盛年之讲席。自先生罢政归里,始得相从问业。"嵇文甫曾给敏修师作寿诗谓:"小子生同里,叨置弟子列。奖引逾寻常,闻先倍亲切。"李敏修赠嵇文甫题扇诗云:"晚年起予得吾子,探索新旧觅真知。"② 李敏修视嵇文甫如子,属望至殷,从中可窥见两人关系之密切。

嵇文甫聪颖好学,在中小学时期就得李敏修多方指教。1915年,嵇文甫考入北京大学哲学门(系),由于家境贫寒,学费难以筹措。李敏修说服嵇文甫的父亲支持儿子升学,自己也尽力支持,并帮助他获得助学金,这样嵇文甫才较为顺利地学完大学学业。③ 在北大读书期间,寒暑假回到家中,嵇文甫也经常求教于李敏修,在其教诲指导下努力读书。

嵇文甫成年参加工作后,李敏修依然密切关注他,随着时间的推移,他们之间的情谊日益深厚。嵇文甫称李敏修为"吾

---

① 卫辉市地方史志编纂委员会编《卫辉市志》,生活·读书·新知三联书店,1993,第494页。
② 嵇文甫:《暗斋师伤辞》,《儒效月刊》1946年第8-9期。
③ 胡绍芬、耿玉儒:《一代耆儒李敏修先生》,《河南文史资料》1981年第5辑。

师",李敏修视嵇文甫为"吾子"。1928年,嵇文甫从苏联学习归来不久,在北大、清华等高校任教,用马克思主义的唯物史观讲授先秦诸子及宋明理学,他的一些见解使李敏修先生感到新鲜。

在立身方面,嵇文甫也深受李敏修的影响。李敏修告诫嵇文甫,青年人"要立志做大事,不可立志做大官。因为大事是关系同胞的,地位是关系个人的。无论办哪一件事,只要从头到尾彻底做成功,便是大事,便能为大众谋利益"①。从日后嵇文甫的价值取向来看,他确实是谨遵师教的。

晚年,李敏修推崇王船山,仿效孙夏峰,这些不仅直接影响着嵇文甫日后的做事与为人,而且对他的治学方向影响尤深。嵇文甫一生研究王船山,1936年就出版了专著《船山哲学》,并以"船山学专家"而享誉海内外,这与李敏修的指导与教诲密不可分。

1943年11月18日,李敏修在禹县溘然逝世。嵇文甫在悲痛之余,先后撰写《读毋自欺斋文学纪年》《暗斋师伤辞》《纪念李敏修先生》等文,肯定李敏修创办新学的贡献,正确评价了其学术成就,并客观指出了其时代局限:"李老先生讲学数十年,……现在河南教育界四十岁以上的人士,大概都直接间接受过他的影响。""他是个理学家,他所讲的那一套,不一定尽合现代人的口味。然他始终以学术为他的安身立命所在,热心的追求着,仔细的探索着。不以学成德尊而鄙夷新进,不以衰病颠沛而姑息偷安。""李老先生逝世了! 无论怎样伟大的学者,谁也不

---

① 耿玉儒:《宁作大事不作大官的李敏修》,载政协新乡市学习和文史资料委员会编《新乡文史资料选编 下·人物卷》,2006,第225页。

能不受时代的限制,地域的限制,李老先生当然也不能例外。然而只要是一个真正的学者,总都是超然独立于势力纷华之外,而别有一种崇高伟大的境界,以自乐其天怀。视世之蝇营狗苟者如无物,他那种忠心于学术,献身于学术的精神,总是永远光明的。"①字里行间中流露出不寻常的师生情谊。

综上观之,由于嵇文甫生活在一个特定的时代、特殊的文化传统氛围中,这决定了他熟谙程朱理学和陆王心学,并有极深的情感,加之直接受李敏修的影响,又钟情于船山之学,嵇文甫一生研究领域甚宽,在许多方面取得了令人瞩目的成就,但在左派王学及船山学派研究方面尤勤且精,不能不说和他的旧学师承有极大的关系。

## 第二节 先秦诸子哲学研究

嵇文甫作为著名的哲学史家,哲学思想研究是其重要的研究领域,主要包含先秦诸子哲学思想研究和宋明清理学研究两个方面。在先秦诸子哲学思想研究中,嵇文甫对儒家孔子的学说及其主要思想,孟子的人性皆善、重民思想和王霸论,荀子的性恶论与礼义法度起源、法后王与等级制度、天道观,老子和道家与小农社会、老子的几个主义、老子与诸家的关系,庄子的天钧论与在宥论,老庄的比较,墨家,名家,农家,阴阳家,自成一家的宋钘,都有深入研究。在研究中,嵇文甫辩证地分析各个流

---

① 嵇文甫:《纪念李敏修先生》,载《嵇文甫文集(中)》,河南人民出版社,1990,第390-391页。

派,客观地评价孔子,系统地研析了先秦诸子哲学思想,并形成自己独到的见解。

## 一、儒家思想研究

儒家文化作为中华民族优秀的文化传统,构成了"中华精神"的核心,支撑着中华民族的发展。嵇文甫立足于孔子、孟子、荀子儒家三巨子,对先秦时期的儒家政治思想与文化进行了深入研究。

### (一)孔子思想及其评价研究

嵇文甫对孔子的研究,主要成果集中在《先秦诸子政治社会思想述要》《春秋战国思想史话》《孔子思想的进步性及其限度》《关于孔子的历史评价问题》等成果中。研究内容主要涉及对孔子思想、孔子与儒学的评价等方面。

嵇文甫认为孔子不崇尚武力,不计算实利,不返归自然,不迷信鬼神,只讲人道自然,注重人为的文化,不是实利主义者,不是军国主义者,不是自然主义者,不是鬼治主义者,是人文主义者,其理想的社会也是以"仁""礼"为核心内容的人文社会。在孔子的理想社会中,到处都是"仁人""君子",但这种人文社会带有明显的贵族色彩,体现亲亲贵贵的等级观念。"自商品经济发展以后,旧社会秩序日趋混乱。亲亲贵贵身分等级的观念,渐为做买卖打算盘的心理所战胜。这种仁而有礼的景象,遂日去日远。孔子于此大发其思古之幽情,正是当时衰落的贵族们思想之反映呵。"①

嵇文甫认为,孔子所传授的古代学术只有一个内容——"礼"。"礼"是周朝的一种道德规范,被广泛使用,体现了当时社会中的等级关系和宗法关系。但到春秋时期,一切旧制度、旧秩序都维持不住,礼崩乐坏,"君也不君,臣也不臣,父也不父,子也不子",贵族统治产生巨大危机。嵇文甫认为,春秋时期原有的名分虽已混乱,但迷信名分的孔子却想通过解释《春秋》,通过给君臣正名的方式,以实现其人文主义理想。"他以为如果把名分表彰出来,那放肆的君主及乱臣贼子一定会顾名思义而有所反省。他以为周天子如果依他的名分,恢复他的最高权力,那国际战争的惨祸就可以免除了;各国君臣如果都依他们的名分,固守他们的职位,一切国内的篡弑争夺也都可以免除了。"②孔子很重视"名",认为做到名正言顺就可以使人"顾名思义",认为达到"名实相符"就可以恢复那些"礼",恢复那些旧典的精神。"名不正则言不顺,言不顺则事不成,事不成则礼乐不兴,礼乐不兴则刑罚不中,刑罚不中则民无所措手足。"③

嵇文甫认为,孔子主张的德化是人君的德化,认为欲实现理想社会,执政者自身的德行必须好。孔子的政治思想根本上是使人人都得其性情之正,这自然只能让执政者以身作则,慢慢地诱导感化。"他以为刑法只能在表面上使人苟免于恶,并不能把

---

① 嵇文甫:《先秦诸子政治社会思想述要》,北平开拓社,1932,第11页。
② 嵇文甫:《先秦诸子政治社会思想述要》,北平开拓社,1932,第15页。
③ 嵇文甫:《春秋战国思想史话》,载《嵇文甫文集(下)》,河南人民出版社,1990,第183页。

## 第六章 学界巨擘：嵇文甫的学术成就

恶人变成善人。欲根本的把恶人变成善人,只有用德和礼去感化。"①在嵇文甫看来,孔子的见解来源于其生活的原始、富有血统的封建社会,没有分清楚国与家、政治与伦理的关系,是封建社会生活的反映,不能把国家主义和世界主义强加在孔子思想上。

嵇文甫认为孔子的突出贡献表现为两个方面,一是思想上的贡献,二是教育上的贡献。孔子思想的进步性表现在他是个人文主义者,强调"人"的价值,重视做人之道,重视"仁"。"这种人文主义的精神,不仅形成孔子及其门徒们绝妙的丧祭理论,并且贯彻到他们的整个道德思想,政治思想,哲学思想——不离人而言天,不离行而言知——在后来中国思想史上发生极为深远的影响,形成一种特殊的思想传统。"②这种人文主义思想比起贵族神权思想和原始迷信是一大进步。孔子在教育上最主要的贡献是开办私学,扩大了中国古代文化的教育范围,打破了贵族文化的世袭限制,有一定的进步性。在教育方法上,孔子也留下很多富有意义的格言。

嵇文甫认为孔子是一个封建圣人、一个过渡性人物,其许多文化遗产,具有承上启下的作用。当新兴地主与旧贵族斗争时,孔子一派的儒家学说被认为迂腐,没有得到重用。自汉代以后,孔子学说成为中国封建社会的正统思想,孔子也被尊称为"至圣先师""万世师表",但其学说的精神实质发生了根本变化,已

---

① 嵇文甫:《先秦诸子政治社会思想述要》,北平开拓社,1932,第16页。
② 嵇文甫:《关于孔子的历史评价问题》,载《嵇文甫文集(下)》,河南人民出版社,1990,第35页。

与法家、道家的学说混在一起,成为治理国家的正统思想。

嵇文甫认为对待孔子及其学说,应该剔除其封建性的糟粕,吸取其民主性的精华,如孔子把人的价值从神权牢笼下解放出来,把文化教育向广大社会阶层开放,重视人民的力量,反对暴君等,但也不能以现代标准要求孔子,否则谈不上进步性、民主性。嵇文甫认为孔子问礼于老聃,访乐于苌弘,学琴于师襄,到处求学,学到诸多知识,并把这些知识传授给自己的学生。他的学术思想和根本立场应当算守旧而不能算开新的,但开创了学术界的新风气,打破了春秋时期"学在官府"的贵族独占局面。孔子对百家争鸣的兴起,起到了较大的推动作用,在中国思想史和教育史上占有重要地位。

(二) 孟子及其思想研究

嵇文甫对孟子的研究主要集中在孟子的人性皆善、重民思想、王霸论三个方面。

嵇文甫认为,孟子关于人性的观点,概括起来就是"人性皆善"问题,孟子是"性善论"的首创者,其全部学说都建立在此基础之上。同时,嵇文甫还详细阐述了孟子从良知良能、平旦之气(或夜气)、突发怵惕恻隐之心等方面阐述人性皆善的问题。

嵇文甫认为孟子有重民思想,没有民权思想,更不能因此说他是民权主义者。孟子主张"民为贵""君为轻",极其鲜明地反对暴君,极为重视民心,认为人心向背与国家治乱兴亡休戚相关,只要顺从民心,君主就可以王天下。他认为君主并非神圣不可侵犯,君民关系也是变化的,君主应与民同乐。

嵇文甫认为孟子期望的政治是"王道"政治,他所说的霸道是孔子所鄙视的政刑,因此孟子最先清楚地提出王霸问题。"他一方面为当时大一统的趋势所激刺,而主张'定于一';故只讲王天下,不讲霸诸侯;只教人帝制自为,不教人当什么诸侯之长,这和孔子的思想已显有差异。另一方面他更把王霸二字赋予一种新意义,不从地位上区别,而从性质上区别,王道霸道,判然两途,于是在中国政治思想史上占中心地位的王霸论遂出现了。"①因此,孟子尊"王"贱"霸",极看不起霸者。简而言之,孟子的王道政治就是德化政治,也就是孔子的"为政以德",重"教"而轻"政"思想,是一种理想化的贵族政治,其实施的社会背景是自然经济和宗法制度。

嵇文甫还分析了孟子的阶级局限性,认为孟子理想的政治社会是宝塔式封建社会,带有深刻的等级制度和剥削阶级的思想意识,是封建统治的拥护者,他把社会上的人分为"大人"(君子,劳心者)和"野人"(小人,劳力者),并认为孟子虽然承认社会分工有一定的意义,但把这种剥削说成社会分工不同的思想,被打上了明显的阶级烙印,为后来的封建统治阶级所利用。嵇文甫的阐述既划清了孟子尊重民意和民权思想的不同,又对其作出正确评价:孟子"尊重民意,体贴民隐,孟子也真算十分深至了"②。

---

① 嵇文甫:《先秦诸子政治社会思想述要》,北平开拓社,1932,第64页。
② 嵇文甫:《先秦诸子政治社会思想述要》,北平开拓社,1932,第72页。

## (三) 荀子及其思想研究

荀子和孟子一样,承认人人都是做圣人的原始材料,但是孟子主张"性善论",荀子却主张"性恶论"。嵇文甫认为荀子的主张有自相矛盾的地方,"饥而欲食,寒而欲暖,劳而欲息,好利而恶害,是人之所生而有也,是无待而然者也,是禹桀之所同也"。这里的"欲食""欲暖""欲息"等的自然要求本来不能以善恶对待,当然也不能算作"恶"。但荀子不把"善"当作先天的人性固有的,特别强调"伪",强调"人为",因而具有强烈的唯物主义色彩。[1]

嵇文甫认为,荀子讲的礼义法度是古人为天下万世长远而制定,"既不假托神意,也不说是人性中所固有,而认为是经过古代圣人的深思熟虑,权衡利害,给大家创造出来的"。礼义法度有"以相群居,以相持养,以相藩饰,以相安固"的大功用。嵇文甫认为荀子礼义法度是一种明显的功利主义见解。他也在大利大害上分析得非常明白,不谈玄说妙,富有说服力。但他依旧是站在贵族立场上美化礼义法度,体现了其阶级局限性。[2]

嵇文甫认为儒家根本上都是维护等级制度的。荀子把不平等看作平等,认为等级制度是"群居和一之道",是应社会生活之需要而产生的。荀子还从墨子至俭而致贫得出必须有尊卑贵

---

[1] 嵇文甫:《春秋战国思想史话》,载《嵇文甫文集(下)》,河南人民出版社,1990,第217-218页。
[2] 嵇文甫:《春秋战国思想史话》,载《嵇文甫文集(下)》,河南人民出版社,1990,第219-220页。

## 第六章 学界巨擘：嵇文甫的学术成就

贱之别，否则无以行其赏罚，无以进贤退不肖，各种事业都不能振兴；只有尊卑贵贱才能使社会繁荣起来——这是一种封建的经济学，是拥护等级制度的一个理由而已。同时，荀子还推崇君主万能论，认为人群的一切事物都应该由君主来处理，对君主极力推崇，这也是拥护封建等级制度的另一种表现。

荀子承认客观存在着不为意志转移的"天"，承认自然现象、自然规律的"天"，不相信天人感应、给人福祸的"天"，嵇文甫认为这是他最精彩的"天道观"。荀子不仅能打破传统的迷信，还批判地吸收道家自然主义的天道观而加以根本改造。他依据儒家人文主义精神，特别强调人为，进一步提出一种很健康的新天道观。"他不是在悬想'自然'的伟大（大天而恩之），而是要把'自然'作为自己的所有物而加以裁成，使适合自己的需要（物畜而裁之）；不是在歌颂'自然'的神妙（从天而颂之），而是要掌握'自然'的规律而加以利用（制天命而用之）；不是在等待'自然'给予好时机（望时而待之），而是要适应所有时机而善于使用（应时而使之）；不是在坐享'自然'所赐与的现成丰富的物质（因物而多之），而是要发挥人的能力，使其更加繁衍变化（骋能而化之）。这完全是以人力利用自然，驾驭自然，征服自然，是一种很积极的唯物主义的世界观，和老庄的气象迥然不同。"[①]

---

[①] 嵇文甫：《春秋战国思想史话》，载《嵇文甫文集（下）》，河南人民出版社，1990，第223-224页。

## 二、道家思想研究

### (一)老子及其思想研究

嵇文甫对老子的研究涉及自然主义、无为主义,以及虚无主义、谦弱主义、哀慈主义等几个方面。

老子崇尚自然,嵇文甫认为老子的自然主义是"尚自然恶干涉","其论治之说如此,至其理想之极端,则曰:'小国寡民,使有什伯器而不用,使民重死而不远徙,虽有舟舆,无所乘之,虽有甲兵,无所陈之,使人复结绳而用之。甘其食,美其服,安其居,乐其俗,邻国相望,鸡狗之音相闻,民至老死,不相往来,可谓极自然之致矣'"。① 嵇文甫认为老子崇尚"自然",包含着"自然崇拜"的意味。老子没有分析研究"自然",没有另立一个造物主,是一种进步思想。同时,嵇文甫认为老子的"反"字妙诀贯穿着其根本的方法论和宇宙观,包含着辩证唯物主义的思想因素。

"老子对于一切事物,都因任其自然的状态,随顺其自然的趋势,而不以人意左右其间,这就叫作无为。他绝对信任自然,他认定宇宙万物和一切人事都有一种不可逃避的自然律。"② 嵇文甫认为老子的"无为之说",并不是人们通常认为的"无为",不是简单的不满现状的一种消极抗议,也不简单是返淳还朴的

---

① 嵇文甫:《老子发凡》,载《嵇文甫文集(上)》,河南人民出版社,1985,第4页。

② 嵇文甫:《先秦诸子政治社会思想述要》,北平开拓社,1932,第86页。

一种天真的幻想,有他自己的一套奥妙:看着是无为,实际上正是他妙于无为,这也是许多政治家、军事家喜欢"黄老"的原因。老子认为政府最好不做事,君主应是人民"不知有知"。但他又主张退回到"小国寡民"状态。嵇文甫认为这是开历史的倒车、违反自然,其无为主义含有不少的神秘成分。

嵇文甫认为老子学说还包括虚无主义、自然主义、因应主义和哀慈主义等。老子不是独善主义,而其悲天悯人之意,"实无异于老墨二子",认为老子所崇尚的哀慈而盛德天下,是"修之于身,其德乃真;修之于家,其德乃余;修之于乡,其德乃长;修之于国,其德乃丰;修之于天下,其德乃普"①。

嵇文甫认为老子与孔子齐名,在"称上古""言道德""尚无为""近于太公,富应变之才"上与孔子媲美;认为杨朱是极端利己主义,虽学习老子但并不是真实的老子学说;认为法家并不是真正地解释老子,而是假借老子的虚静无为学说神化自己的学说;认为"兵"是老子不能容忍的,"歙张取与诸说,亦犹《系辞》所谓尺蠖之屈,以求伸也;龙蛇之蛰,以全身也"。②这些话是兵家之说。同时,嵇文甫还阐述了老子对养生家的批判,如老子的学说有长生久世之说,但老子强调"精神不可乱用",更没诱导"引辟谷辟服食仙草以求长生为事"的学说。

---

① 嵇文甫:《老子发凡》,载《嵇文甫文集(上)》,河南人民出版社,1985,第3-6页。
② 嵇文甫:《老子发凡》,载《嵇文甫文集(上)》,河南人民出版社,1985,第8页。

## (二)庄子及其思想研究

嵇文甫对庄子的研究主要集中于庄子的天钧论与在宥论、庄老异同比较等。

老子和庄子均属道家学派,其学说既有相同点也有不同点。嵇文甫认为他们都崇尚自然,都主张无为,都要返淳还朴,在生活态度上也有两点相同:一是都比较注重精神生活。"老子'淡然独与神明居',庄子'独与天地精神相往来',其注重精神生活同。"二是都注重与世相处。"老子教人'和光同尘',而庄子'不谴是非,以与世俗处',其圆融无碍同。"[①]

嵇文甫认为二人的思想也存在诸多不同:即使他们都崇尚自然,都主张无为,都要返淳还朴,而庄子发挥得格外透辟尽致。同时,还认为庄子在全身免害方面比老子更深刻,这从"论道的用处""写他的理想人物""生死问题"三个方面都能看出来。庄子的"道"是一种"全身免害"的道,并不想去治理国家;而他的理想也是做一位潇洒的神仙,不问世间尘事;他把生死看成常事,相信定命论,看破红尘,完全是要出世。庄子的"道"在于委曲求全,费尽苦心,寻求全身免害的方法;认为"该当龙时就当龙,该当蛇时就当蛇,一屈一伸,随时变化,这才是最好的处世之道"。[②]

天钧论的"天钧"就是自然之分,自然的均衡。"庄子知道

---

[①] 嵇文甫:《先秦诸子政治社会思想述要》,北平开拓社,1932,第46页。
[②] 嵇文甫:《春秋战国思想史话》,载《嵇文甫文集(下)》,河南人民出版社,1990,第206页。

宇宙是动的,变的,是在矛盾中发展的。自然现象如此,社会现象如此,知识现象亦如此。"①庄子学说最精彩的地方是其"变"的哲学,认为宇宙万象时时刻刻在转变,是一种"动"的宇宙观,是一种辩证的观点。但天钧论相信"气""神",相信理智属于人,是有限的,只能观察表面,而"气""神"通乎天,是无限的,能直入宇宙真髓,蒙上浓厚的神秘色彩,和近代的辩证法不能相提并论。

在宥论是庄子的政治哲学和社会哲学的总称。和老子一样,庄子崇尚自然,主张极端放任主义,一切都"宥使自在",以不治治之。庄子不赞同"偈偈乎揭仁义若击鼓而求亡子"之人,"以为仁义圣智徒足以为奸人所假借,而不足以止乱"。庄子的理想社会和老子一样,是返淳还朴的神仙世界,但多了"与时偕行"等开明进步的理论。

## (三) 道家宋尹流派研究

道家在庄子时期发展到另一个高峰时期,除庄子外,道家还有一些宋尹、杨朱、黄老等学派的思想家。宋尹学派是宋钘、尹文的简称,指以二人为代表的道家思想流派。尹文是战国时期齐国人,所著《尹文子》一书流传于世。宋钘是战国时宋人,曾游齐之稷下,或云与尹文、田骈同学。其学说主张存于《孟子》、《庄子》、《荀子》、《韩非子》及《吕氏春秋》中,迭有引述评议。把宋钘、尹文也看作道家思想流派后期发展的代表,主要原因是

---

① 嵇文甫:《先秦诸子政治社会思想述要》,北平开拓社,1932,第50页。

二者的思想核心是老子学派中知足反战思想,二人具有强烈的救世精神。嵇文甫认为宋钘非道非墨,和道家消极态度很不相类,自成一家。

嵇文甫还研究了宋钘的"别宥"学说。"别宥"就是"去囿",就是教人不要心有所蔽,"人各有所'囿',有所'宥'则不能认识事物的真相,而颠倒错乱,黑白混淆。'去宥'则通知物情而无所隔阂,所以'接万物以别宥为始'"。①

## 三、先秦其他流派研究

### (一)墨家研究

在墨家的起源问题上,嵇文甫认为,墨家出身于下层社会,是无产者。他们的思想意识不仅与贵族、商人和地主阶层不同,就是与同一阶层的自耕农也有许多差异。

嵇文甫认为墨家是一个"会党式"的集团,"墨子在一群'墨者'中,不仅是一位传道授业的先生,同时却象是他们这个集团的领袖。他掌握着很大的权力,能发号施令,指挥他的门徒。他常派遣他的门徒到各处去活动。"嵇文甫认为墨家是一个以无产者为中心的下层社会集团,他们有共同的信条和组织纪律,重承诺,轻生死,具有侠客道德,钜子(墨家首领)在墨家具有绝对权力。同时,嵇文甫还指出墨家要求成员"有力相营,有道相交,有财相分",不仅分给集团内部,还分给一般穷人,具有原始

---

① 嵇文甫:《春秋战国思想史话》,载《嵇文甫文集(下)》,河南人民出版社,1990,第234页。

共产主义的意味。①

嵇文甫认为,墨家的主张与儒家的主张相差甚远。墨子的"兼爱"与儒家的"仁"有两点不同:(1)儒家的"爱"重在"心",墨家的"爱"考虑实效,言"爱"必言"利","兼相爱,交相利",爱非空爱,贯穿着尚"用"的精神。(2)儒家把亲疏关系分得很清楚,主张有差别的爱,其"尚贤"得符合条件,是相对的;而墨家根本打破亲疏远近之别,一视同仁。墨家还在政治上、思想上主张"尚同",在亲疏关系上主张"尚贤",绝对平等看待。墨家"明鬼"说中的天鬼概念也是从人民实际利益着眼,主张有鬼论,把天和鬼讲得活灵活现,也与儒家明显不同。

嵇文甫认为墨家也有类似民约论的言论,但实际上不主张民选天子。这是因为代表下层社会、劳动人民的墨家把立君之权归于"天",认为国家和君主都是上帝鬼神设立,不是民众选举来的。另外,嵇文甫认为墨家不主张民选天子是有旁证的。"墨家是个有组织的团体,其领袖为'钜子',发号施令,有绝大的权力。'钜子'职位并非由一群墨者选举而来,乃是由旧钜子自择新钜子而传其位,很象佛家的传衣钵。假使墨家能够取得政权的话,无论从理论上,从事实上,钜子都必然要掌握全国最高的权力,而形成一种带宗教性的政权形式。……在这天国中,天子称天而治,掌有绝大的权力,什么'民约论','民选天子',

---

① 嵇文甫:《春秋战国思想史话》,载《嵇文甫文集(下)》,河南人民出版社,1990,第192-194页。

根本是谈不上的。"①嵇文甫还认为墨家的"尚贤"主张是一种"贤人政治",体现了对贵族的不满,虽有历史的进步,但仍不能算民选政治。

## (二) 名家研究

名家是先秦之后的研究者总结先秦思想时所使用的一个称谓,嵇文甫研究的惠施、公孙龙就是名家的代表人物。嵇文甫认为,惠施和公孙龙是诡辩主义的两大代表,惠施代表相对主义,公孙龙代表绝对主义。

惠施主张"合同异",认为从同的一方面看,可以说万物都是相同的;从异的方面看,万物都是相对的,一切事物的差别对立,都是相对而言的。"惠施这一派的诡辩学者,看到事物性质的相对方面,看到事物处在不断变化中,事物间的差别只是暂时的,因此,在他们学说中反映了某些客观辩证法的因素。"②同时嵇文甫认为,惠施把事物的相对性无限夸大,否定事物本身的固定性,否认事物间的质的差别和事物间的矛盾对立,从而抹杀了具体事物本身的特点,是一种极端相对主义的诡辩学说。公孙龙曾提出"离坚白""白马非马"等命题。嵇文甫认为,公孙龙注意到"个别"与"一般"的差别,这在中国逻辑史是一个重要的贡献。但他形而上学地割裂了"个别"和"一般"的关系,也否认

---

① 嵇文甫:《春秋战国思想史话》,载《嵇文甫文集(下)》,河南人民出版社,1990,第198页。
② 嵇文甫:《春秋战国思想史话》,载《嵇文甫文集》(下)》,河南人民出版社,1990,第225页。

了其既对立又统一的辩证关系,夸大了二者区别,是绝对主义的典型。

嵇文甫认为名家是市民哲学,是从商业都市中孕育出来的,是市民思想的反映,其产生离不开商业的发展、都市的繁荣及头脑广博而复杂的大批市民。三晋具备以上三个条件,是名家产地,这也可从邓析、惠施、公孙龙等人的籍贯得以证明。嵇文甫认为名家具有两大特征:一是对事物抽象的分析,具有抽象性;二是对传统思想信仰的肆意破坏,具有破坏性。同时,名家也有自己的五个方面的主张,即泛爱、偃兵(停止战争)、去尊(不要"王")、制法(制定法律)、正名(名以正形,形以正名)。

同时,嵇文甫认为名家这些主张都有其自身的特点,与墨家有四点区别:一是没有墨家那样会党式的组织。二是没有过墨家刑徒般的生活。三是名家的名学兴趣是反常识的,"离坚白、合同异";墨家恰恰相反,合于常识,"合坚白、离同异"。四是名家始于邓析,墨翟不是其始祖,他们代表市民中的上层;墨家与手工业者有关,代表市民中的下层。①

## 第三节　宋明理学研究

理学是宋明时期以儒学占主导地位,融合佛、道思想形态。它起于北宋周敦颐、程颢、程颐、张载,南宋朱熹集其大成,南宋末期被采纳为官方哲学,后历经元、明、清三代,近七百年的发

---

① 嵇文甫:《名家言为市民哲学说》,《时代中国》1944年第5期。

展,影响延续至近代,对后世政治文化等均产生了深远影响。

嵇文甫关于理学的研究涉及宋、明、清的张载、朱熹、陆九渊、王阳明、李贽、孙夏峰、傅青主、黄宗羲、王船山、颜习斋、毛西河等人物的思想,还涉及17世纪思想思潮、晚明思想、左派王学等内容,研究深入。特别是对陆王学派和王夫之的研究,可谓蔚为大观,自成一家。

## 一、宋代理学研究

嵇文甫研究程颢、程颐、张载和陆九渊等宋代著名的理学家,阐述了他们的思想,并比较了程朱思想及其关于"仁"的论述之不同。

### (一) 北宋张载及其哲学思想研究

张载(1020—1077),字子厚,世称横渠先生,思想家、教育家、理学创始人之一。他认为世界万物的一切存在和一切现象都是"气",即"太虚",主张"理在气中"。又认为只有"德性之知"才能认识"天下之物"。讲学关中,故其学派名为"关学"。

嵇文甫认为张载的知识论包括三方面:在知识来源上,属于理性论而不是经验论;在知识效力上,属于独断论而不是怀疑论;在知识内容上,属于实在论而不是观念论。张载在感性知识以外,提出"诚明所知""德性之知"是先天的、无限的、实在的知识论,是"东方型理性主义"。同时,嵇文甫认为,张载是个理学家,他的思想必须在理学的范围内研究,但他与程朱的理学思想还是有些不同。张载的唯物主义思想主要表现在主张气一元论,看宇宙只是一"气"变化,而且有着其必然的规律,任何事物都有其"正题"与"反题",矛盾而统一,宇宙就是在这一正一反矛盾中发展。尽管张载的理论中还有调和论、循环论意味,但它包含着辩证法的思想因素。张载还依据自己的气一元论思想,极力反佛老,把"有"和"无"分成两截,反对老庄的虚无思想、佛家的万法唯心,力批佛家的唯心主义谬论,力挺"万物不随知见而有无",是唯物主义思想。但张载的宇宙论和唯物论都不是那么唯物,他毕竟是理学家,尽管他反对佛老,可没有跳出"以本为精、以物为粗"的窠臼,带着佛老色彩。

嵇文甫认为张载在中国唯物主义发展思想史上占有一定地位,但也不能过高评价其唯物主义。"过高估计横渠的唯物主义方面,而忘掉他毕竟是个理学家,并没有摆脱掉一般理学家所共有的唯心主义的思想本质;或者相反,因为他是个理学家,就漫不加察,完全否认他在中国唯物主义思想发展史上应该占有一定地位,这些看法我觉得都是不妥当的。"①

(二)南宋陆九渊"实学"研究

陆九渊(1139—1193),南宋理学家、教育家,陆王心学的代表人物。因书斋名存,世称"存斋先生"。又因讲学于象山书院,被称为"象山先生",学者常称其为"陆象山"。陆九渊从不著书,通过讲学表达以明理、存心为主旨的心学思想。主张"心即理"说、"发明本心"、"尊德性"、"大做一个人"等,言"宇宙便

---

① 嵇文甫:《〈张载集〉序》,载《嵇文甫文集(下)》,河南人民出版社,1990,第728页。

是吾心,吾心即是宇宙","学苟知本,六经皆我注脚"。其中,"心即理"是他整个心学的基本命题。上承孔孟,下启王守仁,不仅对中国,也对日本、韩国、新加坡等国的思想和社会变革产生过重大影响。

陆九渊崇尚"实学",它有不同于朱学的地方。嵇文甫在研究中指出,陆九渊的"实学"有四个方面:一是反空论,痛斥口头上的"闲言语",反对"时文"化的道学,反对那种道学八股,教人在血脉骨髓处着实理会,重实践、实悟。二是反矫饰。陆学是一种自然主义,注重引导诱发,教人老老实实做人,顺着本心做事,不矫揉造作不装扮成特别的样子。三是反格套。他的言论没有固定的格套,随缘说法,看似不执着,其实是以本心为主宰,表现出一种独立不羁的精神。四是切要处用力。扫除一切浮泛格套,在切要处用力。同时,嵇文甫看到陆九渊的"实学"受时代限制,非佛老即俗学,只能在那里兜圈子。因此,研究陆九渊的"实学",需透过其神秘外衣,剥取其合理的核心,只有这样才能发现其价值。①

## (三) 程朱思想及其比较研究

嵇文甫对程朱关于仁的论述进行了详细研究,他认为秦汉以后的学者推崇讲论,但均不能从整体上把握仁,宋代的程朱论仁最为全面,但他们也有着唯物与唯心之别,这和他们生活的时代有关。

---

① 嵇文甫:《陆象山的"实学"》,《河南大学文学院学术丛刊》1941年第1期。

## 第六章　学界巨擘：嵇文甫的学术成就

嵇文甫认为，程颢论仁，高远疏略，朱熹则博大精深，二者之不同是因为其思想背景不同。第一，程颢生活的时期，理学处在萌芽阶段，他自己也是宋代仁学的创立者，所以研究与讲论仁的学者较少。而朱熹生活在程颢后一百余年，仁学已十分成熟，研究者较多，也拥有丰富的史料，故朱熹能成为宋代仁学的完成者。第二，程颢研究时，仁学尚未形成一定系统，故他不能掌握全部，不能表达孔孟的中心思想。朱熹则继承程颢的宗旨，在仁学大体成熟的基础上，"详征孔孟之心传，而居敬穷理，以实仁之内容"。第三，程颢受佛、道影响较重，是纯唯心论者，而朱熹继承周敦颐、张载、二程学说，会陆九渊，旁征博引，发扬仁学之光大，成为唯物论者。嵇文甫认为，二人取向不同的关键在于：程颢好高骛远，性主广阔；朱熹切近事理，严于执守。①

民国时期，关于程朱、二程之间思想差异的讨论此起彼伏。但学者们都是从整体上分析各自的宇宙观和学说特点，来讨论程颐、朱熹与程颢思想的差异。而嵇文甫则是通过具体分析朱熹与程颢对于仁的不同阐释，以论述他们的思想异同。"嵇文甫对于朱熹与程颢在仁学上的思想差异的阐释，是有充分说服力的，是当时学术界探讨程颐与程颢乃至朱熹与程颢之间学术异同的重要研究成果。"②

---

① 嵇文甫：《程朱论仁之阐略》，《尚志周刊》1932年第4、5期合刊。
② 乐爱国：《民国时期嵇文甫对朱熹与程颢思想异同之辨析——兼与冯友兰〈中国哲学史〉之比较》，《社会科学战线》2013年第2期。

## 二、明代理学研究

自北宋兴起的理学,至南宋朱熹集其大成。明代是理学的重要发展时期,明初程朱理学被奉为统治思想,明中叶王守仁心学崛起,王学广泛传播,明末社会动荡,王学衰微。嵇文甫对明代理学的研究集中在对高拱的开创性研究,以对王学、左派王学的研究等方面。

### (一) 开创高拱研究之先河

高拱(1513—1578),字肃卿,号中玄,谥文襄,河南新郑人,明代杰出的政治家、改革家,同时也是批判宋明理学和明季时弊的卓越思想家、哲学家。由于历史、政治等原因,相当长时期内,高拱的生平事迹、改革功绩、学术思想隐而弗彰,鲜为世人所知,以致长期以来在政治史上被歪曲、丑化,在学术史上被遮蔽、埋没,在历史地位上被消解、误判。

到20世纪40年代,嵇文甫终于发现了高拱,并对其学术思想作了开创性研究。20世纪40年代至60年代,嵇文甫先后发表三篇关于高拱研究的论文:《张居正的学侣与政敌——高拱的学术》(《河南民报》1946年10月25日至11月1日连载)、《论高拱的学术思想》(《哲学研究》1962年第3期)和《再论高拱的学术思想》(《光明日报》1963年4月5日)。在这些论文中,他不仅提出了许多极具价值的论点,也开创了高拱研究之先河。

嵇文甫最早对高拱给予关注,并对其历史功绩给予充分肯定,提出:"高拱不仅在政治上很有表现,他还确乎有一套很值得表扬的学术思想。"①嵇文甫通过研究高拱的学术思想,肯定"高拱是满可以配得上王廷相的一位唯物主义思想家。在他的著述里面有很多精彩地方,值得继续发扬"②。

在嵇文甫看来,高拱的学术思想之所以"值得继续发扬",是因为它蕴涵着"尚通""尚实"的特质。嵇文甫先生所说的"尚通",就是崇尚平正通达、会通变化、随机应变,不胶固、不滞碍、不偏执。用现代哲学语言来说,"尚通"就是崇尚辩证思维或辩证方法。在嵇文甫看来,高拱学术思想的另一特质是"尚实"。所谓"尚实",就是尊重实际,实事求是,务求实效。对"尚实"特质,嵇文甫从四个方面进行了详细论证,得出"新郑学术,尚通、尚实,有许多地方开清儒之先"。③

20世纪80年代中期以后,哲学界兴起了明清实学研究热潮。在这一热潮中,有学者认定高拱的学说是实学或具有实学的特征。如牟钟鉴先生说:"做学问求是,做事情求实,做人求诚,这就是高拱的真精神。"④显然,这一观点滥觞于嵇文甫的"尚实"说。

嵇文甫不仅论证了高拱"尚通""尚实"的学术特质,而且还对高拱的改革作了开创性研究,认为高拱的改革可分为两个时期:一是嘉靖四十一年至四十五年(1562年至1566年),即高拱

---

① 嵇文甫:《论高拱的学术思想》,《哲学研究》1962年第3期。
② 嵇文甫:《论高拱的学术思想》,《哲学研究》1962年第3期。
③ 嵇文甫:《张居正的学侣与政敌——高拱的学术》,载《嵇文甫文集(中)》,河南人民出版社,1990,第420、434页。
④ 牟钟鉴:《论高拱》,《中州学刊》1988年第5期。

任礼部左侍郎、礼部尚书时期的改革;二是隆庆三年至六年(1569年至1572年),即高拱任吏部尚书继又提任内阁首辅时期的改革。嵇文甫提出高拱在隆庆后期的改革尽管时间短,只有两年半,但其"成效卓然"。

有些学者或囿于门户之见,或存有历史偏见,或固守狭隘的地域观念,把高拱、张居正绝对对立起来,判定张居正是事功卓著的杰出改革家,而高拱则是改革的反对者。甚至有将高拱的改革业绩和边防功绩完全归到张居正头上,对高拱不置一词,由此形成"高冠张戴""褒张贬高"的历史偏见。

嵇文甫明确提出,高拱和张居正在成为政敌之前,他们原是志同道合的好友,无论在政治上、学术上,他们都有密切的联系。"他和居正始而同在翰林,同在太学,又同入内阁,做宰相,以学问相切磋,以事功相期许,左提右携,若一体而不可分。"[①]然而,"江陵成为中国近古史上特出的大政治家,赫然在人耳目,而新郑就渐渐被人遗忘了。其实新郑于江陵还是先进,江陵的学术和事功有许多地方实在可说是渊源于新郑"[②]。"高拱是一位很有干略的宰相,在许多方面开张居正之先。"[③]嵇文甫还特别强调说:"有许多事情江陵似乎还是继承他抄袭他的。他是一个在政治上和学术上都有特别表现的人物,是一个站在时代前面开

---

[①] 嵇文甫:《张居正的学侣与政敌——高拱的学术》,载《嵇文甫文集(中)》,河南人民出版社,1990,第420页。

[②] 嵇文甫:《张居正的学侣与政敌——高拱的学术》,载《嵇文甫文集(中)》,河南人民出版社,1990,第420页。

[③] 嵇文甫:《论高拱的学术思想》,《哲学研究》1962年第3期。

风气的人物。"①这是嵇文甫对高拱历史地位的判定。

总之,嵇文甫对高拱的学术思想、改革功绩和历史地位的研究是卓有成就的,并提出了许多真知灼见。这不仅开启了现代学术界研究高拱之先河,而且至今还有着重要影响。

## (二) 左派王学研究

嵇文甫对左派王学的研究独树一帜。1934 年,嵇文甫的《左派王学》一书第一次用唯物史观系统地研究王学左派,也是第一次明确地建立起公安派和王学左派的联系。1936 年,他又在《文哲月刊》上发表了一篇《公安三袁与左派王学》,论证了中郎兄弟与王学左派思想的关系,尤其是三袁与李卓吾的联系得以建立。② 具体来讲,嵇文甫对左派王学的研究主要从如下四个方面展开论述。

1. "四无"与泰州学派。王畿的"四无"说备受后世学者争议,但嵇文甫认为,"'四无'之说,实为其应有的结论。然而龙谿在这一点上实在还没有大放厥辞。要看到这种自然主义的充分发展,还有待于泰州学派。比起泰州学派,龙谿倒还算谨严的"③。王艮即王心斋,是王阳明门下怪人,和王畿一样,热心经世,提倡尊身主义与自我为中心,以天下为己任。"心斋之学,以悟性为宗,以反己为要,以孝弟为实,以乐学为门,以太虚为宅,

---

① 嵇文甫:《张居正的学侣与政敌——高拱的学术》,载《嵇文甫文集(中)》,河南人民出版社,1990,第 434 页。
② 嵇文甫:《公安三袁与左派王学》,《文哲月刊》1936 年第 7 期。
③ 嵇文甫:《晚明思想史论》,东方出版社,2013,第 23 页。

以古今为旦暮,以明学启后为己任,以九二见龙为正位,以孔氏为家法。"①他还要求以身为家、国、天下的"格式",以身作则,并提出"乐学"的宗旨,充满自然主义。王艮是乐学主义者,倡导"淮南格物说",创立王学极左派——泰州学派。这个学派由王艮发端,历经徐波石、赵大洲、颜山农、何心隐、管东溟、罗近溪、周海门、陶石篑、邓豁渠,一代强似一代。罗近溪是泰州学派较为重要的人物。他从生机上讲"仁"与"乐",看宇宙是个大生命,在处事上带有游侠气味。

2. 狂禅运动。"狂"是王学本色,王阳明当年也自命为"狂者"。在万历以后,更是出现了狂禅运动。运动上至泰州学派的颜山农、何心隐,后以李卓吾为中心,直到明末,主要代表有王畿、王艮、颜山农、何心隐、邓豁渠、管东溟、李卓吾等。颜山农一扫传统的道理格套,将戒慎恐惧工夫放在一旁,放手去做,有游侠精神。何心隐也打破传统道学旧套,反对无极,反对无欲,明斥濂溪。邓豁渠"只主见性,不局戒律",更是狂到连他老师赵大洲都骂他荒谬。管东溟打破儒术一尊的局面,抬高佛的地位,解放了思想。李卓吾学问源于姚江,出入儒、佛之间,不守陈规,与左派王学关系最为密切。李卓吾称赞泰州学派是一群英雄,对何心隐深表同情,敢于骂名教儒生,贬斥儒家推奖诸子;讲究真才实学,喜欢英雄豪杰,不喜欢木偶般的道学先生,其思想也最能表现左派王学之精神。他不守陈规,爱好自由,极端发展个人主义,对当时的思想界有着广泛而深刻的影响,也促进文学史

---

① 嵇文甫:《晚明思想史论》,东方出版社,2013,第23页。

形成一个"尊重个性,喜欢狂放,带浪漫色彩"的特殊历史时期,把王学完全狂禅化。

3. 左派王学与公安三袁。公安三袁是指明代湖北公安县散文家袁宗道、袁宏道、袁中道三兄弟,他们与左派王学联系密切,思想上属于同流。在三袁文集中,不仅有左派王学王艮、徐波石、罗近溪、赵大洲等先辈,还有左派王学系统下的陶望龄、焦竑、管东溟,尤其是还有李卓吾。袁氏兄弟都十分佩服李卓吾,他们言论也和李卓吾相近,在论张江陵与好朋友这两件事上,与王学思想非常契合。但袁氏兄弟对左派王学之末流也有不满,对极左派也颇有微词,大体上还是同流。

4. 左派王学之评价。左派王学出现在道学革新运动时期,处在一个思想解放的时代。道学革新运动起于陈白沙,盛于王阳明,在左派王学达到极点。左派王学真正继承并发展了王阳明,表现了自由解放之精神。自发展开始,它就受到右派王学的罗念庵、东林派顾宪成与高攀龙的攻击,也受到清初的孙奇逢、刘宗周、黄宗羲的攻击,随着朴学的兴盛、道学的衰微,左派王学也随之衰灭。左派王学与整个社会变动相关联,带有下层社会的氛围,许多思想家都来自下层知识分子,他们受下层社会影响,富于自由思想与反抗精神。

(三) 王学的研究

1. 东林派修正王学。明代的思想解放运动从陈献章开始,历经王阳明,到狂禅派发展到极端,受到各方面的反对,其中以顾宪成、高攀龙为代表的东林派最为著名。东林派顾宪成反对左派王学的"无善无恶",认为这四个字在理论上根本站不住,甚至从理论上攻击王阳明。"断然要讲'性善',不能说无善无恶;必须'小心',不能放任自流,以至猖狂无忌惮。泾阳一切理论大体上可以总摄于此了。"①顾允成反对左派王学把佛、老、申、韩搅成一团,他的论调和哥哥顾宪成基本上一致。高攀龙在"性善"与"小心"上和顾氏兄弟一致。东林派在学术立场上有从王返朱的倾向,但其学风论道和王学比较接近,是王学修正派。

同时,嵇文甫还认为清初的刘宗周、孙奇逢、黄宗羲、李颙都属于王学修正派。晚明思想的活跃,不仅表现在理学上,也表现在佛学、文学、考证学上。嵇文甫认为,晚明思想有四个明显趋势:其一,从悟到修,这表现于东林各派的王学修正运动,以及云栖、憨山等尊重戒律,特唱净土;其二,从思到学,这表现在古学复兴,及西学的输入;其三,从体到用,这表现于张居正、徐光启等的事功思想;其四,从理到气,这表现于刘蕺山等的反理气二元论。②

2.陆王学派的玄妙。陆王学派是指以陆九渊和王阳明为代表的心学研究者。嵇文甫对陆王学派的总体看法是:初看时玄妙,进一步看并不玄妙,再看还是玄妙。初看玄妙表现在陆九渊、王阳明分别只用"先立乎其大者""致良知"来解释一切现象;可进一步看,又不是这样,他们极力表明自己的平实,反对读书与穷理,专讲本心,让人觉得玄妙,但他们依旧读书,下功夫,

---

① 嵇文甫:《晚明思想史论》,东方出版社,2013,第89页。
② 嵇文甫:《晚明思想史论》,东方出版社,2013,第166页。

只是将其全部运用到自己的理论中了,对当时"实在是一种大革命";但陆王学派毕竟是道学家,免不了有玄想的成分,他们把由社会条件决定的良心作为一切是非善恶的标准,平常也包含着玄妙。"陆王学派的出现,是道学的一大革新,是当时思想界的一大解放。新时代由他们开路了,然而他们自身尚陷没在玄想的泥沼中,时时闪耀其神秘的幽光。"①

(四)反理气二元论思想研究

理气二元论和气一元论的对立是中国哲学史上的两大壁垒。嵇文甫认为反理气二元论即主张气一元论思想经历四个发展阶段:一是北宋时期。北宋程颢开启了理气二元论,朱熹形成了鲜明的理气二元论,并占有绝对位置。二是明朝中叶。此时期汪俊、崔铣、罗钦顺等学者虽然走程朱道路,但反对理气二元论。三是明末清初。明末清初的刘蕺山和黄梨洲在反理气二元论的潮流中,占很重要的地位,他们从陆王学派立场上反对理气二元论:刘蕺山不承认理与气对立,也不承认性与心对立,反对"将此理另作一物看";黄梨洲更是认为有气无理,理是气的"条理",只是气的一个"名"。四是清代。清代的颜习斋和李恕谷认为理在事物中,不在事物上,不离开事物言理,不离开气质言性,站在唯物主义方面反对理气二元论。嵇文甫认为他们都是一元论者。

戴震极力攻击超绝的"理",全面系统地批判理气二元论,

---

① 嵇文甫:《对于陆王学派的一种观察》,《哲学评论》1933年第3-4期。

其《孟子字义疏证》是反理气二元论的名著,认为理学家的"理气对立"主张来自佛家的"形神对立"思想,否认理离开气而独立存在,是唯名论者。明中叶以后,唯名论思潮分为三个阶段,第一阶段是汪俊、崔铣、罗钦顺等不明显的反理气二元论;第二阶段是刘宗周、黄宗羲等纯粹的气一元论,但没有去掉理的神秘性;第三阶段从颜元、李塨到戴震而大成,认为理在事物中,心是一个知的器官。嵇文甫认为反理气二元论正是程朱理学衰退的征兆,这一思潮的发展过程正是其衰退的过程。[①]

## 第四节 清代理学研究

清代理学,总的来说,陆王学派一系趋于衰颓,程朱理学一脉则多在维护、阐释程朱之说,于理学无甚创新发展,而作为清政府的官方统治思想,理学更为突出的是纲常伦理的道德规范,强调躬行实践。嵇文甫对清代理学的研究集中在对王船山、孙夏峰等人的研究,成果丰硕,影响深刻。

### 一、船山学研究

嵇文甫较早对王船山进行研究,为国内研究船山学之"第一人",专著论文颇丰,其《船山哲学》《王船山学术论丛》等具有里程碑意义。嵇文甫对王船山的研究主要包括船山哲学、史学、政治等三大方面。

---

① 嵇文甫:《明清时代反理气二元论思想的发展概述》,载《嵇文甫文集(下)》,河南人民出版社,1990,第315-332页。

## 第六章 学界巨擘：嵇文甫的学术成就

### （一）主要成果

嵇文甫从十七八岁时开始接触船山的著述，并从此和王船山结下了不解之缘。1920年1月，嵇文甫在《心声》第二卷第一期发表了《王船山的人道主义》一文，这是嵇文甫研究王船山的开山之作。1936年，开明书店出版的《船山哲学》，是嵇文甫在民国时期研究王船山的重要著作。抗战和解放战争时期，嵇文甫仍坚持对王船山的研究。1943年发表《王船山的民族思想》，1944年发表《王船山黄书中的政治纲领》和《王船山的政术论》，1946年又发表《王船山论复员》《王船山的易学方法论》，1948年发表《王船山的史学方法论》，1949年发表《王船山的学术渊源》等文章。

20世纪50年代，嵇文甫运用马克思主义理论仔细总结过去，重新思索研究方法。这时期他发表《王船山的唯物主义思想及其唯心主义的杂质》一文。到了60年代，嵇文甫一发不可收，写出《王船山与李卓吾》《关于王船山的阶级立场问题》《论王船山与黄梨洲政治思想中的一个歧异点》《对王船山历史观的一些粗浅认识》《爱国主义思想家王船山》等论文。1962年，嵇文甫将其船山学研究的成果汇成《王船山学术论丛》和《王船山史论选评》，由中华书局出版，这是他研究王船山历史哲学的两部力作，对船山学提出了很多真知灼见，在船山学研究方面具有里程碑意义，嵇文甫也由此获得了船山学专家的称誉。

## (二) 船山哲学思想研究

王船山博大的思想体系中,哲学是其学术思想的核心,也是其全部学术成就活的灵魂。嵇文甫对船山哲学思想的研究,大体上可以分为以下四个方面。

### 1. 王船山学术渊源研究

嵇文甫在《王船山的学术渊源》一文中,谈到船山受东林学派的影响时,指出东林学派虽然猛批狂禅,但是他们所走的学术道路,倒是类乎王学右派,即罗洪先、王时槐。而船山的父亲曾从学于王学右派邹守益的后人邹德溥,本来和王学右派有关系。所以船山虽然强烈反对王学,但是看他批评朱学的地方,总能发现他受王学的影响不少。①

王船山虽然承认程朱的正统地位,但亦予以相当的修正。拿程朱比陆王,他反对陆王而拥护程朱;拿横渠比程朱,他却要舍程朱而尊横渠。他把程朱和横渠分辨甚精,而常站在横渠方面。他明白指摘朱子以格物为始教之说,认为是"贤者之学";只有横渠,"以博文之功,在能立之后","以天德为志,所学皆要归焉",即博即约,即文即礼,即人即天,即下学即上达,才是"作圣"的正路。在人性问题上,船山认为程子辨性与才、人性与物性、气质之性与天命之性,不及张子之精。还有生死问题,横渠以为"太虚不能无气,气不能不聚而为万物,万物不能不散而为太虚",这种说法颇为程朱訾议,船山却为之辩护。还有讲心

---

① 嵇文甫:《王船山的学术渊源》,载《嵇文甫文集(中)》,河南人民出版社,1990,第494页。

性天的话,分析得更精微。他说:"程子统心性天于一理……若其精思而实得之,极深研几而显示之,则横渠之说尤为著明。盖言心,言性,言天,俱必在气上说,若无气处则俱无也。"船山把张载的唯气论彻底发挥,以打破程朱理气二元论。嵇文甫最后指出,假如用辩证法的观点来看,程朱是"正",陆王是"反",清代诸大师是"合"。陆王"扬弃"程朱,清代诸大师又来个"否定之否定",而"扬弃"陆王。船山在这个"合"的潮流中,极力反对陆王以扶持道学的正统,但正统派的道学到了船山手里,却另变一副新面貌,带上新时代的色彩了。①

2. 对船山唯物思想与唯心主义的辨析

1959年,嵇文甫发表的《王船山的唯物主义思想及其唯心主义的杂质》一文中,嵇文甫认为船山的唯物主义思想主要表现在以下四方面:第一,他反对迷信术数及天人感应一类的神秘思想。第二,他反对万法唯心和虚无主义的佛老思想。第三,他不离器而言道,不离气而言理。船山极明快地提出了唯器论,把器放在第一位,而道只能从属于它。反对"统心性天于一理"的客观唯心主义。第四,他对于理欲、理势、体用、常变等一系列问题的现实的灵活的看法。他从不离气而言理,推演下去,很自然的,也不离欲而言理,不离势而言理,乃至不离用而言体,不离变而言常,这里面都贯串着唯物主义的精神。②

嵇文甫认为,把"气"放在第一位就是唯物主义者,但过去

---

① 嵇文甫:《船山哲学》,开明书店,1936,第39-57页。
② 嵇文甫:《王船山的唯物主义思想及其唯心主义的杂质》,《哲学研究》1959年第3期。

学者所说的"气"不完全是现在我们使用的"物质",它里面夹杂着非物质的东西,王船山也是如此。船山哲学思想体系里面也包含着唯心主义的杂质,主要表现在两方面:一是船山所谓的"气"夹杂有非物质因素;二是在船山的历史观中含有神秘思想。①

3. 船山哲学的理论成就及其原因研究

在《船山哲学》一书中,嵇文甫认为船山的根本思想只是八个大字,即"天人合一,生生不息"。船山把"人之天"从"天之天""物之天"区别出来,确定我们所讲的乃"人之天"。言天而不离人,这正是儒家人本主义见解。因此他一方面"绝地天通",指斥那些用术数妄窥天意的是"九黎乱德",另一方面,他指斥那些纯任自然的是"僭于天之天""滥于物之天"。船山主张"天即理",虽极力排斥陆王,但他却也是把"天"或"理"和"心"强调地说向一处。天就在人心中,心安即理得,并没有一成之形,这就是所谓"天人合一"之说。但是人心情伪万变,人心所向不见得就合乎天理。由人心以窥测天理,却也要用天理来审查人心。他认定天理就在人欲之中,即人欲而见天理。

嵇文甫指出,船山所认为的合乎天理的人欲,似乎含有两种性质,其一是公平性,其二是经常性。他所谓天理实在就是具有公平性的人欲。必须可以持久,具有经常性的人欲,才算天理。船山对性命问题也有着独到的见解,就是所谓"命日受,性日生"。向来言性者,不管主张性善、性恶、有善有恶、无善无恶,都

---

① 嵇文甫:《王船山的唯物主义思想及其唯心主义的杂质》,《哲学研究》1959年第3期。

是把性看作固定的,初生时一受成形,以后不再变动。船山却不然。他看性和命,亦即天和人,息息相关,并且变化日新,生生不已,完全是活动的。像他所主张这样活动的发展的性善论,从前没有见过,是船山的特殊贡献。

嵇文甫在1949年发表的《王船山的学术渊源》一文,从学术渊源上探讨船山哲学体系博大精深的原因[①]。文章从四个方面进行了分析。

第一,王船山与张横渠。讲起船山的学术渊源,首先想到张横渠。因为王船山旗帜鲜明地标出以横渠为宗。船山特别推崇横渠,主要是因为"从根本理论,到治学方法,横渠都有不同于程朱的一些特点。在具体解经上更有许多歧异"。"能认真钻研,对横渠学说有特别的发挥,恐怕没有谁比得上船山。当然,在对于自然界和社会历史的认识上,在具体的政治主张上,船山有许多开明进步的地方,远非横渠所能及。"

第二,船山与东林学派。以顾宪成和高攀龙为代表的东林学派,在学术上是以反对王学左派的面貌出现的。这一点与船山完全一致。船山早年曾受知于高攀龙的儿子高世泰,承他评定时艺云:"忠肝义胆,情见乎辞。"所以一直事以师礼。东林学派的学术道路类似王学右派,而船山父辈亦与王学右派有师承关系。

第三,船山与庄释各家。在家学渊源基础上,嵇文甫坚持认为,船山对于诸子学说有广泛的研究,吸取了丰富的思想资料,

---

[①] 嵇文甫:《王船山的学术渊源》,载《王船山学术论丛》,中华书局,1962,第33-46页

也锻炼了他辨析名理的能力。通过老、庄、佛对各类异学思想"入乎其内"的细致钻研,王船山"从论敌方面得到些新武器,学会些辨析名理的方法,把道理讲得格外明确有条理,而不像一般道学家的笼统肤廓"。从船山这些学术行为中,嵇文甫看出"对于唯心主义,不是要简单地把它一脚踢开,而是要找出它失足的所在,从中吸取教训。船山相当地这样做了"。

第四,船山与晚明考证和"质测"之学。"从主观的冥想,到客观的实证,是明清间随着城市经济的发展,而反映到学术思想上的一个总趋势。船山从唯心主义转向唯物主义,也正是在这一总趋势中出现的。"杨慎首开考证的新学风。这里面最特殊又和船山有直接关系的,是方以智。他们都很重视自然科学,称之为"质测"之学。船山所处的时代,使他接触到些新东西,另换一种眼界,其学术思想中具有许多开明进步的因素,从唯心主义转向唯物主义,也是很自然的。

### (三) 船山史学思想研究

王船山的史学著作很多,对于历史上王朝更迭及其"合离之势""变革之会"等,分析原因、探索规律,在理论上给以概括,形成了其独特的史学思想。嵇文甫对王船山的史学思想给予多方面的关注,主要包括以下四个方面的内容。

1. 船山历史观研究

1931年,嵇文甫在《十七世纪中国思想史概论》(中国大学清代思想史讲义)中指出,船山和浙东学派的学风并不相类,和考证家的所用方法相去更远。但其宏通深远的历史思想,殊为

## 第六章 学界巨擘：嵇文甫的学术成就

少见，实为明、清间时代精神一种有力的反映。船山颇有一点历史进化观念。他只崇拜尧、舜、三王、周、孔等个人的神圣，而并不崇拜当时的社会。他看唐虞三代许多制度都是圣人迁就当时现状不得已而为之，并不及后世制度之合理。①

此外，在《船山哲学》一书中，嵇文甫从三个方面分析了船山的历史观。

第一，古今因革论。船山最卓绝的历史见解，最足引人注意的，是他论古今制度的因革。他认定三代社会的情形和后世整个不同，认定各种社会制度不是孤立的而是互相联系的，认定在随时变革的制度中自有一定的过程和趋势，"大常之中而有极变，极变之中而有大常，这是船山始终一贯的宗旨"。

第二，朝代兴亡论。嵇文甫认为，船山把天理人情事势打成一片，以推究历代治乱兴亡之故，成为一种特异的历史哲学。"他认定当日不得不然之势，势之所在，即理之所在，而为天命之所归。这是他天人合一，理势合一，当然的结论。""他总觉得数百年的基业，继天立极而为中国主，不是专用智力可以强求，而必须合乎道。"

第三，华夷文野论。船山认定华夷大防是天经地义，绝对不容混乱。根据这种民族主义，他大骂"孤秦"和"陋宋"，因为他们只图巩固自己一人一姓的权位，不惜钳制臣民，削弱中国，而因以溃决华夷之大防。他抱着大中华主义，想借武力以宣扬文化。在船山看来，华夷之别，在乎文野。"中国之为文明人，乃在

---

① 嵇文甫：《十七世纪中国思想史概论》，载《嵇文甫文集（上）》，河南人民出版社，1985，第109-110页。

黄帝、尧、舜以后。当黄帝以前,中国也是野蛮人,也是夷狄……"他并且说当中国正为夷狄禽兽时,也许其他地方文明正盛。各民族文化发展先后迟速不等,而华与夷可以前后易位,文明并不是中国所专有的。

在文章的结论部分,嵇文甫指出,船山确乎有许多精辟独到的地方,即使从现代历史哲学的观点来看,也不能不加以称赞。举其要者:(1)从发展过程上看历史事象;(2)社会制度的相关性或整体性;(3)客观的独立于意识之外的势力之存在;(4)偶然中显现必然。

2. 船山历史观性质研究

1962年,嵇文甫在《江汉学报》发表《对王船山历史观的一些粗浅认识》一文,就王船山的历史观是唯物的还是唯心的谈了自己的看法。嵇文甫指出,为便于说明船山的历史观,应当分两层来研究:"一、王船山的唯物主义自然观,是否也应用到他的历史观上?二、假若也应用到历史观上,那么是直接的简单的应用呢?还是更进一步真正达到了历史唯物主义的境界?"

在回答第一个问题时,嵇文甫指出,"船山有他的历史进化论,他似乎看到社会历史的发展有它的必然性,是不以人们的意志为转移的"。船山认为,历史发展有其一定的客观条件和时机。所有这些均可看出船山确实是以其唯物主义的自然观,努力应用到他对历史的探索与考察上,并且他认为历史之发展是不以人的意志为转移的。

接着嵇文甫指出,船山虽然把他的唯物主义自然观应用到历史观上,但是还只是直接而简单地应用,尚没有而且也不可能达到历史唯物主义的境界。

最后,嵇文甫对王船山的历史观作了客观的评价,认为他的自然观是唯物的,把历史唯物主义自然观简单直接地运用到对社会历史的探索与考察上是一种进步,但其摆脱不了时代的局限,难免失足限于唯心论的观点论,不可能达到历史唯物主义的境界,需要从理论上划清界限。[①]

3. 船山史学方法论研究

1962年,嵇文甫在《历史研究》上发表了《王船山的史学方法论》一文,专文探讨船山的史学方法论,从三个方面论述了船山的史学方法。

第一,史学为经世之学。论及船山的史学思想,嵇文甫首先将其归结为经世之学。"他论史有许多独到之处,而且由于他自有一套独特的哲学体系,深入无浅语,每从具体论述中透露出他对于宇宙人生社会历史的根本看法。他自有一套史学方法论。他认为史学乃经世之学。"他认为读书先要"立志",做一个有志之人,而读书应有一定的目的性,弄清楚读书的目的,知道为什么读书,端正学习态度,只有这样,才能辨别书中的显赫昭彰的大道理,体会其精微奥妙,才能掌握书的精神实质为自己所用,读史、读经都是实现"志",达到读书的目的。

第二,历史联系时事。船山"是讲历史,也是讲现实,处处联系到当前时事上。说他'古为今用'也好,说他'借古讽今'也好,总之,他是把古今打通一气,感慨寄托,言在此而意在彼"。

---

[①] 嵇文甫:《对王船山历史观的一些粗浅认识》,《江汉学报》1962年第12期。

其后,嵇文甫详细论述了船山强烈的民族思想、对待农民群众的态度、对党争和"士气"的看法以及对政术或统治术和政治作风的讨论四个方面。嵇文甫指出王船山论史时,和他当日时事相联系,都是有感而发,绝不是为论史而论史。由于"身遭国变,创剧痛深",所以便要"比物连类,感慨寄托,独喻之忱,触处流露"。这不仅对当时有现实意义,即使现在看来,也可以受到很多启发。

第三,新天理史观。嵇文甫总结出了船山史学方法的精髓:"他的史学,乃是就人事以明天道,是'开物成务'之学,同时也是'极深研几'之学;所谓'周易推见至隐',二者实互相表里。由此可知,船山史论实不同寻常,不只是就事论事,而的确能自成一家言,自有他一套历史哲学。"①

## (四) 船山政治思想研究

嵇文甫的王船山政治思想研究,主要集中在如下几个方面。

### 1. 对王船山人道主义的研究

嵇文甫有关船山思想的第一篇文章《王船山的人道主义》,于1920年1月发表于《心声》杂志,文章适应了五四新文化运动启蒙的要求,反对封建专制主义,要求人的尊严,追求人的独立,反对束缚和压抑人性。文章开篇指出:"什么叫做人道主义呢?就普通的说法:只是要人类互相亲爱,互相扶助便是。……船山生在明末大乱的时候,亲眼见那一般生灵颠连困苦的情状,不免

---

① 嵇文甫:《王船山的史学方法论》,《历史研究》1962年第2期。

引起一种悲天悯人的感情。所以他的书里,就很有些人道主义的意味。"文章在引述了船山在《尚书引义》卷一中对汉文帝的废肉刑的评论,以及《读通鉴论》卷二十三对张巡守睢阳以人为粮的评论之后,得出结论:"这两段话,何等的痛切。由此可以证见船山对于人类一种腌挚爱怜的感情。这才不愧讲人道主义!"①

嵇文甫接着指出:船山的人道主义,还不止此。他的最精粹最卓绝的学说就是打破"自然"的崇拜以创造的精神谋世界的进化。文章在引用《尚书引义》卷一等著作,船山关于天之天、人之天、物之天的论述之后,指出:"这都是极言自然之不可恃。所以要以人补天,以创造的精神,作宇宙的主宰。……船山既然见得'自然'有许多不满人意的地方,所以他很重人为的价值,喜文恶质,主张进化主义。"②嵇文甫对船山人道主义思想的这种宣传,正好适应了"五四"时期个性解放的需要。

2. 对王船山的民族主义思想的研究

在《十七世纪中国思想史概论》中,嵇文甫对船山的民族主义思想给予很高的评价。他指出:"满清以异族入主中原,当时汉人反对极烈。一般明朝遗老如亭林、梨洲、船山等,对于满清仇恨尤深,所以他们的著述中充满了民族思想。船山在诸老中,持节最艰苦,民族思想亦最强烈,我们可以就拿他的言论作代

---

① 嵇文甫:《王船山的人道主义》,载《嵇文甫文集(上)》,河南大学出版社,第20页。
② 嵇文甫:《王船山的人道主义》,载《嵇文甫文集(上)》,河南大学出版社,第22页。

表。他著有《黄书》,可以说彻首彻尾的是一种民族主义。即其他著述,字里行间,亦处处可见这种精神之流露。他看得民族高于一切,保全自己民族比什么天德王道都要紧。……他要把中国附近风土相类的小民族统列入中国的版图,使同化于中国。这乃是从自固族类的民族主义,转而为向外发展的大中华主义,亦可见船山民族思想的极端强烈了。"[①]这是嵇文甫对船山民族思想最早也是较为全面的评价。

1943年,嵇文甫发表《王船山的民族主义》一文,当时正值抗日战争的高潮,所以其现实针对性也是很强的,暗含着对蒋介石"攘外必先安内"的驳斥。1944年,嵇文甫发表《王船山黄书中的政治纲领》一文,集中论述此书中的民族主义思想。指出:"王船山的黄书,和黄梨洲的明夷待访录,是清初诸大师政治思想的最高成就,是清末革命运动者最喜欢称道的宣传品。谁都知道船山的民族思想最为强烈。假如说明夷待访录带民权主义色彩,那么我们更可以说一部黄书彻首彻尾是民族主义的结晶,是完全以民族主义为基调的。"

王船山为了自己民族的兴旺,政权巩固,维护全国的和平统一局面,并依据自己对历史的探索和对现实情况的观察,提出了六条主张:(一)划分军区,军民分治理;(二)加重府权,使得自由发挥其能力;(三)信任大臣;(四)严格取士;(五)惩贪养廉;(六)保护富民。王船山号召用整个民族的力量,保障民族的生存发展,无疑包含着一定的进步意义。

---

① 嵇文甫:《十七世纪中国思想史概论》,载《嵇文甫文集(上)》,河南人民出版社,1985,第93—96页。

### 3. 对王船山爱国主义思想的研究

1962年11月,在长沙召开的纪念王船山逝世270周年学术研讨会上,嵇文甫作了题为《爱国主义思想家王船山》的学术报告。

报告在肯定船山爱国思想的同时,还旗帜鲜明地指出其缺陷。嵇文甫没有对船山的民族思想进行过多的批判,而是用一种历史的眼光去看待,对他抱有一种天然的理解与同情。"船山是以爱国主义思想为基础的,爱国主义是船山的思想基础,是他的出发点、他的思想的基调。正因为他有爱国主义思想,因而才具有初步民主思想;正因为他有爱国主义思想,才引起他反对虚无主义、唯心主义,反对寻章摘句之学,主张经世致用,因而有光辉的唯物主义思想。可以说,他各方面的思想,都是和爱国主义思想有关的。""也正因为他有爱国主义思想,所以他对于独夫民贼,深恶痛绝。他认为这些人,危害祖国、危害民族,是民族的罪人。他骂独夫民贼,当然表现了他的民主思想,但他讲的独夫民贼,不象欧洲卢梭的'天赋人权论'那样,而是从爱国主义立场来讲的。""他是由爱国主义思想,反对媚外,从而讲到民主思想的。只要对民族有利,能巩固民族,他都称赞。他不是一味的讲君臣大义,他也反对正统。"①

### 4. 对王船山思想阶级属性的研究

关于船山思想的阶级属性,学界的主要分歧是市民说和地主阶级说。嵇文甫在1962年发表了两篇文章,论述了王船山思

---

① 嵇文甫:《爱国主义思想家王船山》,载《嵇文甫文集(下)》,河南人民出版社,1990,第656—664页。

想的阶级属性。其一《关于王船山的阶级立场问题》一文,开门见山指出:"关于王船山的阶级立场,学术界的意见还不一致。有说他是代表市民的,有说他仍然代表封建地主的。我素来主张封建地主说。"

文章从两个方面证明王船山的立场:第一是贱商。重农抑商是封建儒家传统主张,王船山也不例外。同时王船山还严格区分士大夫和老百姓,不把老百姓看作同类,嵇文甫认为这完全是"劳心者治人,劳力者治于人"的观念,因此王船山不是市民的代表。二是非平等自由思想。嵇文甫从王船山的身份观念很强来证明他没有突破封建的界限。为了说明这一问题,嵇文甫举了陈白沙和庄定山与恶少同船渡江、同居九卿谢政家的王竑与李秉的交往对象不同等事例,来说明王船山对身份的注重。嵇文甫还强调,这种身份观念的流露绝非偶然,也可从王船山对孟子的"民贵君轻"的解释中看出。①

嵇文甫也指出,王船山尽管同情农民,反对独夫民贼,但总摆脱不了儒家传统的"仁政"思想,主张阶级调和;尽管反对历史诡异论,反对各种迷信,但仍旧讲"天""神""理"等支配自然的超能量;尽管爱国思想表现得强烈,但仍未消除对边疆与少数民族的歧视与成见——这些都与他的阶级性有关,也受到当时历史条件的限制,但其思想的"民主性精华"是一座挖掘不尽的宝藏。

5. 比较王船山和黄梨洲政治思想

---

① 嵇文甫:《关于王船山的阶级立场问题》,载《嵇文甫文集(下)》,河南人民出版社,1990,第524-534页。

王船山和黄梨洲都是清初著名的伟大爱国主义者和启蒙思想家,其著作为清末以来民主运动者所推崇,他们在政治上有很多相同点。但嵇文甫指出,二人在对待群众性政治运动上有明显的分歧:黄梨洲赞扬的群众性与政治性的政治斗争为王船山所否定与批判。

同时,嵇文甫还比较了二人在群众性政治运动及群众舆论上存在不同观点的原因。嵇文甫认为身世和经历使黄梨洲自然热烈赞扬群众性政治运动。而王船山与黄梨洲不同,他自幼深受父亲王朝聘、哥哥王介之的影响,在"不'标榜'、不屑'浮名'、不'与声气中人往还'、不'以声誉相高'"的家庭氛围中成长,所以他自然也就不喜欢轰轰烈烈的运动,而趋向笃实、深思独造。他从过桂王,仅此一次,后遁迹荒山,从此著书立说。这种经历和黄氏明显不同,形成的不同的风格与特点也是情理之中的。①

## 二、孙夏峰及其相关研究

孙夏峰是清初大师中资格最老的一个,国变后移居辉县苏门山讲学。作为精神上的导师,嵇文甫非常崇拜孙夏峰,在为人处事、读书治学等方面,深受其影响。

### (一)孙夏峰思想研究

嵇文甫对孙夏峰思想有着独到见解。在他看来,孙夏峰的可贵之处在于,视野较广,不拘门户之见,不仅把朱、陆两派拉入

---

① 嵇文甫:《论王船山与黄梨洲政治思想中的一个歧异点》,载《嵇文甫文集(下)》,河南人民出版社,1990,第628-638页。

正统,而且同时把视野延伸到汉、唐,这就打破了宋、明以来的程朱、陆王之争,为清代学术的转变提供一种新的思路。

嵇文甫肯定孙夏峰的主要贡献,虽然未建立一种新道统,但革新了道学体系,彰显出清初学风兼容并包的特点。"夏峰在他的'理学宗传'中,虽然以周邵张二程朱陆薛王罗顾等十一人为宗,仍不出道学家窠臼……但是他毕竟在他的道统史上给了汉唐诸儒一定的位置。这实际上是对于宋儒自命为得千圣不传之秘的那种说法的一种修正。"①

在夏峰学派的影响下,清初北方学术迅速发生了变化,"初表现为道学内部的变化,再发展为经世致用的一大潮流"。② 孙夏峰无疑属于能使道学内部产生变化的因素。而"不拘守阳明门户,斟酌调剂于程、朱、陆、王间以救时弊,这是明、清间思想界转向朴实的先声"③。

## (二) 孙夏峰与颜李学派

颜李学派是由作为基础学术形态的"颜李学"发展而来,是由清初北方著名思想家、教育家颜元(颜李学派创始人,号习斋)和其大弟子李塨二人共同开创完成的一种学术体系,在中国学术史上占有重要地位并产生了广泛影响。嵇文甫创造性地发现了颜李学派与孙夏峰思想的传承性以及清代北方学术与晚

---

① 嵇文甫:《颜习斋与孙夏峰学派》,《郑州大学学报》1962年第1期。
② 嵇文甫:《十七世纪中国思想史概论》,载《嵇文甫文集(上)》,河南人民出版社,1985,第78页。
③ 嵇文甫:《十七世纪中国思想史概论》,载《嵇文甫文集(上)》,河南人民出版社,1985,第74页。

明阳明学的渊源关系。

嵇文甫认为,以孙夏峰为代表的清初北方学术实际发源于阳明思想,而颜李学派的"实用主义"思想体系继承了阳明学说和孙夏峰思想,并在此基础上有所发展。颜习斋十分敬仰孙夏峰,与孙夏峰有过书信往来。颜习斋及颜李学派是在孙夏峰的影响下孕育发展的。颜习斋在五十六七岁时,曾一度出游直隶南部和河南。他到河南时,孙夏峰已离世十余年,但他还是到了苏门山祭拜了孙夏峰,并与其弟子研讨学问,也与夏峰同调上蔡的张仲诚及夏峰的儿子们论学。这一情形和嵇文甫一样,他们都把孙夏峰作为自己的精神依靠与学习对象。颜习斋通过孙夏峰的声望推行自己的主张,但他不赞成孙氏思想,甚至把他列为道学一派加以批判,尤其是中州之行后,他对夏峰学派认识更加清楚,断然和孙氏划清界限。这也是颜氏思想的重要发展。颜习斋继承孙夏峰的一些思想,又在斗争中开拓自己的道路。"从道学转向反道学,是清初思想界的一般趋势。夏峰还没有完成这种转变,而只是包含着某种新萌芽。习斋却在他的基础上把这种转变完成了。"①

## (三) 孙夏峰的继承者马平泉研究

马平泉(1761—1837),名时芳,字诚之,河南禹州人,号平泉,清代理学家。马平泉14岁时开始接受儒学的启蒙教育,年近弱冠之时,潜心钻研李绂的《陆子学谱》、孙夏峰的学生赵御

---

① 嵇文甫:《颜习斋与孙夏峰学派》,《郑州大学学报》1962年第1期。

众的亲笔遗稿,逐步形成了自己的理论和主张。

在嵇文甫看来,马平泉直接继承了孙夏峰,是夏峰学术的后起之秀,因兼涉百家,而超越夏峰之学。"夏峰之学,专务躬行实践,不讲玄妙,不立崖岸,宽和平易悃愊无华,和一般道学家好为高论,而孤僻迂拘,不近人情者,大异其趣。平泉从这一路发展下去,而更神会于陆、王,泛滥于百家。……这显然自成一格,已非复夏峰所能限了。"①平泉不仅吸收了夏峰精华,更是在其基础上,拓展视野,会通百家。他崇尚智谋,"权略机应",以"二少年擒虎"的故事说明"斗智不斗力";崇尚事功,倡言功利,反对一味执理任气,不计成败,反对世儒的空疏迂妄,攻击宋以来的儒生空虚主义;认为古代圣人并非完美无缺,要放宽眼界,不苛刻狭隘,打破了当时厚古薄今的成见;讲实事实用,比较注重实用主义和经验主义,反对专攻书册与闭门静坐,还拨开道学家千年来把人引入虚幻境界的玄想。

总之,从宋明理学到清代理学,从程颢、程颐及张载到孙夏峰、马平泉,从朱熹、陆九渊到王船山,嵇文甫用发展变化的理学,来分析宋明清三代思想家及其哲学观点,其研究之深、范围之广,无人比肩。嵇文甫运用马克思主义理学,开创了该领域之先河,也成就了其学术声誉,奠定了其学术地位。

---

① 嵇文甫:《孙夏峰学派的后劲——马平泉的学术》,载《嵇文甫文集(中)》,河南人民出版社,1990,第439页。

## 第五节 唯物史观与史学研究

嵇文甫是中国当代著名的哲学家、史学家、教育家,同时也是马克思主义者,在中国较早自觉运用马克思主义的立场、观点、方法,去批判地继承中国的文化遗产,去评价历史人物,去研究中国现实。嵇文甫的研究水平远远超出了他的前辈们,这不仅是因为他处的时代不同,更主要的是,嵇文甫既有深厚的旧学功底,又通西学,同时在于他在北大求学、河南实践、苏联留学期间,不断接受新学理、新思想,最终掌握了马克思主义辩证唯物主义和历史唯物主义的理论武器,并将之运用到学术研究中,奠定了其后的学术基础,推动了马克思主义史学的传播和发展,开拓了中国史学研究的新局面。①

### 一、马克思主义的学习

嵇文甫旧学素养深厚,在学习旧学的同时,也积极寻求新知,推进新旧交融。1917年在北大求学时,他与冯友兰、黄文弼

---

① 嵇文甫的唯物史观研究见王恩荣:《磨砺真知愈见璀璨——读〈嵇文甫文集〉(上)》,《郑州大学学报》(哲学社会科学版)1985年第3期;于文善:《嵇文甫对史学理论与方法论研究的贡献》,《首都师范大学学报》(社会科学版)2012年第1期;张利:《嵇文甫论历史评价问题》,《史学理论研究》2001年第1期;林万成:《嵇文甫学术思想研究》,博士学位论文,郑州大学马克思主义学院,2015;王恩荣:《传播"火种"的杰作——〈嵇文甫文集〉评介》,《中州学刊》1986年第1期;王炯华:《嵇文甫三十年代论著述评》,《河南师范大学学报》(哲学社会科学版)1989年第2期;张利:《嵇文甫在史学理论上的贡献》,《山东大学学报》(人文社会科学版)2002年第1期。

等共同选修胡适开设的中国名学钩沉课程。① 1918年3月4日,他与冯友兰、陈钟凡、孙本文等十余位同学发起成立北京大学哲学研究会,以"商榷东西诸家哲学,瀹启新知"为宗旨,这是近代中国第一个哲学研究团体。

1918年秋,嵇文甫从北京大学毕业后,来到河南省会开封,在省立第一师范任国文教员。此时,嵇文甫还和北大同窗冯友兰等创办《心声》杂志,以"输入外界思潮,发表良心上之主张,以期打破社会上、教育上之老套,惊醒其迷梦,指示以前途之大路,而促其进步"为宗旨。② 作为"五四"前夕河南发行的唯一新型杂志,《心声》系统介绍西方资产阶级民主主义思想和一些社会主义思想,揭露抨击社会痼疾与时弊,因而产生了广泛影响,成为引新思想之风吹入河南的一个窗口。1922年,中共中央机关刊物《向导》在河南发行,嵇文甫认真阅读了每一期,他的思想迅速由革命民主主义向马克思主义转变。

1926年,嵇文甫加入中国共产党(后因介绍人病故脱离了组织关系,1959年重新入党),后由中共委派于1927年赴苏联留学,系统地学习了马克思列宁主义。此后,他运用马克思主义原理,对先秦诸子、宋代理学、陆王心学等许多思想流派的产生、发展和作用,进行了深入的探索,发表了大量的论文与专著,做出了前人所没有的发现,而这个工作是他于1928年从苏联回国后就系统进行的。他的精辟见解,震动了当时的学术界。

---

① 《纪事·哲学门研究所》,《北京大学日刊》1917年第12期。
② 冯友兰:《〈心声〉发刊词》,《心声》1918年第1期。

第六章　学界巨擘：嵇文甫的学术成就

正是因为嵇文甫能够一直高举起马克思主义的旗帜，评论历史，研究现实，所以多次受到反动派的迫害，曾经两次入狱，还被反动派列入暗杀黑名单。但他毫不畏惧，在党的领导下，开封第一次解放时，嵇文甫毫不犹豫地带领全家和进步师生奔赴豫西解放区，担负起更重要的工作，同时更加勤奋地进行研究，在学术上做出了更大的贡献。

新中国成立伊始，学术界和社会各阶层绝大多数人不熟悉唯物史观为何物，不了解其原理，更不懂得如何运用。时代呼唤史学研究要运用唯物史观进行历史评价，确立其基本原则和方法，进行专门的理论探索，这成为当时运用马克思主义理论进行历史研究和教学不容回避的首要课题。感应时代召唤，顺应史学发展的潮流，嵇文甫作为一位出色的马克思主义史学家，以其敏锐的认识视角和深厚的史学功底，抓住了这一史学与现实交会的敏感点，运用马克思主义的立场、观点和方法对历史评价问题进行全面深入的探讨。

马克思主义历史观主要包括辩证唯物主义和历史唯物主义。辩证唯物主义是包括自然界、人类社会和思想等规律在内的最普遍的规律，而历史唯物主义是辩证唯物主义在人类社会历史上的运用，除具备辩证唯物主义一般规律外，它还具备人类社会自身发展的规律。嵇文甫认为，具体到人类社会历史中的"物质"，也有其特殊的定义，还有其质的规定性，主要是"物质生活条件"即"生活资料的生产方式"——这也是马克思主义与庸俗唯物主义的区别。"人类社会的发展、变化最根本的原因应到物质生活条件的生产中去找。这是我们与庸俗唯物主义的根本区别,我们不仅是讲物质生活条件,而更重要的是讲物质生活条件的生产。我们认为,决定社会变化,决定社会性质由这一阶段到那一阶段的最根本的原因,不是别的,而正是物质生活条件的生产。"①

在历史唯物论方面,嵇文甫指出:第一,在历史唯物论中,历史发展的基本动力和决定因素是劳动力和生产手段相结合的生产力,而生产方式是生产力与生产关系的统一,在生产力和生产关系的辩证关系中,生产力是主导,推动生产关系,其矛盾是社会发展的动力。在人类历史上,有五种生产关系:原始制的、奴隶制的、封建制的、资本主义制的、社会主义制的。也产生五种社会形态。第二,历史唯物论是理论的武器,它反对"神意"、"天意史观"、"宿命论"、"定数论"及"英雄史观"等唯心史观,反对"社会有机体说"、"地理决定论"、"人口论"、"人种论"和"多元的历史观"。第三,马克思主义阶级论是唯物史观,反对超阶级,反对唯心论的看法。嵇文甫借毛泽东以《论持久战》《新民主主义论》为例,突出"善于抓住特点、抓新东西"对历史研究具有的指导意义,反对历史研究一般化、公式化及历史无规律论,应在研究中善于抓住特点,还要抓住新东西。"一部历史就是新东西继续不断出现的历史。是刻刻更新的活历史,不是陈陈相因的死历史。不仅对于当前现实问题,就是研究历史,也

---

① 嵇文甫:《谈谈历史唯物主义(一)》,载《嵇文甫文集(下)》,河南人民出版社,1990,第400-401页。

同样要求我们经常保持对于新鲜事物的敏感。"①

嵇文甫还对历史唯物主义和历史唯心主义进行了区分：一是历史唯物主义认为生产第一、思想第二，而历史唯心主义则相反；二是唯心史观认为历史是英雄人物的历史，不是生产者的历史。嵇文甫也指出，物质生活资料的生产是社会历史发展的最终的最根本的动力，历史是生产的历史，生产是历史的动力；社会发展程度高低受生产力和生产关系两个方面决定，同时生产力决定生产关系，生产关系也要适应生产力的发展。

## 二、唯物史观与中国思想史的研究

1931年，嵇文甫运用马克思主义的观点、方法，写成《先秦诸子政治社会思想述要》一书，以致为钱玄同等疑古派和国民党反动派所反感，不得不从北京大学回到河南。但他却认为既是真理就必须坚持下去，绝不顾忌其他。1941年，他虽被反动派逮捕，仍一点不动摇。他除30年代的《左派王学》、40年代的《晚明思想史论》、50年代的《历史人物的评价问题》、60年代的《王船山学术论丛》等专著以外，还写出不少有高水平的学术论文。

嵇文甫在研究中国思想史时，能够自觉地以马克思主义唯物史观为指导。对这一点，嵇文甫曾有过说明。在1958年出版的《春秋战国思想史话》一书中指出："我们讲古代思想史，不是

---

① 嵇文甫：《学习用历史唯物主义观点看问题——学习〈毛泽东选集〉第四卷存稿》，河南人民出版社，1961，第50页。

把各家各派的学说随便罗列出来,任意地乱讲,而是要以历史唯物主义的观点,阐明历史发展的客观规律性,指出在一定历史条件下,某种思想怎样产生、发展和消灭;怎样代表自己的阶级利益,为阶级斗争服务;怎样反映现实,而又推动现实,指导现实,这里面是有一种深刻的科学理论贯注着的。"①事实上,马克思主义史家都明白,如果没有唯物史观的指导,单纯就思想而讲思想,不可能揭示出历史发展的规律性。在运用唯物史观指导历史研究时,关注历史事件背后的经济因素是马克思主义史家应最先考量的。

嵇文甫作为国内最早运用历史唯物主义观点来研究中国思想史的学者之一,他把经济基础分析法作为有力的理论武器,在思想史的研究过程中,得出了许多前人未发现的有价值的结论。早在20年代末他便认识到:"一种学派或一个时代的思潮,都有社会经济的背影。所以我们要治思想史,必先要研究经济史。要用经济史观来治思想史,整理出来的结果,才比较正确。"②在马克思主义史学家拓荒的时代,嵇文甫能率先有这样的观点,实属难得。

在《周末社会之蜕变与儒法两家思想上的斗争》一文中,嵇文甫明确指出:一切思想学说,都是社会实际生活的反映;无论怎样伟大超越的思想家,都不能离开他自己所处的时代而凭空杜撰出一种道理。从东周到秦汉间是中国社会一个大变动的时

---

① 嵇文甫:《春秋战国思想史话》,中国青年出版社,1958,第4页。
② 嵇文甫:《周末社会之蜕变与儒法两家思想上的斗争(续)》,《新晨报》(北京)1929年12月12日第11版。

代。在这个大变动中,千百年传来的封建制度一层一层地崩解。当时人士所遇环境之新,所受刺激之大,只有清末以来的情形可以比拟。先秦时期儒、墨、道、法家的形成,都是"社会经济变动的反映"。

在《十七世纪中国思想史概论》中,嵇文甫从一定社会发展阶段经济与思想文化之间的密切关系的分析入手,准确说明了17世纪中国思想变动的根本原因在于"整个社会的发展",在于"当时经济生活的基础上"。也就是说,在这个时期,货币经济的出现、海外贸易的发展、土地兼并的加剧、民众暴动的兴起等社会大变动,使得商业资本扩大深入,封建地主受商业资本的影响而加紧剥削,地主与农民的冲突尖锐化,"于是地主阶级的自救运动遂大为发展,同时思想界亦崭然造成个新局面"。①

在《左派王学》中,嵇文甫也指出:"思想是生活的反映,各时代思想变动,实决定于当时社会生活的变动。明代中叶以后,由商业资本扩大而深入的结果……一方面形成南方都市的繁荣,另一方面形成农村剥削的加剧。社会繁荣则眼界广而思想开放,剥削加剧则冲突烈,而人心动摇。于是一方面不断的发生农民变乱,一方面演成思想革新的潮流。所有当时的政治运动,社会运动,思想运动,都是那种偾张跃动的时代心理所形成;而这种时代心理却是由那外繁荣而内纷乱的社会生活刺激起来的。从思想上诊断当时的社会,从整个社会生活上观察当时的

---

① 嵇文甫:《十七世纪中国思想史概论》,载《嵇文甫文集(上)》,河南人民出版社,1985,第72页。

思想,这种研究方法是很可推广应用的。"①

## 三、唯物史观与人物研究

关于历史人物的评价,是新中国马克思主义史学主导地位确立后首先遇到的一个重要问题。如何运用唯物史观评价历史人物,怎样重新看待旧史书中对历史人物的观点,这些问题成为运用马克思主义理论进行历史研究和历史教学不可回避的首要问题。嵇文甫很早就开始关注人物评价问题,并利用马克思主义史观对历史人物进行相关研究,在当时受到了学界的广泛重视,具有开拓性贡献,主要涉及历史人物评价的理论建构,以及对孔子等历史人物的评价问题。

### (一)主要研究成果

1931年,嵇文甫发表《伟人领导群众呢? 还是群众领导伟人?》②一文。在文中,嵇文甫给"伟人"下了一个定义:"伟人是时代精神的烧点。当某一个时代到来,人人心中都或多或少的具有某种倾向。能促住这种倾向,把散漫的潜伏在群众意识中的时代精神集中起来,发挥出来,体现出来,这就算伟人。"在伟人与群众谁领导谁的辩证关系中,嵇文甫认为,不是伟人直接领

---

① 嵇文甫:《左派王学》,载《嵇文甫文集(上)》,河南人民出版社,1985,第400页。
② 嵇文甫的《伟人领导群众呢? 还是群众领导伟人?》,1931年6月发表于《北大学生》一卷五、六期;1985年收录在《嵇文甫文集(上)》;1985年又发表在《郑州大学学报》(哲学社会科学版)第4期。

导着群众,而是在伟人还没有领导群众之前,先接受着群众的领导。"谁为他准备出现的条件?谁去限制其活动呢?正是群众。群众不为他准备下必要的条件,伟人出不来;而伟人活动的方向与界域,又是由群众决定的……伟人有意识的领导群众,群众无意识的领导伟人,没有伟人的思想行动,即早已有群众的生活。群众生活,才是历史的发动机呢。总之:伟人在没有领导群众之前,先受群众领导;不能受群众的领导者,不能领导群众——就是我的结论。"

1951年至1963年的十余年间,嵇文甫共发表了有关历史评价的文章、报告及小册子20余篇(本)。进一步理论化、系统化后,整理成为《关于历史评价问题》一书,于1956年3月由人民出版社出版。① 该书既保持了他原有的通俗易懂的风格,又丰富了历史评价的实例,堪称他在这一理论战线上的代表作。

(二)人物评价理论体系的构建

历史人物评价问题是历史学理论中极其重要的内容。嵇文甫运用多种方法评价历史人物,总结出一系列历史人物评价的原则标准,极大丰富了历史人物评价的理论内涵。

1. 历史人物评价原则

嵇文甫根据唯物史观的原理,结合中国历史的实际状况,概括出历史评价应遵循人民性和进步性的基本原则。1951年,嵇文甫在《新史学通讯》第2期发表了《历史人物的评价问题》一

---

① 1979年生活·读书·新知三联书店再版《关于历史评价问题》一书时,增加了《珍视祖国的思想遗产》一文。

文,明确提出了历史人物评价的基本原则。之后在1956年人民出版社出版的《关于历史评价问题》一书中,再次对历史人物评价的基本原则进行了系统阐述。

嵇文甫强调:"现在是人民的天下了。我们一定要把历史夺回到人民手中。对于过去的历史人物和事件,我们都需要在马克思列宁主义的光照下予以重新估价。"同时他又指出:"人民是历史的主体,一切历史评价都得看符合人民利益与否为标准。凡是属于人民方面,代表人民利益,为人民所欢迎的,都应该予以好的评价,而对于一切反人民的都予以坏的评价。"[①]我们作历史评价必须"一面倒",坚决站在人民立场上。这些观点明确了嵇文甫在历史人物评价问题上的基本尺度和原则。

嵇文甫还指出在历史人物评价中有"两种偏向",一种是"左"倾的偏向,这是历史否定论,认为历史都是为帝王服务的,帝王都不能讲,只讲农民革命就够了;另一种是右倾的偏向,认为一切存在的都是合理的,对过去的人一律采取宽容的态度。认为反正人没有纯粹的好和坏,何必再评价。[②]

2. 历史人物评价标准

嵇文甫认为评价历史人物一定要掌握科学的标准。因为"我们不是笼统一大包、整个地把历史人物一齐痛骂一顿,一齐骂倒,但也不是一齐歌颂;我们去评价他们是有一定标准的"。由此,嵇文甫提出了历史人物评价的三个标准和四个要点。所

---

[①] 嵇文甫:《关于历史评价问题》,生活·读书·新知三联书店,1979,第2-4页。

[②] 嵇文甫:《历史人物的评价问题》,《新史学通讯》1951年第2期。

谓"三个标准":第一,对于人民有贡献的,有利的;第二,在一定历史阶段起进步作用的;第三,可以表现我们民族高贵品质的。①合乎这三个条件的都是好的,相反的都是坏的。要站在人民大众的立场上,站在各个时期进步的方面,才能对历史上的人和事作出客观的、公正的和科学的评价。

同时,在分析大量历史人物和史实的基础上,嵇文甫总结出历史人物评价的四个要点:第一,根据一定具体的历史条件;第二,要认识历史人物的多面性与复杂性;第三,站稳阶级立场,反对客观主义;第四,要配合当前的政治任务。②

3. 历史研究中应注意的几个问题

首先,重视阶级立场和阶级分析法。阶级分析法是用马克思主义关于阶级和阶级斗争的观点分析社会现象的研究方法,是分析阶级社会现象的有效方法,是历史唯物主义方法论中重要的组成部分。在历史评价中,嵇文甫非常重视阶级立场。同时,他认为历史主义本身就属于无产阶级,其他阶级没有历史主义,在历史研究中只能坚持无产阶级立场,而不能站在不同的立场上说话,主张把阶级立场与历史主义结合起来。"我想立场只能是一个立场——无产阶级立场。历史主义本身就是属于无产阶级的,别的阶级不会有历史主义。"③因此,嵇文甫要求必须自觉将阶级分析与历史主义相结合,否则就成了空谈。

---

① 嵇文甫:《历史人物的评价问题》,《新史学通讯》1951年第2期。
② 嵇文甫:《历史人物的评价问题》,《新史学通讯》1951年第2期。
③ 嵇文甫:《关于历史评价问题》,生活·读书·新知三联书店,1979,第12页。

嵇文甫认为思想是有阶级性的,任何一派学说都有其社会基础,思想与社会密切联系。因此,嵇文甫强调,思想史研究应有一个根本观念即"一切思想学说,都是当时社会实际生活的反映","在某一个时代,某一个社会中,某群众因生活方法之不同起了分化,则常有与之相应而起的思想上的分化;而思想上的各宗派,又各有它自己所代表的社会集团,各有它自己的社会基础"。①

在对先秦诸子的研究中,嵇文甫认为儒法两家斗争的原因在于他们所代表的阶级不同,阶级的对立造成了思想的对立,儒家所代表的是贵族阶级的利益,而法家所代表的是新兴地主阶级的利益,他们两家思想的斗争从产生那天起就存在了,表现在经济、政治以及观念的方方面面。"法儒两家所代表阶级的经济背景不同,思想因之大异。"②在《先秦诸子与古代社会》中,他详细介绍了各家学说所代表的阶级,墨家代表无产者,道家代表小农阶级,从商业都市中孕育出来的名家代表的是市民阶级。嵇文甫关于各家代表某阶级的说法既早又准确,与今天我们的看法基本一致。

其次,辩证地看待历史人物,具体问题具体分析。1959年7月,嵇文甫发表的《辩证地看待历史人物》一文,对曹操进行了较为全面客观的评价,认为曹操是封建统治阶级中的一位英雄人物,一位杰出的军事家、政治家和诗人,代表着比较进步的阶

---

① 嵇文甫:《老庄思想与小农社会》,《女师大学术季刊》1930年第1期。
② 嵇文甫:《周末社会之蜕变与儒法两家思想上的斗争(续)》,《新晨报》(北京)1929年12月12日第11版。

## 第六章 学界巨擘：嵇文甫的学术成就

层和集团,有政治理想。他关心天下治乱,统一了北方,使汉末崩溃的社会逐步稳定下来,使黄河流域的生产秩序得到恢复和发展,使流离失所的人民得以安居乐业,他的这些功绩是不可埋没的。但不容否认他镇压黄巾起义的反动性。这是嵇文甫将阶级分析与历史主义相结合的灵活运用,为新中国史学的发展做出突出贡献。

嵇文甫特别指出:"马克思主义最本质的东西,马克思主义活的灵魂,就在于具体分析具体事情,不能笼统地说好,也不能笼统地说坏,也不能笼统地说有好有坏。"将历史人物和事件的好和坏都绝对化,不是历史主义的态度。嵇文甫认为,历史上的好和坏,本来是错综复杂、充满矛盾的。所谓坏就是绝对的坏,一切皆坏;所谓好就是绝对的好,一切皆好,这是一种绝对主义的观点。要想从错综复杂的许多矛盾里面找出主要的东西,抓住主要的环节,既不犯绝对主义,又不犯相对主义,那就只能对具体事物进行具体分析。这实际上也是一种历史主义的表现。

最后,强调注重人物研究的现实意义。嵇文甫要求在历史评价中抓住主要环节,注重现实意义。统一和自卫、侵略与扩张、起革命与当皇帝是研究中常常碰到的矛盾问题,他认为研究者该具体、深入、仔细地分析这些矛盾,敢于揭露这些矛盾。嵇文甫认为在分析这些矛盾中不能坚持绝对主义,不能把历史人物和事件绝对化,也要避免陷入相对主义,更要具体问题具体分析,在承认这些矛盾的同时,更要从总复杂的矛盾中找出最主要的东西,抓住主要环节。每一个历史时代,都有进步与反动、正义与非正义、人民与反人民存在,虽然历史内容有所不同,但仍能一脉相通,在作历史评价时,在反客观主义与主观主义时,要注重现实意义。

为更好地实现其现实意义,嵇文甫认为历史研究者应保持对新鲜事物的敏感:一是历史是个永久继续不断的新陈代谢的大流,它不断涌现出新事物,出现具体的历史特点,并在一定历史条件下产生新事物。我们必须时时刻刻注意在一定历史条件下产生的新事物。二是有些新事物比较明显,有些新事物不大显著,我们更应该注意那些不明显的新事物。三是通过"研几",也能达到"知几",应该去研究、探索、分析那些刚萌动出来的新事物。①

针对史学界对历史人物评价时所存在的问题,嵇文甫又发表了《关于历史评价中的几个矛盾问题》一文,文章将"历史人物评价"扩展成为"历史评价",表明当时的讨论已经更为广泛,不仅涉及人物,也涉及事件。文章旨在说明:"历史是从错综复杂、迂回曲折、矛盾冲突的道路上发展下来的。我们所以往往纠缠不清,发生问题,大半由于我们在主观上硬要把事情片面化,硬要把历史理解为简单的过程。我们要:归还历史的本来面目!"②这番话从方法论的角度强调要按照客观的历史事实去具体问题具体分析,对当时存在的主观地、片面地看待和评价历史的现象提出了批评。

---

① 嵇文甫:《历史是讲新东西的——史学杂话之五》,《新史学通讯》1953年第1期。
② 嵇文甫:《关于历史评价中的几个矛盾问题》,《新史学通讯》1953年第5期。

## (三)孔子、王船山等历史人物的评价

嵇文甫在建构历史人物、历史评价理论体系的同时,结合实际,以孔子、王船山为例,对历史人物进行了客观评价。

### 1. 孔子的历史评价

在1951年、1953年、1954年,嵇文甫连续发表了多篇关于孔子评价的文章,如《孔子思想的进步性及其限度》(《新史学通讯》1951年第6期)、《关于孔子的历史评价问题》(《历史教学》1953年第8期)、《关于孔子历史评价问题的几点解答》(《历史教学》1954年第9期)、《对孔子的一个简单看法》(《光明日报》1961年11月7日)、《我对孔子的看法》(《大众日报》1961年12月9日)、《怎样进一步研究孔子》(《学术月刊》1962年第7期)等。文章围绕孔子的历史评价问题展开,并强调对孔子进行评价要从两方面来考察,指出孔子思想既有阶级局限性,又有历史进步性。

关于孔子的阶级性问题,嵇文甫认为孔子属于封建贵族的代表,他一贯拥护身份制度,鄙视生产劳动,用封建贵族的看法来讲做人的道理,这些阶级属性可以从孔子的言论中看出来。[1]

孔子在中国思想史和教育史上有着突出的贡献。在思想方面,嵇文甫认为孔子的伟大贡献在于把贵族独有的文化传播到平民社会,使广大平民子弟也开始接受教育。"(孔子)总结中国古代文化,而予以新解释,新意义,把原来为贵族所独占,仅仅

---

[1] 嵇文甫:《关于孔子的历史评价问题》,《历史教学》1953年第8期。

适用于他们那个狭隘小圈子中的文化遗产,散布在广大社会阶层,更广泛更灵活地运用起来,这就是孔子的伟大贡献。"且从本质上讲,孔子的思想是一种比较进步的新贵族文化。[①] 另外,孔子强调"人"的价值,提出"仁"就是人心,"人道所当然,人心所不容已",这是孔子的中心思想。此外,孔子还给予"礼"新的解释,认为"礼"不能离开"仁"。孔子还是人文主义思想的代表,相对于旧贵族的神权思想和原始迷信思想是较大的进步。在教育方面,孔子的教学方法和富有教育意义的格言都给我们留下了宝贵的财富。

对孔子的思想,要批判性认识。嵇文甫认为分析评判孔子要遵照毛主席的原则,"剔除其封建性的糟粕,吸取其民主性的精华"。孔子思想的糟粕性易于分析、评判与理解;其民主性主要体现在把人从神权中解放出来,体现人的价值,也就是孔子在思想和教育上的贡献。嵇文甫给孔子以较理性、公允的评价,可以说是代表了马克思主义学者对孔子评价的一般性认识。

2. 对王船山的评价

嵇文甫一生都致力于研究王船山的思想,著有《王船山学术论丛》和《王船山史论选评》等著作,并发表了一系列相关论文,对王船山政治、哲学、历史观进行了深入系统的研究,同时还对王船山进行了理性、客观的评价。

嵇文甫把王船山的思想与近代中国资产阶级民主革命思想作了区别,认为两者性质不同。他说:"从根本上看来,船山究竟

---

① 嵇文甫:《关于孔子的历史评价问题》,《历史教学》1953 年第 8 期。

没有摆脱封建士大夫的成见,对于农民仍然采取儒家传统的两面看法和怀柔手段。……船山所斥为'私利之心'的,正是资产阶级民主革命者所要求的民主权利。由此可知,船山尽管有些进步思想,但是要把他太近代化或资产阶级化,恐怕还须斟酌吧。"[①]嵇文甫通过细致研究得出结论说:"船山身遭国难,创巨痛深,又当中国封建社会已经到了晚期,种种矛盾越来越暴露的时候,所以能原始要终,深思远览,发出比前人更激进,更带民族民主色彩的言论。然而他毕竟还是个封建士大夫,并没有真正跳出圈外。"[②]

嵇文甫自觉运用阶级分析方法评价历史人物,实事求是地评价王船山的学术地位,得出客观公允的结论。他独异于许多学者,既看出其精华的一面而不作过高的估计,又看出其糟粕的一面而不作苛刻的要求,能入又能出。

3. 对李贽的评价

李贽在中国思想史上具有极其重要的地位,他不仅影响了晚明的社会思潮,而且在历史上第一次举起了启蒙的大旗,对后世产生了广泛而深远的影响。李贽的思想不仅在中国产生了深远的影响,而且17世纪中叶以后,还传向日本,对日本的明治维新产生了重要影响。20世纪30年代以后,李贽的思想又传播到西方,成为西方学术界研究的一个热点。

---

[①] 嵇文甫:《王船山的史学方法论》,载《嵇文甫文集(下)》,河南人民出版社,1990,第480-481页。

[②] 嵇文甫:《关于王船山的阶级立场问题》,载《嵇文甫文集(下)》,河南人民出版社,1990,第529页。

在清代,李贽的思想沉寂了近二百年,到清末才重新焕发生机,与西方的民主科学思想一起,成为资产阶级革命派批判专制制度的理论武器。五四运动时期,李贽的学说成为激进主义者"打倒孔家店"的思想武器。20世纪三四十年代,一批进步人士继续宣传李贽的思想,为反对专制制度而斗争。

1944年,嵇文甫出版了《晚明思想史论》,在该书中,他对李贽的批判精神给予高度肯定,指出:"卓吾思想最狂放,最敢发惊人的议论……他竟敢说名教累人,竟敢贬斥儒家而推奖诸子,甚至连谯周、冯道,万事唾骂为无耻的老奸巨猾,他也竟替他们洗刷,表彰他们救民的苦心……一翻千古成案,可谓大胆已极……"嵇文甫还认为李贽称赞海盗林道乾有真本领,是真人才,以及他提倡功利、"不受管束"、"落发出家"的行为,都表现出他"爱好自由冲抉世网的精神"。[①]

## 四、唯心主义历史观的批判

20世纪50年代中期,随着中共过渡时期总路线的贯彻执行,社会主义改造逐步深入开展。1954年,在毛泽东的号召下,党在意识形态领域开展了宣传唯物主义批判唯心主义的斗争,这个斗争是从批判俞平伯《红楼梦》研究中资产阶级唯心主义观点开始的。但是,这场斗争不局限于《红楼梦》研究,也不局限于古典文学,而是要清除"五四"以来胡适派资产阶级思想在整个学术界和思想界的影响。从俞平伯转向胡适,正如当时嵇

---

① 嵇文甫:《晚明思想史论》,载《嵇文甫文集(中)》,河南人民出版社,1990,第179-184页。

文甫所解释的:"随着对俞平伯《红楼梦研究》的批判,已经在全国展开一个批判资产阶级学术思想的运动,而它的锋芒就逐渐从俞平伯转向胡适。这是很自然的,因为俞平伯研究红楼梦的方法,完全是继承着胡适的传统。'擒贼先擒王',几十年来的中国学术思想界,如果要找一个资产阶级思想的典型代表人物,当然是胡适。胡适这个人在研究'学问'上涉及面很广。他提供了一种方法——治学方法和思想方法,好像在哪一个学术部门都用得上。因此,现在在各种学术部门都展开了对胡适思想的批判……"①

在批判学术领域资产阶级唯心论的深入开展过程中,各个领域自然地逐渐地将主要锋芒对准了胡适,是有其历史和社会原因的。五四运动以后几十年间欧美资产阶级文化先后输入到半殖民地半封建社会的旧中国,其中影响最大的就是胡适从美国杜威那里贩来的实用主义。马克思主义者最早向胡适的实用主义开火的是李大钊。以后30年来,马克思主义者与胡适的实用主义的斗争,一直在进行着。新中国成立之后,有些知识分子尽管在政治上唾弃胡适的反动行为,却依然迷恋他的实用主义治学方法。因此,认清胡适唯心主义思想的危害性和影响,将有利于知识分子的思想改造,使马克思主义牢固地占领思想、文化等各个意识形态领域的阵地。正因如此,毛泽东号召在意识形态领域对胡适唯心主义思想进行一次全面深入的批判,就成为必要。

---

① 嵇文甫:《胡适唯心论观点在史学中的流毒》,《新史学通讯》1955年第1期。

哲学界、史学界、文学界的许多专家学者也都认为，胡适思想的影响，不仅在古典文学研究中，而且在社会科学的全部领域中，都还严重地存在着。这些旧的思想影响对于社会主义文化科学事业的发展，对于社会主义革命和建设起了阻碍作用。为反对胡适的历史观，1955年前后，嵇文甫先后发表一系列文章，如《胡适唯心论观点在史学中的流毒》《批判胡适的多元历史观》《为什么要批判胡适思想？》等，从多个方面对胡适的史学思想进行批判。

## （一）批判胡适的多元历史观

嵇文甫用局部与全部的关系反驳胡适没有抓住事物的全部，用下棋和病变等事例来说明把事物当成一个有机整体的重要性，用学生提问的事例来阐述抓住重点的重要性。嵇文甫认为胡适提出"多元的历史观"，反对历史唯物论，源于他的"一切社会现象平等"的认识。

嵇文甫认为，胡适的多元历史观完全是欺骗人民，是为资产阶级服务的一种思想工具，是一种历史唯心论，处处回避根本问题，不承认历史发展的客观规律性。认为胡适只看见各种历史现象，找不到根本的原因，因此他的"多元的历史观"实际上是"无元历史观"，只有现象的罗列，没有事物间的客观规律、内在联系、基础与本质，是不可知论和唯心论的表现。嵇文甫批判胡适有"不讲哲学的哲学"的倾向，也由此引出了他"不立史观的史观"。嵇文甫还认为，"不立史观"也是一种史观，是一种没有经过批判、没有思想努力的暧昧的史观，作为这种史观的代表，这些学者写出来的历史也就没有人能看懂。当时"平头的史观"和"秃头的史观"的比喻就形象地说明了多元论史观和一元论史观的区别。"一元论的历史观者,是以经济为立足点,以政治、法律、派生等等——平头的历史观把经济政治法律等平行看待,仅在某阶段,经济起决定性,在某个阶段,政治起决定性。是交互影响的,没有一种是最后的决定根源。"①

嵇文甫认为胡适和帝国主义一样,对于中国的历史根本看不起,认为中国的科学不如人,艺术不如人,身体不如人,道德不如人,中国历史上除了"文法简单"等优点外,别无长处。嵇文甫认为胡适和苏联思想界反对的民族虚无主义一样,否认一切民族的特点,认为只有英美资本主义文化才是最进步的、最好的。嵇文甫用毛泽东的《中国革命和中国共产党》一书中指出的中华民族有光荣的革命传统和优秀的历史遗产这一事例反驳胡适。"中华民族是一个有光荣的革命传统和优秀的历史遗产的民族,有许多伟大的思想家、科学家、发明家、政治家、军事家、文学家和艺术家。"②胡适看不到这些,主要是他看不起祖国的历史。

(二) 评判胡适的实验主义哲学

嵇文甫认为主要是胡适的实验主义太具体,没有关注中国

---

① 嵇文甫:《不讲哲学的哲学与不立史观的史观》,载《嵇文甫文集(中)》,河南人民出版社,1990,第371页。
② 嵇文甫:《胡适唯心论观点在史学中的流毒》,《新史学通讯》1955年第1期。

社会的根本问题。胡适的实验主义说到底是经验主义,是"极端经验论",和列宁批判的马赫主义和赫胥黎的"不可知论"一样。嵇文甫还引用毛泽东的《实践论》来分析胡适的错误,认为他没有从根本上解决中国的社会问题。

# 第七章　山高水长:嵇文甫文教思想的传承

嵇文甫作为一名教育实践家,他把教育视为第二生命,尽职尽责,把毕生的心血献给了教书育人事业。在其40多年的执教生涯中,先后在开封第一师范、北京大学、河南大学、郑州大学等担任一线教学工作。在高校先后开设先秦思想史、中国政治社会思想史、明清思想史、中国哲学史、中国社会经济史、秦汉史、中国教育史、宋代哲学等专业课程。在长期的教学实践和学术研究中,形成了精妙的文化观和独特的教学理念,给我们留下了丰富的经验和宝贵的遗产。

## 第一节　与时俱进:嵇文甫的文化观

嵇文甫对文化的研究有许多精妙的见解。在20世纪三四十年代,嵇文甫参加了中国思想界关于社会问题的论争,他用历史唯物主义的观点围绕着中国文化的历史和现状及其发展道路等问题,以犀利的笔锋,提出了一系列独到的见解。新中国成立以后,嵇文甫仍然关注文化建设问题,发表了不少论文。其主要成果有《漫谈学术中国化问题》(《理论与现实》1940年第4期)、《中国民族文化的新发扬》(《力行》(西安)1943年第1

期)、《中国文化与世界文化》(《时代中国》1944年第1期)、《怎样对待文化遗产》(《新史学通讯》1954年第6期)等。其有关文化的论述,对于中国目前所进行的具有中国特色的社会主义精神文明建设仍不无启发意义。

## 一、中西文化观

在对待中西文化关系方面,嵇文甫强调文化是世界性和民族性的统一,也是阶段性和连续性的统一。鸦片战争以来,中国古老的文化已不适应发展,需要世界化和现代化,全盘西化论只强调文化的统一性和阶段性,却忽略了其多样性和连续性。世界文化固然是统一的,但统一而多样才能体现文化内容的丰富;文化固然是世界的,但也是民族的。各民族有不同的历史遭遇,也有不同的生活经验,形成不同的民族文化,构成世界文化完美的艺术结构。如果抹杀民族间的具体差异,世界文化不会有切实的成就。嵇文甫以严复的《严几道诗文钞卷四·社会通诠序》中的论点阐述文化的统一性与多样性。"从这段话可见文化的统一性,亦可见其多样性;而一迟一骤之间,就决定中西文化之差异。这是民族文化所以不可忽视的一种理由。"① 此外,嵇文甫指出,文化还有阶段性,从历史上看,如原始文化、奴隶文化、封建文化、资本主义文化,不断新陈代谢,互相反对,互相变革。

在《中国文化与世界文化》一文中,嵇文甫对中国文化与世

---

① 嵇文甫:《中国民族文化的新发扬》,《力行》(西安)1943年第1期。

# 第七章　山高水长：嵇文甫文教思想的传承

界文化的关系进行了精辟论述。世界文化是由许许多多错综复杂的民族文化融会贯通而成，中国文化和其他文化一样，都是世界文化的重要组成部分。各种文化在交流贯通中相互学习，取长补短，在吸收世界各方面文化的同时，又把自身文化时时贡献给世界文化。嵇文甫从中国文化对世界的贡献和中国吸收外来文化两方面阐述了中国文化和世界文化的关系。[①]明代万历年间，意大利天主教士利玛窦来到中国，开始向中国宣传天主教，也把西方的天文、数学、地理等知识传入中国。同时，利玛窦还利用孔子学说印证基督教义，将中国古书上的"天"或"上帝"与基督教的"天主"结合，把中国的孔子介绍给西方，并翻译了《大学》《中庸》《论语》等古籍。这些传入西方的文献，为英国、法国、德国等欧洲国家的宗教革命准备了思想武器。中国对世界文化有着较大的贡献，欧洲文化中有中国文化成分。

与此同时，嵇文甫还对中西思想界进行了颇有见地的比较研究。当时中西社会发展阶段相去并不很远，而西方在经历工业化之后，中国就望尘莫及了。究其原因，嵇文甫指出，"当时欧洲正值工业革命之前夜，而中国却还在一个衰老的封建社会中走圈子。就表面看，当时中国商业资本高度发展，对于西洋科学技术颇能接受，很带一点进步色彩。但这点进步色彩终不免为封建气味所笼罩，把历史拉回旧道"，而17世纪是中西盛衰的一个关键期。[②]

---

[①] 嵇文甫:《中国文化与世界文化》，《时代中国》1944年第1期。
[②] 嵇文甫:《十七世纪中国思想史概论》，载《嵇文甫文集(上)》，河南人民出版社，1985，第130页。

嵇文甫在《漫谈学术中国化问题》中,认为近代百年中国文化的现代化经历了"国粹论—中体西用论—全盘西化论—中国本位文化论—中国化运动"这样的轨迹。其中"中国化"是对"全盘西化论"的否定,即所谓的"否定的否定",不是简单的对立,而是把"全盘西化论"发展到一个更高的阶段,但是它又没有回到"国粹论"或"中体西用论"中;同样尽管它的预兆是"中国本位文化运动",而又与"中国本位文化运动"是有本质性区别的,因为它坚持了民族性与世界性的统一。①

## 二、传统文化观

### (一)区别对待"精华"与"糟粕"

对于中国的传统文化,嵇文甫认为在实际运用中,要区别对待,因为"精华"与"糟粕"往往难以辨别。他以王阳明的理论、李白的诗歌为例进行了说明。王阳明的学说属于唯心论,但也存在着不少唯物论,于当时有思想解放的作用。他的"致良知"有着浓厚的玄学思想,也包含着和唯物论的认识论一致的"不离行而言知""从行里面求知"的意思,甚至后来学者还发展了这些认识。王学是一种主观唯心论,对当时八股化的正统道学形成一定打击,就连其"心即理"的说法,也比朱学客观唯心主义主张的超绝的"理",更加接近现实。王学有许多"民主性的精华",具有一定的进步意义,但需要与那些"封建性的糟粕"相

---

① 嵇文甫:《漫谈学术中国化问题》,《理论与现实》1940年第4期。

区别。李白生活在封建社会,其思想有较大局限,但他属于浪漫主义诗人,满身傲骨,没有奴相,追求个人自由,对封建约束不屑一顾,其诗歌能真实地反映人民的痛苦和愿望,得到大家的共鸣,即使为了吐露自己的心声,也同样具有"人民性"和"现实性",是"民主性的精华"。但这些精华也是和封建糟粕纠结在一起的,需要甄别。"'民主性的精华'和'封建性的糟粕',往往难分难解地纠结在一起。它们'矛盾'着,而又'统一'着。我们必须透过'糟粕'去找'精华',而'精华'里面又往往混杂着'糟粕'。"①

嵇文甫在《漫谈学术中国化问题》一文中将传统文化中的积极部分与消极部分进行了区分,以辩证的态度对待传统文化,嵇文甫将传统文化的积极意义归纳为四点:一是传统文化中恒久弥新的部分,易于被现代社会所接受;二是传统文化中的某些精神对现代社会、现代生活具有益处;三是传统文化的糟粕部分中也具有含有一种真理,或近代思想的某些因素;四是一些已经不适用于现代社会的传统文化在当时特定的历史环境中有进步意义,不能完全否定。就区别"精华"和"糟粕"的基础上,如何实行"扬弃",嵇文甫亦提出了四条具体方法:传统的旧文化中具有共时代并且和现代生活没有根本性冲突的东西应该接受;能够留给我们有益的某些精神或远景的东西也可以接受;包含一种真理或近代思想的某些因素可以"从神秘的外衣中,剥取其合理的核心";对于一些没有什么道理甚至荒谬的东西不妨

---

① 嵇文甫:《怎样对待文化遗产》,《新史学通讯》1954年第6期。

舍其本身,而单从历史发展的观点上给予评价。①

在《中国民族文化的新发扬》一文中,嵇文甫批判了一些完全否定传统文化的所谓"扬粪主义"和专讲考据的所谓"纯客观主义"。针对"扬粪主义"把中国比作一个大粪坑,把一切秽恶东西尽量向外播扬的做法,嵇文甫认为应该一分为二地看待我们的传统文化:"中国文化不仅有其丑恶黑暗方面,也还有其美丽光明方面;不仅有小脚,鸦片,姨太太,也还有其哲学文艺美术上的各种丰富遗产。"既然在我们的传统文化中,有其光明的一面,也有其黑暗的一面,那就应该辩证、全面地看待这个问题,而不能只看见阴暗的一面,对光明的一面视而不见,"不应该老是呵佛骂祖,泄自己的气"。针对不带偏激,把中国文化和埃及、巴比伦等古代文化同样看待的"纯客观主义",嵇文甫认为:"我们不能专讲考据,不能说只要客观就好。我们还要主观的能动的选择一番,把精力用到有价值的方面去。我们不能把我们的民族文化和埃及巴比伦那些早已僵硬了的死文化一例看待。我们要在现代的新基础上把我们的民族文化复兴起来。"②

(二) 珍视传统文化遗产

出于对中国历史文化遗产的重视,1956年毛泽东提出"百花齐放"的文艺方针,此后中国的戏剧、文艺有了较大发展。针对这一情况,嵇文甫从思想史入手,阐述珍视思想遗产的重要

---

① 嵇文甫:《漫谈学术中国化问题》,《理论与现实》1940年第4期。
② 嵇文甫:《中国民族文化的新发扬》,《力行》(西安)1943年第1期。

性,并指出中国的思想遗产是一代又一代的先辈在生产斗争和阶级斗争中形成的智慧;每一代思想家都有自己的立场、思想方法、人生观、世界观,给后人留下很多启示。

嵇文甫以孔子为例,阐释思想遗产的光辉作用。孔子打破官府限制,成为中国思想史上第一个以私人资格讲学的教育家。尽管他所讲述的内容与我们现代教育本质相去甚远,但其教育思想、教学方法对现在的我们还有启发作用。"为了'学'为了'诲'以至忘食忘忧忘了自己的年岁,把教育事业看得那样神圣,对于教育事业那样忠诚,这对我们作教育事业的教师们是有很大启发与教育意义的。"[1]同时,嵇文甫指出思想遗产需要将其放在一定的历史范围内加以研究,引导我们看待古代社会的阶级斗争、生产斗争,不仅从正面找到些至理名言,也能从反面得到许多帮助和启发,以致受到深刻的、更好的历史唯物主义教育。

对过去不珍惜思想遗产,嵇文甫从两方面进行分析。一是殖民地心理,民族虚无主义。鸦片战争后,中国逐步沦为半殖民地半封建社会。这对中国文化,尤其是思想文化带来了巨大冲击,在半殖民地半封建思想的支配下,在民族虚无主义影响下,我们看不到祖国的文化遗产的生命力,甚至认为我们的文化不如人,根本没有文化自信,也无从珍惜中国的思想遗产。二是衡量尺度不科学。这种不科学的衡量尺度主要表现在两个方面:过度夸大古人的一点好处,或者对古人过于苛求。采用这种衡

---

[1] 嵇文甫:《珍视祖国的思想遗产》,《新史学通讯》1956年第10期。

量标准,也会导致我们看不到中国思想遗产的珍贵。① 历史唯物主义要求把历史事物放到一定的历史范围内给予适当的评价,既不过高估价,也不用现代眼光看待古代问题,更不拿国外的思想来对应古代思想,避免不科学的衡量。

(二)继承发扬传统文化

嵇文甫指出学术中国化与学术通俗化或学术大众化紧密相连,随其生长。一二·九运动在北平爆发后,上海救国会的沈志远、钱俊瑞、艾思奇等人把握时机,推动学术通俗化运动,努力把世界上最先进的学术思想与中国人民的现实生活紧密联系在一起。随着运动的深入发展,中国青年深受影响,发生了极大变化,他们从大批明白晓畅、亲切有味的新型读物中汲取营养,思维方式也与原来的公式化、教条式思维不同;抗日战争的爆发,加速了学术通俗化进展,"中国化"也随之产生,并随着抗战救国的发展而进入学术新时代。

新时代应作建设性的民族文化运动,应使民族文化现代化、现代文化民族化。嵇文甫认为中国最引以为豪的文化有几个方面。一是"君子之道"。"君子之道"是古代贵族的立身、处世、修己、治人之道的生活和智慧的艺术,经孔子深化传播后,成为道德哲学和政治哲学的基础,是全民族的公有宝贵遗产。二是文学艺术及科学。中国文学是最带个性、最有民族形式的一种觉悟,它用自己独特的方式表达声貌;中国"气韵生动"的画法

---

① 嵇文甫:《珍视祖国的思想遗产》,《新史学通讯》1956年第10期。

是西方印象派的先驱,"飞檐式"建筑也流行于西方;中国只是在近代科学落后于西方,但古代医学、化学均有较高造诣,只要努力向西方学习,我们的民族文化定可化腐朽为神奇。三是中国文化的包容性。中国文化具有极大的包容性和同化性,能把外来文化作为营养品,使自己日益壮大起来。佛教和中国传统儒学相融合,形成新儒学,支配思想界八个世纪——这就是很好的例证。

嵇文甫认为,要发扬中国的传统文化,就必须积极不断地吸收外来先进文化。印度文化进入中国后,经隋唐时代的消化与吸收,成为中国文化,甚至中国人自己也创立了自己的天台宗、华严宗、禅宗。宋明时代的理学也是禅宗教义与原始儒学相结合而形成的,不再是印度文化了。中国文化需要现代化,需要尽量吸收世界上其他的进步文化,把世界上许多好的东西融化成自己的,使自己迅速壮大起来。"中国文化从来并没有被封锁在一个孤岛上而完全与世界其他部分相隔绝。他始终吸收着世界各方面的文化,而又时时把自己贡献给世界,它和世界文化始终是起着交流作用的。"[1]中华民族有着悠久的历史,我们不能因为眼前状态,就抹杀五千年的优良传统,在新中国建设中产生文化自卑心理,但我们也不能文化骄傲,只有奋起直追,在不久的将来,中国文化就可以恢复它的世界地位。

---

[1] 嵇文甫:《中国文化与世界文化》,《时代中国》1944 年第 1 期。

## 第二节 嵇文甫的教学风格和教育思想

在长期的教学实践中,嵇文甫曾先后开设多门课程,形成了独特的教学风格,在教学艺术上已臻炉火纯青的地步,具有强大的吸引力。在教学思想上,他既批判继承了中华优秀的教育思想遗产,又有所发展,每多创见,且身体力行。

### 一、教学风格

#### (一)科学性与思想性统一

在长期的教学实践中,嵇文甫以历史唯物论为指导进行教学,这就使学生学到了历史唯物论的基本观点和科学的知识。他讲授思想史时,突出强调一切思想学说都是当时社会实际生活的反映,各派学说都有它自己的社会基础。他试编《中国哲学小史》时说:"晚周诸子是晚周社会实际生活自然的产儿,而积古相传的典制教条乡俗野谚,都成为他们随缘托生的形体躯壳。"[①]只用一句话就高度概括并全部揭示出先秦诸子学说产生的社会背景和表达方式。在北大,他曾和一位著名的唯心论教授在同一时间上课,实际上是一场思想斗争和教学竞争,嵇文甫总是处于上风,他的讲堂座无虚席,学生普遍反映他言之有理,持之有据,于通俗中见深意,在学理中见精神,令人信服。

---

① 嵇文甫:《先秦诸子与古代社会(讲义)》,载《嵇文甫文集(上)》,河南人民出版社,1985,第278页。

## 第七章 山高水长：嵇文甫文教思想的传承

嵇文甫还善于从历代思想家、教育家、政治家身上吸取思想营养。他讲老子，必强调其"道德涵养"，赞誉他"目及而道存"；讲孔子，必强调其"勉强毅力"，赞誉他"学而不厌、诲人不倦"的献身精神和"知其不可而为之""不知老之将至"的执着追求、自强不息的精神风貌。他对宋明理学的陆王学派，则集中吸取了其思想体系所包含的"求实和勇为"的精神。① 在历史人物评价问题上，嵇文甫把其行为能否表现民族的高贵品质作为重要立论之一，并善于运用对比手法，突出优秀人物的思想品质。

### （二）深入浅出，生动传神

嵇文甫学识渊博，学术造诣高，讲课不用讲稿，娓娓道来，博约结合，含英咀华，使人如坐春风，如沐细雨，沁人心脾，回味无穷。他善于启发，善于比喻，善于引导，具有令人难忘的魅力。李道雨在《嵇文甫学术风格漫评》一文中指出其讲课的突出特点是不拘泥于讲稿，娓娓道来：

> 他常对人说，尽管准备的内容很充分，倘若照稿一念，就显得干燥无味了，若是改用自己的话来讲，那就使人听了亲切而又印象深刻。如他在讲历史人物评价问题时，讲到东汉的神医张仲景的《伤寒论》，说他确实是一部了不起的著作，但书中也夹杂一些阴阳五行的迷信色彩。如果有人说："他咋不根据解剖学来写呢？"这就太为难他了。因为东汉时代阴阳五行说是一种高尚的理论，张神医自然不能

---

① 姚惜鸣:《嵇文甫的身教和言教》,《河南大学学报》(社会科学版)1995年第5期。

摆脱这一思想的窠臼。拿现代的"解剖学"和他作对,就象斥责黄巢、李自成"咋不接受无产阶级领导"一样荒谬。这就等于用非历史主义向历史主义挑战,令人啼笑皆非,嵇老这个举例使人在笑声中学到了历史唯物论。同时嵇老讲课,从不 A、B、C、D 的"开中药铺",罗列条文,而是运用大量史实为例来讲解。每一件史实总是围绕一个中心分析综合,如银线穿珠,联系贯通,在关键处常用一两句警语,点明要旨,使人豁然开朗。……嵇老讲课就是这样,朴实而诙谐,在平易中见精深,在精深中有风趣,听他讲课真是如浴春风,是一种精神享受。①

## (三) 诲人不倦,以多种形式启迪人

嵇文甫对学生关怀备至。他经常说:"几千学生都是骨肉相连。"这句话凝聚着他对教育事业的忠诚、对教师职业的热爱和对学生的深情。他提倡学术上的自由讨论,勇于接受新思想和新事物,带出了河南大学的一代学风。如在潭头时,河大学生思想活跃,要求进步,学术研究空气浓厚,他们和进步教授、爱国教师一起,形成了抗战时期河南大学学术研究的两大特色:一是学术活动和革命活动密切结合;二是坚持学术活动经常化。而嵇文甫对这两大特色的形成起了重要作用。

在抗战岁月中,嵇文甫经常给学生作学术报告或专题讲演,从学术问题入手,阐明革命理论和抗日爱国思想。1940 年,在

---

① 李道雨、李育安、翟本宽:《嵇文甫学术风格漫评》,《郑州大学学报》(哲学社会科学版)1985 年第 3 期。

鲁迅逝世四周年纪念会上,他讲了《一个对比和中国的高尔基》,说鲁迅和章太炎同到北平讲演,鲁迅讲演的会场内外都聚集着热心听讲的青年学生,而章太炎讲演的会场冷冷清清都是些穿长袍马褂的老学究,对比十分鲜明。并赞扬"鲁迅是中国文化的旗子,是中国的高尔基"。[①] 这一时期,他还配合解放区对民族形式的讨论,作了《漫谈学术中国化问题》《我也来谈谈文学的民族形式问题》报告,以及《清代学术发展的三个阶段》《宋明理学研究》等许多报告,对中国古代学术流派运用辩证唯物主义与历史唯物主义进行分析,批判他们的唯心观点,吸取他们大胆解放思想和忠贞爱国的有益部分,与抗战形势联系起来,引导学生关心国家民族的存亡,使他们既学到知识,又受到马克思主义基本观点和爱国主义思想教育。

（四）言行一致,为人师表

嵇文甫的教学之所以具有强大吸引力,不仅由于他学识渊博,教学经验丰富,而且由于在他身上完美地体现了作为教育者应有的思想修养和道德品质。他对教育事业有着炽热的感情和忘我的献身精神,他平易近人,严谨治学,一丝不苟;谦虚谨慎,不骄不躁;宽以待人,严于责己;以身作则,言行一致,不讲索取。因此,他像磁石吸铁一样,吸引着广大青年学生。

嵇文甫的许多学生对他的教诲终生感佩,永志不忘。如文学大师任访秋教授,嵇文甫是其在开封一师读书时的老师,他

---

[①] 姚惜鸣:《嵇文甫的身教和言教》,《郑州大学学报》(社会科学版)1995年第5期。

说:"个人平生不论在做人同治学上,在我的师长中,先生给我的影响是最大的。"①1946年,不足三十岁的赵俪生(后任兰州大学教授,著名历史学家),自陕西来到河大。嵇文甫和他素不相识,却把自己教了多年的明清思想史课转给他教,这种风格在当时是不多见的。后来赵俪生跟着嵇文甫学习宋代哲学,在和嵇文甫接触中,得到嵇文甫的热情指导,从中受到启发,他说嵇文甫"吐嘉言如锯木屑,霏霏不绝"。因此,使他进步很快。赵俪生深有体会地说,嵇文甫先生是其平生"受益最深的两位先生"之一,如果把学问的长进比作没水的深浅的话,在嵇文甫的指导下,"一年前我是泡在漫到脚脖的水里的话,那么,一年过后我已经泡到齐腰的水里了"。② 他对嵇文甫的学术风貌以"极高明"来表达。当然,这绝不是他一人的感受,而是与嵇文甫接触的人的共同心声。

新中国成立后,嵇文甫先生身兼数职,工作十分繁忙,还坚守在教学一线,并时常深入学生中,从学习、思想、生活上给予学生关怀鼓励。1951年,嵇文甫担任河南大学校长时,一位青年学生写了一篇关于历史问题的小文章,送校刊转嵇文甫审。不久,嵇文甫亲自找到这个学生交谈,肯定了这篇文章的优点,同时也指出了它的不足,耐心地指导修改,还对他说:"以后有什么

---

① 任访秋:《忆先师嵇文甫先生》,《河南文史资料选辑》1981年第5辑。
② 赵俪生:《忆述嵇文甫前辈的学术风貌》,《史学史研究》1983年第2期;赵俪生:《为学途程上的一些遭际》,载《书林》杂志编辑部编《治学集》,上海人民出版社,1983,第78页。

问题直接来找我商量。"①作为一校之长,对一个普通学生如此关心,这体现了他平易近人、热爱青年的优良品质。

## 二、教育思想

在教育思想上,嵇文甫多有独到见解,他主张学思结合,教学方法与读书方法融为一体,教学与科学研究结合等,这些思想至今对我们的教育工作仍有深刻的启发意义和巨大的指导作用。

### (一)治学与思考相结合

1945年2月,嵇文甫在《妇声》杂志上发表《漫谈读书法》一文,强调"思"在读书治学中的重要性。他首先从孔子的"学而不思则罔,思而不学则殆"讲起,谈治学方法。他表明"以怀疑之态度,分析之方法,以及参考材料之增加,使不能解决之问题能得出正确之答案,此即吾人治学之良法也"。对此,他不仅自己实践,并在以后有所发展。

嵇文甫指出,读书需要"思","好比吃饭必须经过消化器官一样,读书也是非经过自己的思想器官不行的","思之鬼神通之"。② 思考需要坚持,需要持之以恒,更需要讲究方法。"思"的方法包括分析法、综合法、比较法和历史法等,其中分析法和综合法尤为重要。

---

① 李道雨、李育安、翟本宽:《嵇文甫传略》,河南人民出版社,1986,第92页。
② 嵇文甫:《漫谈读书法》,《妇声》1945年第2期。

对于分析法,嵇文甫认为对于一部书、一篇文章或一个问题,最忌"囫囵吞枣"。要避免这种毛病,须使用分析法。分析能使问题明白,也能使人明白,初学读书者,一定要掌握这种方法。同时,初学者利用分析法理解文章也是较好的途径。对于综合法,嵇文甫认为,善读书者,合而分之,而分者合之。只此分合二字,可以生出多少妙用来。做侦探的,能把许多看来毫不相干的事件连缀一起,作为线索,以破获某一案情。善读书者亦复如是。他能把许多书中的话综合在一起,看出来某些意义。善于读书的人,能把许多书中的话采用归纳法、比较法、历史法等综合在一起,形成某种观点,证明某种意义。他认为分析法能启发人的思想,引起疑问,发现问题的本质。只有层层分析,才能深刻理解,有所收获。[①] 同时,嵇文甫指出,读书只有分析而无综合是不行的,在分析的基础上进行综合,才能形成完整的概念,掌握事物的全貌。如读书时把许多事件线索串联起来构成整体,就可看出综合法的妙用。

## (二) 教学与读书融为一体

教学和指导学生读书时,很注意把读书方法和学习方法看作教学活动的一个有机组成部分,把教学方法和读书方法融为一体的教学方法,是嵇文甫教育思想的又一个突出特点。

教与学是教师与学生的双边活动,需要双方积极、主动、自觉以充分发挥教师在教学中的主导作用和学生在学习中的主体

---

[①] 嵇文甫:《漫谈读书法》,《妇声》1945年第2期。

作用。在"双主"作用中,关键在教师,而教师发挥主导作用的关键,在于教会学生如何学习,开发学生身上的巨大能源,对未知领域进行探索与追求。这一点,在嵇文甫的教学中得到了充分的体现。他常启发学生既要博览群书,又要善于撷取精华,曾用大量事例阐述古人如何读书,以教育、引导学生。他把博览与约取看作辩证的统一,认为只有博览,才能集中精华融合在一起,成为有用的东西,否则读书甚少,一点点精华是没有什么用的。因此,他主张"只有取的精华多,用物宏,才能大其学"。

嵇文甫具体指点学生读书门径,以扩大其知识领域,作深入研究探讨。他指导学生读书时,常说"分而合之,合而分之",前者指的就是"综合法",后者指的就是"分析法",有分有合,才是辩证的读书法。他认为只有靠这种方法,才能在博览群书中,集中吸取其精华。

## (三) 教学与科研密切结合

教学与科研是一个具有内在联系的不可分割的统一体,教学与科研既不互相矛盾,也不能互相代替,没有科研的教学是不完整的教学,没有教学的科研不是高校中的科研,两者密不可分,相得益彰。嵇文甫自1918年开始从事教学工作后,就注意结合教学进行学术研究,而后发表了《老子发凡》《吾所得于文学史者》《王船山的人道主义》《科学上之王学观》等文章,既在学术领域内有所开拓又及时充实和更新教学内容。

嵇文甫到高等学校教书后,他的教学水平和学术水平日益提高。虽然他在教学与科学研究结合方面的论述不多,但从他的实际成就和所走的道路上就具体而生动地表明了他的教学与科学研究必须结合的思想。他为开拓中国哲学史及中国古代思想史学术领域的研究做出的重大贡献,就是将教学与学术研究结合起来,并不断向前推进。他的不少重要论著就是他编写的教材或从事教学的心得体会。如《先秦诸子政治社会思想述要》一书,是他所编《中国政治社会思想史讲义》的一部分。

在教学与学术研究结合的道路上,嵇文甫坚持马克思主义的历史唯物论,从中国社会史研究中国思想史。同时,嵇文甫善于从教学中思考和探索,发现科学研究新的生长点。教学是其基础,科学研究是在教学上的提高,又促进其教学的深化。毕其一生,嵇文甫孜孜不倦地在学术上探索与追求,在兢兢业业的教学实践中,形成了自己独到的思维方法和治学方法,并引导学生把学习过程和探求新知结合起来,使教学永远具有生命力。

（四）教育与爱国相结合

"读书不忘爱国",如何在日常教学中突出爱国主义教育是嵇文甫一直思索的问题。1951年,他在《新史学通讯》第四期上发表了《历史教育与爱国思想》一文,针对历史教学中如何实施爱国主义教育的方法进行探讨,阐述了历史教学中开展爱国教育的方法。

其一,通过亲切的历史感以激发对于祖国的热爱。"爱祖国",但"祖国"并不是一个空洞的概念,那里面包含着丰富的历史内容,历史感就是了解其历史,从而增进与被了解事物的距离。对祖国历史了解越多,对祖国的情感就越浓厚,爱国思想就越显现。

其二,肃清历史教育中的思想流毒。嵇文甫指出,在过去半殖民地半封建社会中,旧历史家的爱国主义是在半殖民地半封建处境下进行的,受殖民地思想、封建思想阻碍。所以在历史教育中要肃清这些思想,增强历史使命感,提高文化自信。

其三,认识伟大祖国的由来。嵇文甫指出,讲历史就要认识伟大祖国的由来。中国是由历史积累发展而来,过去的辉煌,现在的发展壮大,都"不能隔断历史"。假如没有过去的伟大,我们也无法成为现在这样伟大,现在的伟大都是步步和过去有关系,都是从我们悠久文化、悠久历史上来的。这样,把今天和过去连起来看,一部中国历史便都成为有意义的了。只有把过去和现在紧密联系起来,才能了解祖国的由来,才能培养历史使命感。

其四,灾难、斗争、光荣中突出爱国主义教育。嵇文甫认为中国历史有很好的教育题材。中国过去辉煌的历史、中华民族吃苦耐劳的精神、富于革命的光荣传统,都足以激发爱国热情;一些坏的事情和人物,如秦桧的卖国勾当、抗战时期的汉奸们,使我们深恶痛绝,也足以激发我们的爱国热情。同时,在进行爱国主义教育时,要养成民族自豪感,认识到中华民族是许多优秀民族中的一个,不劣于其他民族,可以与世界上其他爱好和平的民族携手前进,能与国际主义结合,但不应该夸大,成为狂热的民族主义者。

### (五)提高教育质量的关键在于提高教师水平

新中国成立以后,为了提高教育质量,嵇文甫常亲自撰写文章、作报告,具体指导学校工作,并根据办学规律和教学实际提出教学工作的关键是提高教师水平。

首先他反对标语口号式的教学。1955年他在《用唯物主义武装起来保证教育质量的提高》一文中,针对当时教学上一个普遍的毛病——开口阶级,闭口劳动,标语口号一大堆的倾向,精辟地指出:马列主义辩证唯物主义和历史唯物主义是一个思想体系,是一个完整的世界观,只有彻底建立马克思主义的唯物主义世界观,才能从根本上提高教育质量。

其次,他提出教师的教学必须把理论和实际结合起来。1953年,嵇文甫在其所作《提高教师水平问题》的报告中指出:目前教师水平之所以存在问题是因为理论不透,不善于通过具体事例来说明理论问题,"不透就不能运用自如,就不能结合得天衣无缝,浑然一体"。他认为不仅文科,理科也如此,因为任何科学都是客观事实、客观规律的反映。对于解决的方法,他突出强调一个"变"字,想把某一个问题搞通、搞透、搞熟、搞化也必须"变"。"教学最忌原封不动,要从改变过程中去认识它","必须把理论具体化,而不成为空洞的理论,同时,也把事实理论化,而不成为干瘪的事实,有分析有综合,从特殊到一般,从一般到特殊,小题大做,大题小做。这样变来变去,才能把问题搞通、搞透、搞熟,才能掌握问题的精神实质和内在联系,而可以多方应用了"。

其三,主张教师要开阔视野。嵇文甫指出教师要扩大生活领域,开阔眼界;不封锁自己,多注意新事物;把时事政治学习、理论学习、教育学习都结合在所教的课程中,自然会眼界一新。

## 第三节 源远流长:嵇文甫的学术风格和传承

嵇文甫作为中国知名的哲学家、史学家,一生笔耕不辍,涉猎哲学、史学、政治、时事诸方面,研究博大精深,为后世留下了珍贵的文化瑰宝,激励着一代又一代学者。在学术研究中,嵇文甫治学严谨,勇于质疑,同时坚持学以致用、经世致用,学术研究中国化,为学术研究开拓了一个新的领域。

### 一、治学严谨,勇于质疑

"实事求是"既是一种精神,也是一种态度。研究学问,离开了实事求是,便无从谈起。实事求是也是一种科学的方法论,它的核心就是不盲从,不迷信,重客观,重证据。嵇文甫的治学从多方面体现了这种实事求是的科学精神。

嵇文甫是一个笃实的学者,他少年时期熟谙旧学,青年时代又博览群书,学识渊博,融会古今,贯通中西。他系统地接受了马克思主义教育,是国内较早运用马克思主义唯物史观研究中国古代历史和哲学的学者之一,一生著述甚丰。他写文章,最忌人云亦云,拾人牙慧,而是本着学以致用、理论联系实际的原则,阐述己见,朴实无华,严谨实在。

1918年,嵇文甫首次发表《老子发凡》一文,即表现出扎实的学术素养和严密的考证思维。关于老子其人的姓氏名称以及生平经历，史料中虽有记载，但多扑朔迷离、前后矛盾，历代文人学者关于《老子》其书的著作年代以及其人的生平理解也多有争议。清朝汪中(字容甫)通过大量的史料来证明《史记》中关于老子的记载为三人而非老子一人。嵇文甫发表《老子发凡》质疑汪中，认为汪中之论存疑甚多，不足为据。

嵇文甫对王船山的研究是开创性的，由此获得了船山学专家的称誉。他还不到二十岁就开始接触王船山的著述，1920年他已认识到王船山的东西实在是"有主义，有条贯，自成一家言，与那些东鳞西爪不成段片的著述，迥乎不同"[①]。他就决心系统地研究船山的思想，并下了一番大功夫。他在呕心沥血做学问的过程中，谈到自己的体会说："梁任公先生曾发愿著'船山学案'，终久没有见著出来。直到现在，这位大师的名字几乎为每一个稍注意国故的人所共知，但有几个人能把船山的理论体系说出个大概呢？"王船山浩繁的著述，"又谁肯耐心去看他个究竟呢？大家尽管把船山的名字讲得响，但一看他的书，就不免望而却步了"[②]。而嵇文甫却埋头苦读，发愤研究他的东西，终于独树一帜，提出自己独到的见解。

嵇文甫对王船山的开创性研究，为学术界所公认，但他自己并不满足。他写《船山哲学》，只有五万多字，前后却用了七八年时间。他于1936年完成书稿后回顾说，七八年前，"材料已搜

---

① 嵇文甫：《王船山的人道主义》，载《嵇文甫文集(上)》，河南人民出版社，1985，第19页。
② 嵇文甫：《船山哲学》，开明书店，1936，第1-2页。

## 第七章 山高水长：嵇文甫文教思想的传承

集许多，大纲也约略拟出来"。这中间经过反复推敲分析，"直到两月以前，课务稍闲，才发愤要把这点心愿完成起来。于是限定程期，力加鞭策，五十日间，居然弄出这本小册子"。《船山哲学》是嵇文甫的力作，但他并不满意，他说："材料没有搜完备，理论没有讲透彻，许多地方未能畅所欲言。"①嵇文甫对学术研究一丝不苟的认真态度由此可见一斑。

嵇文甫在研究中，不因袭旧说，贯彻着一个求实的精神，因此他能够见别人所未见，道别人所未道。关于这一点，在其对陆王学派的研究中也鲜明地反映出来。陆、王是彻底的主观唯心主义者，特别是王阳明，曾经残暴地镇压过农民起义，对他们的哲学思想，当时学者多持完全否定的态度。而嵇文甫不仅认识到陆王学说的唯心主义成分，还能客观认识到其积极意义。嵇文甫还看到王阳明教育思想中的合理因素。王阳明主张"大抵童子之情，乐嬉游而惮拘检，如草木之始萌芽，舒畅之则条达，摧挠之则衰萎。今教童子，必使其趋向鼓舞，中心喜悦，则其进自不能已"。王阳明反对体罚学生，反对让学生死记硬背。嵇文甫中肯地指出，王阳明的教育学说"恺切详明，虽近代教育家言何以加焉"。②可见嵇文甫做学问，在详细地占有材料的基础上，能够进行客观的评价，不是说好，一切皆好，说不好，一切都给予否定。

---

① 嵇文甫：《船山哲学》，开明书店，1936，"序"第1页。
② 嵇文甫：《科学上之王学观（续第四期）》，载《嵇文甫文集（上）》，河南人民出版社，1985，第17页。

## 二、学以致用,经世致用

中国史学经世的传统源远流长,嵇文甫深受中国传统史学经世致用思想的影响。他把学术与国家的命运直接联系在一起,强调要想让国家强盛不衰,必须重视学术,必须不断地从历史上的优秀思想中汲取营养,表现出浓厚的经世致用思想。

嵇文甫重视现实问题,这是其经世思想体现最明显的地方。早在抗日战争时期,他参加了不少社会活动,并写下了一些有关民族气节、树立正气的文章,如《中华民族文化的新发扬》《王船山的民族思想》《中国文化与世界文化》等,从中可以明显看出学以致用的精神。对于一触即发的国共内战,嵇文甫忧心忡忡,他认为国共双方的许多分歧不是单靠打仗就能根本解决的。有关政治争端,他赞同孔子的修文德、明政治,以人心归附的做法,"他从根本上想,以为一个国家,只要能造成一种和平、安定、均衡的局面,自然就不会倾危动摇。而达到这个目的,只有修文德"。另外还有王夫之的柔道论,嵇文甫赞赏王夫之论汉代光武帝以柔道取天下的做法,认为光武帝做的"都属于文德方面或政治方面的事情。这些事情看来好象都是些不急之务,然而光武却以此定国基,吸取人心"。嵇文甫认为,当时国共谁能胜利的关键在于"谁能发扬我们文德与柔道的优良传统",[①]这是嵇文甫借古人"重柔道、修文德"思想来表现其经世思想。

嵇文甫一生研究政治思想史,研究先秦诸子,研究宋明理

---

① 嵇文甫:《尊文德重柔道》,载《嵇文甫文集(中)》,河南人民出版社,1990,第435-437页。

# 第七章 山高水长：嵇文甫文教思想的传承

学，都是学以致用的精神在贯穿着。在《对于陆王学派的一种观察》《陆象山的"实学"》以及《左派王学》中，他不是批评陆王学派的主观唯心论，而是肯定他们实事求是、实实在在、敢作敢为的精神。他非常重视章太炎对王学的评语"内断疑悔，外绝牵制"。当然，嵇文甫全面地给了陆王学派一个公平中肯的分析和结论。至于对明清之际的诸大师们，则是宣扬他们为国家为民族的实际活动及经世致用的治学精神。他研究政治思想史不在国家、主权等方面打圈子，而是实实在在地从具体的人和事出发，挖掘时代需要的精神和观念。在《张居正的学术》《论高拱的学术思想》《从王安石变法说到中国历史上的无为思想》等文章中，他都是从这些中国历史上的政治的具体思想和具体措施来分析研究的。

嵇文甫一生中为人处世以孙夏峰为师，史学哲学理论则学王船山，治学门路则近乎浙东学派，特别是学习无书不读、每读必彻底的全谢山。这种学习前人的精神在他的学术和处事中贯彻始终。嵇文甫18岁即接触到王船山的著作，此后一直研究他。王船山的思想博大精深，是中国朴素唯物辩证法发展到近代的顶峰，而且王船山所处的时代也是异民族入侵的时代，所以嵇文甫想从王船山丰富著作的宝藏中，发掘出可用的思想，来解救民族的危难，特别是王船山认为史学为经世之学，其史论的确给人不少教训。因此，嵇文甫也终生研究王船山。

不独学术研究，嵇文甫还能将学术研究成果及时反馈于教学中，在校频频演说哲学问题、思想史问题，甚至历史与时政问题。1934年5月16日下午4时，嵇文甫作了《哲学上唯物论与唯心论在科学上之根据》报告,这是河南大学第七次公开学术讲演,在学校六号楼讲演厅举行,"听讲者极为踊跃,计到来宾及教职员学生约四百余人","嵇先生讲解清晰,议论警辟,听众莫不赞许"。① 1935年4月,时任文史学系主任的嵇文甫主持了文学院纪念周活动,在会上作了《中国的文化失调症》的演讲,指出现代中国文化不调和"正是中国文化的真实病症——本质还是一个古老的民族,而穿上了二十世纪的外套和花样,好像演剧一般"。这种不调和在很多地方表现出来,如教育、识字运动等。嵇文甫指出当代一般人想解决中国文化失调症的可分两派:主张中国现代化,主张恢复中国固有的文化。对此嵇文甫进行批评,对当时有人高倡的"中国本位文化",嵇文甫称要进行现阶段的把握,否则无法处理和解决中国的文化失调症。②

## 三、通俗易懂,雅俗共赏

在学术实践中,嵇文甫的一个突出特点,即深入浅出,生动活泼,雅俗共赏。嵇文甫强调指出:"学术研究,请别人看了,别人不甚了了,有什么用处呢?"

1931年,嵇文甫发表的《伟人领导群众呢?还是群众领导伟人?》一文,在谈到达尔文时指出:由于产业革命和资产阶级登上历史舞台及生物和地质等科学的发达,在达尔文之前进化论

---

① 《嵇文甫教授演讲哲学上唯物论与唯心论在科学上之根据》,《河南大学校刊》1934年第39期。

② 《文学院第二次纪念周 嵇文甫主任主席报告院务 并讲演中国的文化失调症》,《河南大学校刊》1935年第72期。

思想已到处发育,日趋成熟,达尔文的进化论以完整的体系问世后,进化论思想又得到了长足的发展。应该如何来估价达尔文和群众的作用呢?嵇文甫说:"由后而言,是达尔文领导了群众;由前而言,群众却领导了达尔文。达尔文之伟大,正由其能感受时代的暗示,代表时代的趋向,把群众心中所固定的东西最圆满的最有效的发挥出来。他在领导群众之前,早接受过群众的领导了。"①在强调群众的作用时,嵇文甫没有忽视伟人的作用。他说"伟人的雄图大略,深思远见"是斑斑可数的,然而"无论怎样奇才异能的伟人,无论他怎样违反群众的意思,而他的思想和行动,也终是从群众生活中暗示出来,也决不能凭着自己意思胡乱作为的。专门依阿群众的不是伟人而是庸人,专门违反群众的,不是伟人而是妄人。伟人有意识的领导群众,群众无意识的领导伟人,没有伟人的思想行动,即早已有群众的生活。群众生活,才是历史的发动机呢"。② 由于历史条件的限制,嵇文甫当时没有举无产阶级革命家的例子。他以资产阶级领袖人物的产生及自然科学家的成长过程为例,生动地、精辟地阐明了马克思的历史唯物主义的基本原理。

更难能可贵的是,嵇文甫为使青年们了解和认识祖国丰富的思想文化遗产,1958年曾专为青年们编写《春秋战国思想史话》一书。春秋战国是中国思想史上一个光辉灿烂的时代,出现

---

① 嵇文甫:《伟人领导群众呢?还是群众领导伟人?》,《北大学生》1931年第5-6期。

② 嵇文甫:《伟人领导群众呢?还是群众领导伟人?》,《北大学生》1931年第5-6期。

了许多杰出的思想家、不同的学派,形成了历史上蔚为壮观的百家争鸣的局面。但是这个时代距今已有两千多年的历史了,那些古老的思想体系和表达方式、使用的术语,对青年来说,是很生疏甚至很费解的。怎样把这些思想浅白地表现出来,使青年们易于理解和接受呢?嵇文甫经过艰苦努力,逐步摸索到一些经验。他在写作上采取的态度是:"不旁征博引,作烦琐的考证;不支离蔓衍,在枝叶上纠缠;不模糊影响,讲些连自己也不懂的道理;而是提纲挈领地,抓住些明明白白的主要论点,就自己所能理解到的讲个透彻;遇有必需引用的古书原文,该解释的解释,该翻译的翻译,总之要叫人家看懂。"①如此一来,一般人认为枯燥乏味的先秦诸子,经他深入浅出、生动活泼地介绍出来,读者便轻松地理解,对于那个时代一些学派的重要思想内容有一个基本的了解。

在嵇文甫的学术生涯中,在学术通俗化方面一直在不断地探求。对于一些不易理解的问题,他常借助于比喻来说明。例如,对于马列主义的理论不是教条而是行动的指南,这理论的"指南"作用如何来理解?嵇文甫用指头和月亮的关系来作类比:用指头指月亮,顺着指头的所指,可以见到月亮,这就是"指南"的作用,但指头本身并不是月亮。他说:"我们学马列主义,并不是想学得许多现成的结论,现成的教条,而是要学得一种立场、观点、方法,来指导我们的行动的。"②学会了马列主义的立

---

① 嵇文甫:《春秋战国思想史话》,中国青年出版社,1958,第7页。
② 嵇文甫:《根本还是个阶级立场问题》,河南人民出版社,1959,第77—78页。

场、观点和方法,即具备了马列主义的"指头",在它的指引下,就可以找到一个个具体事物的规律,找到一个个"月亮"。倘若只记住了一些马列的词句,并没有具备马列主义的"指头",那他将会到处碰壁,一事无成。说到马列主义对指导学术研究和革命的重要意义时,嵇文甫曾用显微镜和望远镜来作比喻。

此外,嵇文甫十分善于写短小精悍的史学、哲学杂话。有人叫它"哲学小品",短小的篇幅蕴含着很深的道理。《新说书》《都是辩证法》《史学杂话》《思想式的冲突》都属于这一类,不仅可以使读者轻松地理解文章的思想和精神,而且使人感到风趣隽永,不忍释卷。

## 四、学术研究中国化

中国的学术要有中国的特色,这是嵇文甫在多年的学术研究中孜孜追求的一种风格。近代以来,借助于西方现代文明,中国知识分子对传统文化进行了批判,从而动摇其神圣性、瓦解其合法性、批判其残酷性、否定其虚伪性。但是,民族国家建构的基础是民族共同体认同,民族共同体认同又主要体现为民族文化的认同,因此,必须对民族文化进行重建,使传统文化经过改造吐故纳新,焕发出勃勃生机,而在国家遭受外敌入侵的情况下,民族文化的重建显得尤为迫切。自鸦片战争以来,中国一直没有摆脱救亡的危机,特别是20世纪30年代中后期,随着日本帝国主义的步步紧逼,中华民族面临生死抉择。在抗战背景下,要保持国家统一,维护国家主权,更需要国民的民族共同体认同,特别是民族文化认同,万众一心,同仇敌忾,取得民族解放战争的胜利,而如何重建民族文化始终是现代中国知识分子关注的焦点。

嵇文甫在著述和讲学中很注意学术的"中国化"。早在20世纪二三十年代,他在北京大学讲授宋代哲学这门课时,就注意到这个问题。西方的哲学一般要讲宇宙论、认识论、人生观等问题,可中国的哲学就没有这些名词,只有理、气、心、性、变化、气质、格物致知这一套。如果在讲义里硬要写上这些名词,当然也可以,但总感到枝枝节节,不符合中国的学术体系。因此,嵇文甫索性把讲义改为《宋儒学说讲稿》,还是讲中国的理、气、心、性等内容,没有硬套西洋的哲学名词。"开这门课的意图,还不是要学生了解宋儒的思想学说么?这说明在过去对哲学史也是陷于西洋的一套资产阶级的教条主义,现在这些都打破了。"[①]他以马列主义理论为指导,按中国特点,讲中国的哲学,收到了很好的效果。这可以说是他追求学术"中国化"的最早发端。

实际上,学术"中国化"的尝试,贯穿在嵇文甫著述和讲学过程的始终。1940年,配合解放区关于"民族形式"问题的讨论,嵇文甫曾先后发表了《漫谈学术中国化问题》《中国文化与世界文化》等文章,对学术的"中国化"问题进行了系统论述。

在《漫谈学术中国化问题》一文中,嵇文甫对"学术中国化"的含义、产生的背景以及如何接受等用通俗的语言加以阐发。何谓"中国化",嵇文甫从四个方面进一步诠释其内涵:首先,"中国化"不同于顽固派的国粹论。所谓"中国化"的含义,当然

---

[①] 嵇文甫:《珍视祖国的思想遗产》,载《关于历史评价问题》,生活·读书·新知三联书店,1979,第57页。

## 第七章 山高水长：嵇文甫文教思想的传承

是说把本来非中国的东西化成中国的，它是以吸收外来文化为其前提条件的。其次，"中国化"不能混同于糊涂的中体西用。所谓"中国化"，是融化不是拼凑，是化合不是混合，是彻头彻尾、彻上彻下的，不是割裂补缀的。所谓"中国化"者，只是世界性的文化，经过中国民族的消化，而带上一种特殊的中国味道而已。最后，"中国化"是"世界性"的，又是"现实性"的，即是说"'中国化'乃是把世界性的文化'中国化'"，中国"为着克服这种依附性，半殖民地性，和机械性；为着使中国现代化运动更加深化、醇化、净化，于是乎有'中国化'运动之发生"。嵇文甫从中国现代化的崭新视角诠释"中国化"，在当时是极具有社会影响力的，甚至在今天看来，嵇文甫的提法也是理性的客观的。

嵇文甫认为，中国有必要现代化，但现代化并不等于完全西方化，正式提出"学术中国化"的口号。嵇文甫对此进行了专门的论述。所谓"学术的中国化"，主要指的是充分吸收外来学术文化的先进成果，将其与本民族优秀的学术文化传统相融合，与中国的社会实际情形相结合，发展出既具有民族独特性又具有世界先进性的那样一种学术文化的现实追求。其核心关注，毋宁说乃是对于外来先进学术文化的一种"民族性"消化。

# 第八章　斯人已逝,音容犹在

"死者倘不埋在活人的心里,他就永远死掉了。"①嵇文甫先生虽然离我们而去,但他的形象一直留在人们心底,受到敬佩和热爱。嵇文甫先生的故事,一直被大家传颂,成为河大人的精神食粮。

## 第一节　口碑:他者眼中的嵇文甫

### 一、学术同仁眼中的嵇文甫

嵇文甫在中原学术发展中发挥了极大的传承和延续作用,得到了学人的充分肯定。1934年,李敏修赠嵇文甫的书扇中以旧体诗表达嵇文甫的学统传统,有称:"维新复古义何岐。晚岁起予得吾子,探索新旧觅真知。神州学脉丧千载,疏阔失统成支离。古代政学若元气,工农礼乐物无遗。泗水传薪道一贯,本末根心达四职。宋明具体不充分,文节气节皆藩篱。西人技巧穷织末,居然物质幻神奇。功利末途濒破产,禹甸茫茫悉痹痿。沧海横流异帜起,青年饮鸩甘如饴。壮怀热烈良可悯,学田久荒奈

---

① 嵇文甫1936年10在追悼鲁迅先生的一个小型座谈会上的讲话。

渴饥。实病得泻虚得补,天涯踏遍谁良医。穷变通久会有待……"①吕振羽《悼嵇文甫同志》称"史战早年接道席,重光而后添新情。埋头明学翻陈案,表率中州领学瀛",指其中州文史领袖地位。② 嵇文甫在北京大学时的同学陈中凡在《吊嵇文甫》中谓"且钦伊洛渊源远,足矫胶庠派系纷",指其伊洛宋理学的渊源传承。③

民国时期,嵇文甫已经是中国思想史研究的大家。在民国学术界,对于嵇文甫的学术定位,陶希圣称"嵇先生是中国社会史权威之一"。甚至有谓1920年代,河南就有南冯(冯友兰)北嵇(嵇文甫)之称。

嵇文甫开创了用马克思主义原理探讨船山学术思想的先河,以继承批判的精神,撰写了一系列论文和专著,推动了国内船山学研究。学术界对嵇文甫的船山学研究给予极高评价:"如王孝鱼、侯外庐、嵇文甫等,首开运用马克思主义的原理探讨船山学术思想的先河,他们以继承批判的精神,撰写了大量的论文和专著,用马克思主义的观点方法,从不同角度去研究船山哲学思想、社会历史思想和政治经济思想。他们认为王船山是'当时著名的进步思想家和杰出的唯物主义者',尤其是嵇文甫的《船山哲学》,对王船山的理论进行了系统的梳理,极大地激发了国

---

① 暗斋:《书扇赠嵇子文甫》,《河南教育月刊》1934年第11期。
② 吕振羽:《吕振羽诗选》,吉林大学出版社,2000,第215页。
③ 陈中凡:《清晖集》,书目文献出版社,1987,第211页。

内学术界对王船山理论的研究高潮。"①

新中国成立后,在历史唯物主义的指导下,嵇文甫既认识了辩证唯物主义和历史唯物主义,运用唯物史观开展研究,建立历史评价的基本原则、基本标准等理论体系,又强调在历史研究中应注重的几个问题,开展历史人物与历史现象评价,还认识了王船山的史学观、新天理史观、朝代兴亡与古今沿革论等问题。蔡尚思《论嵇文甫》中称,嵇文甫在治学中 1931 年就试应用马克思主义的观点、方法,写成《先秦诸子政治社会思想述要》,接着是杰作不断,除 30 年代的《左派王学》、40 年代的《晚明思想史论》、50 年代的《历史人物的评价问题》、60 年代的《王船山学术论丛》等专书,及不少有水平的论文。"我钦佩嵇文甫同志的马克思主义水平……"②

1963 年 10 月嵇文甫逝世,著名的中国近现代考古学家、历史学家尹达在《悼嵇文甫同志》中说:"我们失去了一位社会活动家,失去了一位质朴的学者,失去了一位循循善诱的老师,失去了一位同志。""这十几年,我们接触较多,他那种朴素的生活作风,平易近人的风度,确实十分感人。对青年总是那么热情的爱护、帮助,对同志总是那么真挚而恳切,使人感到一种浑厚的长者的亲切。"③

---

① 赵维平、朱迪光:《王船山学术思想在民国时期的传播》,《衡阳师范学院学报》(社会科学)2003 年第 4 期。
② 蔡尚思:《中国近现代学术思想史论》,广东人民出版社,1986,第 567 页。
③ 尹达:《悼嵇文甫同志》,《历史研究》1963 年第 5 期。

甚至在嵇文甫去世后的几十年,不断有学友、同事发文纪念之,学习之。"经过十年动乱的风风雨雨,我们愈加对他景仰和崇敬了。他在学术上所作的巨大努力,以及他的别具特色的学术风格是值得我们永远学习和效仿的。"①孙心一认为,嵇文甫通过创办《新史学通讯》,并以其为载体,提出了自己的诸多学术观点。他的有关论述把史学界对历史评价问题的研究推向了新的界域,具有开拓性的贡献。②何宏波、董海立、宁娟认为,嵇文甫是我国著名的历史学家,在中国古代史和史学研究方法上阐发出许多独到的见解,尤其是在对历史人物的评价问题上更是高瞻远瞩,极富创见。③

## 二、恩师:学生眼中的嵇文甫

任是斗转星移,物是人非,几代学生都不曾忘记他们的老师。

1918年秋,嵇文甫从北京大学毕业后,来到河南省省会——开封。从此,嵇文甫与开封结下不解之缘。嵇文甫在省立第一师范任国文教员,讲授中国文学史课程。从五四运动时期到北伐革命时期,嵇文甫在开封是颇有名声的中学教员,除在开封一师任教外,同时在中州大学附属中学等校兼课。在开封一师时,嵇文甫虽然刚参加工作,十分年轻,但由于他学问扎实,

---

① 李道雨、李育安、翟本宽:《嵇文甫学术风格漫评》,《郑州大学学报》(哲学社会科学版)1985年第3期。
② 孙心一:《嵇文甫先生与〈史学月刊〉》,《史学月刊》1995年第6期。
③ 何宏波、董海立、宁娟:《中州巨擘 学界楷模——写在嵇文甫先生百年诞辰之际》,《河南社会科学》1995年第6期。

思想进步,因而在学生中威望颇高,深受学生们的爱戴。

诗人苏金伞是当年开封一师的学生,他回忆说:"嵇文甫先生是我们的国文教员。刚从北大毕业,穿着长衫,站在讲台上,潇洒温雅,从没有显示过严厉的态度,也没有过局促拘谨的样子。他深得同学们的爱戴,是第一师范很有威信的一位青年教师。""他给我们讲的课文,很多是当时刚发表在《新青年》和其他刊物上的文章和作品,这些文章,都是用新的文体抒发新的思想内容,富有革命意义的。"①

著名文学史家任访秋也曾是嵇文甫在开封一师任教时的学生。任访秋回忆说:"他对学生的态度,是那样的和蔼可亲。讲课时,从容不迫,谈笑风生。对课文的思想内容,分析得异常深刻透辟,尤其是对文学篇子,往往以传神的声态,表现出作品中人物的精神面貌。所以同学们对先生无不衷心地钦佩与爱戴。特别在高三听先生讲文学史时,这时,感到先生学问的博洽同见解的超卓,在我的心目中,已认为他应该是我终生学习的典范。"②抗日战争爆发后,河大踏上流亡办学之路。在潭头的岁月,嵇文甫成为最受进步同学欢迎的老师。"那时最受进步同学欢迎的老师为嵇文甫先生。他用马克思主义的科学方法来讲授中国社会史和中国学术思想史。正因为这样,当时反动势力嫉之如仇。"③

郭晓棠是1924年考入中州大学附中(初中高中均有)的,当

---

① 嵇立群:《祖父嵇文甫的一生》,《河南文史资料》1992年第3期。
② 任访秋:《忆先师嵇文甫先生》,《河南文史资料选辑》1981年第5辑。
③ 任访秋:《十年漂泊记》,《河南文史资料选辑》1988年第28辑。

时嵇文甫是该校初中二年级和高中年级的国文教员,受到青年学生的敬仰。"从1924年至1926年,我在中大附中初中求学期间,嵇文甫在学生中间是有颇高的威望的,对我们青年学生思想上政治上鼓励颇多。他反对青年学生在学校里死读书,他鼓励青年要多读报纸、刊物,不要死读课本。他对开封青年协社是积极支持的,青年对他颇有信仰。"①

孟志昊在《河南大学旧事漫录》中对嵇文甫1930年代在河南大学授课的情形回忆称:"嵇文甫老师为人诚恳,精明藏在深厚之中。嵇老师穿着长衫,有时是阴丹士林的,有时是深绿线春的,我没看见过他穿西装。……我觉得嵇老师讲课立意新颖,视野广阔。他上堂只拿一支粉笔,不拿书本,不拿讲义。有时在冬季,把袖子一操,屹然站在讲台上,眼观全堂学生,不严不威,有亲切之感。"②

1939年5月,河南大学由信阳鸡公山迁到南阳镇平,由于当时办学条件艰苦,很多老师借机离职。在战火纷飞的年代,嵇文甫随河大一起流亡。李光一教授的回忆将时光带回抗战中的潭头岁月:"嵇老师生活俭朴,从不奢侈。……我经常在老师家喝小米稀饭,吃花卷馍、咸菜酱豆。……嵇老师不仅对学生不摆架子,对任何人都是如此,谈话亲切,如同家人,即使不同政见者,亦称其道德高尚,作风正派。"③

---

① 郭晓棠遗稿:《我所了解的嵇文甫》,《许昌县文史资料》1997年第10辑。

② 孟志昊:《河南大学旧事漫录》,载陈宁宁编《河南大学忆往》,河南大学出版社,2002,第133页。

③ 李光一:《我的恩师嵇文甫》,《中州古今》1996年第1期。

刘家骥回忆抗战时期的河大,对嵇文甫老师的课印象深刻,嵇先生讲中国哲学思想史,"长衫布履,手持纸片一张、粉笔两支,从容步入课堂。开始时,语言平缓,似与朋友闲聊,听着听着,你会顿然醒悟,原来闲话不闲,均与所要讲的核心或主要内容有关。听他讲课,如在轻风微拂下,缓步于飘散幽香的风景区内寻奇探胜,确是一种高雅的精神享受。先生授课的教室,往往是可容一二百人的大房间,常座无虚席,甚至还有窗外伫立聆听者"①。

1948年6月,开封第一次解放后,嵇文甫带领全家和一些进步人士进入豫西解放区,投入中共建立的新政权中,为筹建中原大学贡献力量。当时李怡山在中大研究班学习,嵇文甫是他的班主任,李怡山回忆说:"文甫平易近人,对学生春风化雨,循循善诱。……文甫先生是全国著名的哲学家、史学家和教育家,他一生笃实简朴,待人以诚,不吸烟、不饮酒、不讲吃穿。他那数十年如一日,治学认真,追求真理的辛勤劳动,为中国文化创造了宝贵的财富,他那闪耀着智慧与渊博学识的光辉学术思想,将永留人间。"②

张福平是河南大学1956级的学生,虽然只是听过嵇文甫校长的学术报告,却印象深刻:"我第一次听他的学术报告,真是如坐春风,在轻松的谈吐中,非常深奥的哲学道理显得浅显易懂,

---

① 刘家骥:《抗日战争时期的河南大学》,载陈宁宁编《河南大学忆往》,河南大学出版社,2002,第314页。
② 李怡山:《我所了解的嵇文甫》,《卫辉文史资料》1989年第2辑。

记录下来即是一篇造诣很高的学术论文。"①

嵇文甫一生未离开讲坛,在长期的教学实践中,他不仅积累了丰富的教学经验,而且一向关心青年、热爱学生,有不少青年在他引导支持下,走上革命道路,在学术上受他启迪熏陶成才者更是不乏其人。

## 三、朴实:同事眼中的嵇文甫

嵇文甫先生终年68岁,执教生涯长达40多年。相对其教学生涯,嵇文甫从事行政工作的时间并不长,时间主要是在1949年后,先后历任中南军政委员会委员、河南省人民政府副主席、河南大学校长、河南师范学院院长、河南省副省长、郑州大学首任校长、河南省文物管理委员会主任委员、河南省文史研究馆馆长等职,至1963年逝世,政治生涯前后不过十几年的光阴,但在同事、下属心中,留下了极佳的口碑。1955年,郑天申在《嵇文甫副省长的生活片断》中,记述了嵇文甫作为一个首长的生活片段:

> 我们的首长——嵇老②,相貌看起来很严厉,但跟他相处过的,或者谈过几次话的同志,都感到他又和气又谦逊,要是同他在一起生活的日子久了,那你就会深深地认识到,他生活朴素、工作认真、善于学习而且还严格遵守制度,他就是这样的人。

---

① 张福平:《难忘大一》,载《五味丛生》编委会编《五味人生 纪念河南大学中文系56级同学毕业四十周年》,2001,第129页。
② 嵇老:当时是对嵇文甫副省长的尊称。

嵇老担任工作很多，省府的、文委的、河南师范学院的、抗美援朝分会的……足有十多个机关的职务，这些机关每天要有很多的文件送来经他批阅。此外，来接洽工作和向他汇报工作的人几乎每天都有。虽然他已六十岁了，但他每天却要工作十个小时到十二个小时，直到把一件件工作处理完了，才肯到办公室外面散散步。就这样，他每天还要抽出一定的时间自修俄语、看报纸、阅读杂志、新闻参考资料和写文章。有一次我看嵇老实在太累了，就大胆地说："如果这样下去会影响你的健康啊，还是休息一会吧！"他微笑着回答说："那哪行呢，每天的工作总是要作的，况且，每天的工作都不同，今天不学习，就不会作明天的工作。"

嵇老每天起床很早，生活很艰苦，常吃些蔬菜，很少吃肉。穿衣服也不讲究，往往是一套衣服穿几年，烂了补一补再穿上。在一次要去北京开会时，经别人的再三劝说，才做了一套呢子衣服。他的皮鞋也是很破旧的，鞋脸上都裂了大口子。我们向他建议说："嵇老，你去北京出席全国人民代表大会，要见毛主席哩，得买一双新皮鞋穿上呀！"这时，他瞧了瞧脚上穿的那双破皮鞋，略微摇了摇头，脸上现出了一副愉快、兴奋而且激动的神情，仿佛在说，代表着人民的意见和愿望去见我们敬爱的领袖毛主席，是件多么光荣和自豪的事情啊！于是，他直截了当地说："这双皮鞋去北京穿是不行了，买就买吧，这双补一补回来再穿。"好象是不去北京开会就不应该买双新皮鞋一样。

还有一年暑期，中南局为照顾他的身体几次来电报让他到庐山去避暑,但他却说:"天气是这样的热,去那么远避暑,得花很多钱,又耽误时间,这样太不合算,还是不去吧!"他终于给中南局写了封信谢绝了。

嵇老经常关心我们的生活和学习情况,他平易近人,使我们感到一点也不拘束,心里有啥话,就说啥。有时我们还请他讲时事,或者讲些历史人物的故事。就是这样的生活,使我们对他特别亲近。

每逢学校放了假,他的子女们都要回来,人多房子少,就在没有地板而且又潮湿的地上打起一个地铺来休息。我们看到这样情况太不象话,就要求向总务部门借床,嵇老一听说要借床,就阻止说:"总务科有没有床是个问题,再说还得麻烦人家哩,他们住不了几天,还是就这样吧!"我还记得有一次他叫我去街上买些东西,不巧得很,天下起雨来,回到家里衣服被淋湿了,嵇老看见了就慌忙把自己的衣服脱下来给我披上,低声说:"去时天就不太好,我就不该叫你去,那东西早晚买都行,看淋成这个样子。"好象是多么对不起我似的,他一直叭咂着嘴难受了好半天,他这种克己待人的作风使我们感到太可贵了。就是这些小事情啊,经常促使着我们不断地进步!

我们的嵇老就是这样的人,我从心眼里永远热爱着他。①

生活中的点滴小事,把嵇文甫作为副省长工作中兢兢业业、

---

① 郑天申:《嵇文甫副省长的生活片断》,《卫辉文史资料》1991年第3辑。

克己奉公、廉洁自律,生活上艰苦朴素、严于律己、平易近人的形象,描述得真真切切!

## 第二节 追忆:嵇文甫追思录

### 一、诞辰追忆

郑州大学原党委书记樊道远在嵇文甫90周年诞辰时所写的纪念文章中说:"他的声容笑貌,至今还萦绕在我们的脑际,他的治学严谨、诲人不倦、朴实无华的高尚品格,至今还荡漾在我们的校园。"[①]

1995年12月17日是嵇文甫100周年诞辰纪念日。12月16日,郑州大学、河南大学、河南省社科院、河南省委党校、河南省社科联等单位在郑州大学联合召开嵇文甫先生学术思想研讨会,与会的60多位专家、教授对嵇文甫先生的学术思想进行了广泛深入的讨论。何宏波、董海立、宁娟在《中州巨擘 学界楷模——写在嵇文甫先生百年诞辰之际》指出:"先生毕生从事教育工作,四十年如一日,勤勤恳恳勉力于教育工作,始终站在教育第一线,即使在建国后承担了繁重的政务,也未间断教育工作。先生先后讲授过《先秦诸子思想》、《宋代哲学》、《清代学术思想》、《中国社会经济史》、《中国教育史》、《中国学术思想史》、《秦汉史》等多门课程,并即兴作过许多有关学术和时事的

---

① 樊道远:《先生之风 山高水长——纪念嵇文甫同志诞辰九十周年》,《郑州大学学报》(哲学社会科学版)1985年第3期。

专题报告。青年学生都喜爱听先生的课,因为先生讲授从不照本宣科,就象谈家常、说故事,娓娓而谈,情趣横生,最朴实浅显的话语之中往往包含深奥的道理,耐人寻味,从中不仅可以学到知识,也学到了生活为人的道理。先生作学问也往往考虑教育的效果,写文章尽量简明、通俗。"①

在嵇文甫110周年诞辰之际,冯静武指出:"嵇文甫的思想虚怀博学,求实通变,经世致用,不是寥寥数语所能概括的。比如他的教育思想,他曾经主讲过《中国哲学史》、《中国教育史》等诸多课程。在教学过程中,他运用分析综合的方法,寓教于学,能抓住核心,洞察全貌,对学生善于点拨,注重言传和身教两个方面的统一。可以说嵇文甫既是'经师'又是'人师',他把'教书育人'提到了一个新的高度,是我国著名的教育家。"②

## 二、校庆纪念日追忆

2012年河南大学百年校庆,校领导致校友的邀请信中指出:站在新的历史起点,我们深切怀念为河南大学的繁荣发展建立不朽功勋的先辈们,范文澜、冯友兰、嵇文甫、尹达、邓拓、白寿彝,一代一代河大人自强不息、百折不挠,用青春与智慧,谱写了河南大学发展史上光荣与辉煌的篇章,他们的历史功绩将永远闪耀在河南大学璀璨的星空!

---

① 何宏波、董海立、宁娟:《中州巨擘 学界楷模——写在嵇文甫先生百年诞辰之际》,《河南社会科学》1995年第6期。
② 冯静武:《嵇文甫学术思想的三个侧面》,《河南科技大学学报》(社会科学版)2005年第4期。

2016年,在郑州大学建校60周年暨嵇文甫先生逝世53周年之际,郑州大学于10月10日举行郑州大学首任校长嵇文甫先生塑像揭幕仪式。在会上,学校充分肯定了嵇文甫先生作为首任校长在学校学科设置、校舍兴建、经费筹集、风纪整顿、学制改革等方面的贡献。郑州大学党委书记牛书成在讲话中指出:"嵇文甫先生的精神激励着一代又一代郑大人励精图治、奋发作为,是我校的宝贵精神财富,每一名郑大人都应向嵇文甫先生学习,学习他鞠躬尽瘁、死而后已的奉献精神,学习他诲人不倦、严谨治学的师德风范,学习他矢志不渝、坚忍不拔的坚强意志。"

2016年10月10日,嵇文甫塑像揭幕仪式

# 附　　录

## 一、嵇文甫生平大事记

**1895 年**

12 月 17 日出生于河南汲县一个手工业家庭。

**1901 年**

入私塾读书。

**1910 年**

小学毕业,考入卫辉中学。

**1912 年**

1912 年 1 月 1 日,中华民国宣告成立。消息传至汲县,嵇文甫曾组织 20 余人集会庆祝,并在街上游行。

**1913 年**

夏,中学毕业后入北京大学预科。

**1914 年**

在北京大学预科班读书一年,因贫困辍学,回家乡汲县,在经正书舍附设小学任教。

**1915 年**

考入北京大学哲学门(后改为哲学系)。

### 1918 年

在《河南教育月刊》上发表《老子发凡》一文。

北京大学哲学系毕业后,回到开封,在河南省第一师范担任国文教员,同时在开封一中、二中、女师、法政专门学校、河南留学欧美预备学校兼课。积极投身当时河南省会开封的新文化运动,利用教育舞台,传播新思想。

夏,和北大同窗冯友兰等开始着手创办心声杂志社,出版《心声》杂志,传播新思想。

### 1919 年

五四运动爆发后,嵇文甫站在爱国学生一边,鼓励和支持学生的爱国运动。

发表《科学上之王学观(续第四期)》一文。

### 1920 年

4月19日,开封学生举行总罢课,后河南督军赵倜收买了学联中人,致其分裂。学生运动受挫,学生徐玉诺痛不欲生,离校出走,意欲卧轨自杀。嵇文甫派人把徐玉诺找来,耐心开导,晓以应进行韧性战斗的道理,徐玉诺遂打消了死的念头。

发表《王船山的人道主义》一文。

### 1922 年

9月,中共中央机关刊物《向导》在河南发行后,嵇文甫认真阅读刊物的每一期,并成为革命思想的积极传播者。

与冯品毅发起建立开封一师社会主义青年团支部。

### 1924 年

10月,在《心声》上发表《做人问题》一文,开始学习运用历史唯物主义来观察研究社会问题。

11月中旬,开封济汴学校学生为反对帝国主义的奴化教育,举行罢课。嵇文甫等15人发起收回教育主权促进会,强烈要求收回教育主权,取缔外国人在河南所办的教会学校。

12月9日,出席河南公民善后会,并当选为该会执行委员。

## 1925年

五卅惨案发生后,面对迅速掀起的反帝国主义运动的新高潮,嵇文甫和学生一道上街游行示威,声援上海工人的斗争。

## 1926年

3月,光明少年团成立大会在中州大学举行。嵇文甫为光明少年团撰写团歌。

年底,经学生刘英介绍加入中国共产党。

## 1927年

1月,经上海到苏联莫斯科中山大学,兼任中大学生向国内报道消息的刊物《中国通讯社》的总编辑。在莫斯科中山大学期间,与嵇文甫同住一室的是河南同乡曹靖华,他们由此成了好友。

5月12日,在莫斯科中山大学聆听斯大林关于中国问题的报告,受到了极大的教育与启迪。

年底,因病在莫斯科中山大学校医院住院三个月,后在克里米亚海滨疗养。

## 1928年

二三月间,经中、苏、朝边境回国,和党失去联系。回国后,在开封进行短期的治疗。

年底,应聘到北京大学任教,讲授先秦诸子哲学和宋代哲学,并在清华大学、燕京大学、女师大等学校兼课。

**1929 年**

发表《明末的重民思想(读书偶识之一)》《周代贵族的风度(读书偶识之二)》《周末社会之蜕变与儒法两家思想上的斗争》等论文。

**1930 年**

被《北大学生》杂志聘为编辑顾问。6 月在《北大学生》创刊号发表《"仁"的观念之社会史的观察》一文。

发表《老庄思想与小农社会》。

**1931 年**

九一八事变后,因积极从事抗日宣传活动,受到反动势力的迫害。

应北平各大学进步学生所组织的社会科学研究会邀请,作了《封建社会的本质及其发展的诸形态》《从阶级观点来分析清初诸大师的政治思想》等报告。

**1932 年**

1 月,出版《先秦诸子政治社会思想述要》一书。

**1933 年**

8 月,因在北京大学受到旧派排挤,复为当局所不容,被迫离开北平。

暑假,回到河南,在河南大学任教,任文史学系主任、文学院院长,开设中国哲学史、中国思想史、中国社会经济史等课程。

**1934 年**

3月,支持并资助王国权在开封组织今日社,创办大陆书店。

4月,在《河南大学学报》创刊号上发表《明清时代的唯名论思潮》。

夏,资助河南大学学生午生经上海启程去日本留学。

9月,出版《左派王学》。

**1935 年**

1月12日,为马乘风的《中国经济史》一书作序。

12月21日,开封万余学生集会,声援北平一二·九学生爱国运动。嵇文甫不顾个人安危,欣然应邀出席并讲话,高度赞扬学生们的爱国行动。

**1936 年**

1月1日,资助《救国先锋》创刊,并在创刊号上发表《为学生救国运动说几句话》一文,为学生运动正名,旗帜鲜明地批驳了污蔑学生运动的论调,呼吁在非常时期实行非常教育。

出版《船山哲学》。

**1937 年**

抗战全面爆发后,与王拱璧等人组织了近20个救亡十人团。

8月下旬,参加王阑西在河南旅社召开的河南文化界抗日救亡座谈会。经到会人士商议后,决定创办一个宣传救亡图存的具有统一战线性质的刊物,嵇文甫建议刊物名字为《风雨》。

9月12日,和王阑西、姚雪垠等创办的《风雨》周刊创刊,并任主编,后在该刊上发表了《扫除一切阴霾》《从鲁迅说起》《恐日病的消除》等文章,抨击消极抗战行为。

9月26日,参加开封文化界人士举行的茶话会,欢迎上海抗日救亡演剧队来汴。刘季洪即席倡议成立开封市文化界救亡联合会,当即推选嵇文甫等人为筹备人。

9月27日,与范文澜、王公度、简贯三等人组成开封文化界救亡联合会。

10月初,在河大礼堂,为青年学生作了题为《评几种对日抗战的胜败观》的演讲,批评了短见的、机械的胜败观,主张"动的胜败观"。

10月31日,与豫北旅省同乡王幼侨、杨一峰、杜岫僧等20余人,为救济豫北临漳、安阳、武安等县难民,在博物馆举行谈话会,讨论应对办法,商得善后办法数项,分别呈请各主管机关采择实施。

11月,为了迅速开展全省的抗日救亡运动,中共河南省委决定培训一批青年学生,作为宣传抗日救亡的骨干力量,到全省各地开展工作。为此,省委委托河南大学进步教授范文澜、嵇文甫负责办理此事。

年底,嵇文甫与范文澜在取得河南大学文学院院长肖一山的同意与支持后,即以河南大学名义筹办了河南大学抗敌工作训练班,培训抗日救亡运动骨干。

## 1938 年

7月,参加中共镇平县委在镇平工艺高中召开的由200多人参加的大型座谈会,探讨研究全面抗战问题并讲授抗日战争的战略战术。

## 1939 年

6月,河南大学校本部及文理农三院迁到潭头。嵇文甫任文学院院长,讲授中国学术思想史、中国社会经济史之外,又开设有秦汉史、中国教育史、群经诸子选读等课程。

秋,在《民国日报》刊登《河南精神》一文。

## 1940 年

聘任王毅斋到河南大学任教。

夏,邀请陈仲凡到河南大学教育系当教授兼教育系主任。

10月19日,河南大学举办了鲁迅逝世四周年纪念大会,嵇文甫作《一个对比和中国的高尔基》的报告。这一时期,嵇文甫还作了《学术中国化问题》《文学的民族形式问题》《清代学术发展的三个阶段》以及有关宋明理学研究等多场报告。

12月15日,作《再谈学术中国化问题》的演讲。

年底,嵇文甫作词、陈梓北作曲的《河南大学校歌》诞生。

## 1941 年

2月,在河南大学文学院创办的《河南大学文学院学术丛刊》创刊号上发表《河南精神》《陆象山的"实学"》。

2月,辞去文学院院长职务。

2月26日前后,嵇文甫辞职一事引起师生不满,各系学生联合会商讨办法,准备挽留。学生联合会还派代表找校长王广庆。后此事不了了之。

3月6日,汲县同乡到嵇文甫家,为他的辞职事去慰问。嵇文甫从校事谈到国事,又谈到世界大事,甚而私人小事。他对辞去文学院院长职务,没有一点惋惜的情绪,劝大家不要为此事伤感。上午,学校在大门处贴出嵇文甫辞职的公告。

10月26日,被国民党反动派逮捕,关押在洛阳沙家沟窑洞中。

### 1942 年

3月6日,获释出狱,河大师生前去迎接。至夜里10点多,室内室外还挤满来访的师生。

3月,河南大学改为国立河南大学,嵇文甫担任文史学系主任。

### 1943 年

李敏修在禹县逝世,嵇文甫曾先后撰写《读毋自欺斋文学纪年》《暗斋师伤辞》《纪念李敏修先生》等文,对李敏修的学术成就及教育方面的贡献等,进行系统介绍。

### 1944 年

5月,为任访秋的《中国现代文学史》作序。

8月,学部表扬优良教师,专科以上学校教授共有427名获奖。河南大学有14名教师获奖,嵇文甫名列其中。

10月24日,参加教务处处长郝象吾主持的河南大学迁到荆紫关后的第一次校务会议。之后,参加校出版委员会召开的第一次全体会议,讨论出版学术著作与创办刊物等事宜。

10月,为胡守棻编著的《现代教育思潮》一书撰写序言。

11月14日下午,参加由郝象吾主持的到达荆紫关后的第一次教务会议。

### 1945年

春,随河南大学迁至陕西宝鸡。

12月1日《中国时报》正式创刊,嵇文甫为其撰写发刊词。

### 1946年

年初,随河南大学由宝鸡返回开封,任文学院文史学系主任。

### 1947年

邀请赵俪生到河南大学任教。

3月,参加由河南大学教师联谊会发起的"反内战、反饥饿、反迫害"罢教。

5月28日,在河南大学小礼堂向学生作《真理的具体性》报告,积极支持学生们的正义行动。

### 1948年

6月29日,与河南大学教师一行79人,乘解放军开封前线司令部的军车进入豫西解放区宝丰县,参加革命工作。为了欢迎河大师生,豫西行署成立了接待组。当即由嵇文甫、王毅斋领衔以全体人员的名义向毛泽东主席和中共中央发了致敬电。新华社以《人心向背》为题报道了嵇文甫等一行投奔解放区的事情。

不久,中共中央中原局派刘鸿文、林恒到鲁山来接谈,研究他们的去留和工作安排。稍后,大家推举嵇文甫、王毅斋、郭海长和刘国明到宝丰去向中原局的领导致意。到中原局后,他们受到了刘伯承、邓小平、陈毅、邓子恢等领导同志的接见和宴请。

7月10日,中原大学筹备委员会正式成立,委员由陈毅、张际春、刘子久、嵇文甫、王毅斋、张柏园、罗绳武等7人组成。陈毅兼主任委员,刘子久、嵇文甫、王毅斋兼副主任委员。设临时校部于豫西的宝丰县大白庄村。

7月15日,嵇文甫主持召开中原解放区全体师生大会。

8月7日,中原大学正式开始上课。嵇文甫讲授辩证唯物论。

11月12日,根据中原局指示,中原大学决定建立开封分校。由一部主任刘介愚及四部主任嵇文甫教授负责。

12月12日,潘梓年副校长主持中原大学全校干部会议,报告组织机构与工作作风,宣布全校机构和干部调整配备。校部下设第一部和第四部(二部和三部没有按原计划建立起来)。第一部为政治部,领导各大队;第四部为研究部,下设政治研究室与文艺研究室及一个研究班。嵇文甫任四部主任。

年底,中原大学正式建立了校务会议制度,并着重研究如何加强中原大学的各种组织制度。其中包括"学校的重大事情都要经过校务会议讨论决定"的规定。对参加校务会议的人员也作了明确的规定。嵇文甫成为校务会议的正式成员。校务会议是中原大学最高行政权力机构,一切重大事项必须有半数以上委员赞成才能生效。

# 附 录

## 1949 年

2月7日,学校成立校刊委员会,嵇文甫为十位委员之一。校刊《改造》于3月1日在开封创刊。

5月10日,河南省人民政府通令决定成立河南省人民政府,嵇文甫被任命为河南省人民政府委员之一。

5月,河南省人民政府成立,决定组建河南大学,同时任命河南省人民政府主席吴芝圃为校长、中原大学教授嵇文甫为副校长。

7月,河南大学师生从苏州返回开封。在重建河南大学的师生大会上,嵇文甫副校长说:"恢复和重建的河南大学,一方面具有老解放区革命政治教育的传统,另一方面又具有普通正规大学的学术教育传统,是一所新型的高等学府。"

7月27日,在河南大学校务会议上,成立学校经费管理委员会,嵇文甫任委员。

9月21日至30日,中国人民政治协商会议第一届全体会议在北平隆重举行,嵇文甫作为华中解放区代表参加了会议。

9月22日,中国人民政治协商会议第一届全体会议通过了六个委员会,嵇文甫当选为国旗、国徽、国都、纪年方案审查委员会委员。

10月1日,河南大学正规教育设计委员会成立。委员会负责具体研究和规划学校的办学思想、院系设置、规模等问题,嵇文甫任委员。

10月10日,在北京参加中国文字改革协会成立大会并讲话。

10月26日,中苏友协豫省分会筹委会成立,嵇文甫为副主任委员。

11月7日,河南省文联筹委会建立,嵇文甫任筹委会的领导成员。

12月,参加河南省文联筹备会议,着手筹备河南省文联的组建工作。

12月2日,在《开封日报》发表了《学习!学习!!学习!!!》一文,号召开封的知识分子努力学习新思想、新作风、新精神。

## 1950年

3月15日至21日,河南省农民代表大会在开封召开,大会通过了《河南省农民协会章程》。3月20日,嵇文甫被选举为河南省农民协会第一次执行委员会委员。

4月9日至15日,河南省第一次各界人民代表会议在开封召开,嵇文甫当选为副主席。

5月25日,中国新史学研究会河南分会(1951年8月改为中国史学会河南分会)成立,嵇文甫任主席(会长)。

5月27日,在河南大学大礼堂召开河大党组织公开大会。嵇文甫副校长发表讲话,说:"从来没有任何党派像中国共产党这样认识到群众力量的伟大,相信群众,依靠群众。因为共产党是代表广大人民利益的,没有任何私心。我们要团结在党的周围,推动党的事业、人民的事业发展。"

6月,校长吴芝圃,副校长张柏园、嵇文甫向全校发出《转变作风的意见》,提出建立会议制度、组织简章、干部思想领导与政治学习制度、总务工作条例与请示报告制度、学生社会活动制度等,要求行政干部树立为教学服务、为群众服务的思想,改变工作忙乱、不深入基层的作风,提高工作效率。

6月1日至9日,参加首届全国高等教育会议。这是解放初期首届最高层次的高等教育会议。

7月23日,中国人民保卫世界和平大会河南省分会及中国人民反对美国侵略台湾、朝鲜运动委员会河南省分会成立,嵇文甫为主任委员。

10月23日,河南大学成立学习委员会分会,各院成立支会,支会下设小组。公推嵇文甫等人共同组织学习委员会分会,并推荐嵇文甫为副主任委员。

10月14日,吴芝圃申请辞去河南大学校长职务,政务院任命嵇文甫为河南大学校长。

10月30日,嵇文甫、张柏园主持召开了河南大学行政工作会议,会议明确改进教学是学校的首要任务。

**1951年**

1月,被推选为河南省人民政府副省长。

2月18日,嵇文甫在中国史学会河南分会讲演《历史人物的评价问题》,提出在当下历史大变革的时代,对过去历史人物的重新评估是自然的事情,但却不简单。

5月13日,在爱国主义与历史教学座谈会上作了《历史教育与爱国思想》发言。

7月8日,参加舞阳石漫滩水库竣工典礼。该水库是新中国成立后国家在洪河支流滚河上修建的第一座水库,号称中国第一坝。

10月,参加河南省中苏友好协会第一次代表会议。

**1952年**

1月,河南大学成立校学委会,嵇文甫任主任委员。

6月3日,参加河南省文工团第二期集训开学典礼。参加学习的有600余人。

12月,由嵇文甫团长率领的赴朝慰问团,在鲁山县东关大街作志愿军抗美援朝英雄事迹报告会。

**1953年**

4月12日,在中国史学会河南分会讲演《关于历史评价中的几个矛盾问题》。

8月,河南大学与平原师范学院合并,改名为河南师范学院,嵇文甫任院长。同月,在《历史教学》第8期发表《关于孔子的历史评价问题》一文。

8月29日,在中国史学会河南分会讲演《对一些历史问题应该怎样看法》。

10月,任中国人民第三届赴朝慰问团第八总分团副团长,随总团长贺龙离京前往朝鲜。

12月,兼任河南省文化委员会主任。

**1954年**

2月,任《历史研究》杂志第一届编辑委员会成员。

4月,任中国人民抗美援朝总会河南分会主席。

8月,任第一届全国人民代表大会河南省代表。

9月,任第一届人大主席团团员。

12月19日,在中国史学会河南分会举办的报告会上,对开封市历史教师作《胡适唯心论观点在史学中的流毒》的报告。

**1955 年**

1月,经河南省第一届人民代表大会第二次会议选举,成立河南省人民委员会,嵇文甫当选为副省长。

2月,兼任河南省体育运动委员会主任(1955年2月至1960年11月)。

**1956 年**

6月,任第一届人大第三次会议提案审查委员会委员。

10月,被任命为郑州大学第一任校长。

**1957 年**

2月18日,出席河南省第一次曲艺、木偶、皮影会演大会并发表讲话。

5月,被增聘为中国科学院学部委员。

**1958 年**

2月9日,出席国家科学规划委员会古籍整理出版规划小组在北京召开的成立会议并发言,对整理和出版工作提出了许多宝贵意见。

4月,徐玉诺病逝,嵇文甫为他总理丧事,担任治丧委员会主任。

5月16日,中央文化部在郑州召开文物、博物馆跃进现场会议,嵇文甫作了《关于厚今薄古、群众路线》的报告。

9月5日,第一届全国运动会筹备委员会成立,嵇文甫任委员。

9月,中国科学院河南分院成立,与省科委合署办公。嵇文甫担任中国科学院河南分院院长(1958年9月至1960年8月)。

10月15日,河南省委同意关于河南政治学校组织领导和人事安排的报告,任命嵇文甫兼副校长。

12月,在河南省第二届人民代表大会第二次会议上被选举为副省长。

### 1959年

7月,重新加入中国共产党。

### 1960年

在《中州评论》第20期发表《学习用历史唯物主义观点看问题》一文。

在《中州评论》第23期发表《读〈唯心历史观的破产〉》一文。

出版《学习毛主席著作存稿》论文集。

### 1961年

9月9日至13日,主持河南省科委、河南省科协、中国科学院河南分院联合召开的高级知识分子座谈会。

10月5日,河南省政协二届十一次常委会议举行。会议讨论纪念辛亥革命50周年问题,通过纪念办法和纪念筹备委员会名单,嵇文甫为筹备委员会副主任。

出席中国科学院社会科学学部委员会举行的第三次扩大会议。

出版《学习用历史唯物主义观点看问题——学习〈毛泽东选集〉第四卷存稿》。

**1962 年**

9 月,出席开封师范学院建校 50 周年庆祝大会。

11 月 18 日至 27 日,出席湖南、湖北两省社联在长沙市联合举办的纪念王船山逝世 270 周年学术研讨会。

**1963 年**

10 月 10 日,因病在郑州逝世。

## 二、嵇文甫论著目录

### (一)专著

1.《先秦诸子政治社会思想述要》,北平开拓社,1932 年。

2.《左派王学》,开明书店,1934 年 9 月。

3.《船山哲学》,开明书店,1936 年 5 月。

4.《民族哲学杂话》,前锋报社,1943 年 11 月。

5.《晚明思想史论》,重庆商务印书馆,1944 年。

6.《新说书》,前锋报社,1946 年。

7.《为什么要批判资产阶级唯心主义 为什么要学习唯物主义世界观》,河南人民出版社,1955 年。

8.《关于历史评价问题》,人民出版社,1956 年 3 月。

9.《历史人物的评价问题》,河南人民出版社,1956 年。

10.《关于历史评价及其他》,河南人民出版社,1957 年 2 月。

11.《学习"再论无产阶级专政的历史经验"的初步体会》,

河南人民出版社,1957年7月。

12.《春秋战国思想史话》,中国青年出版社,1958年4月。

13.《根本还是个阶级立场问题》,河南人民出版社,1959年9月。

14.《学习毛主席著作存稿》,河南人民出版社,1960年。

15.《学习用历史唯物主义观点看问题——学习〈毛泽东选集〉第四卷存稿》,河南人民出版社,1961年。

16.《王船山史论选评》,中华书局,1962年。

17.《王船山诗文集》,中华书局,1962年。

18.《王船山学术论丛》,中华书局,1962年。

19.《嵇文甫文集(上)》,河南人民出版社,1985年。

20.《嵇文甫文集(中)》,河南人民出版社,1990年。

21.《嵇文甫文集(下)》,河南人民出版社,1990年。

22.《晚明思想史论》,东方出版社,1996年。

## (二) 文章(带※为《嵇文甫文集》的遗文补录)

1.《老子发凡》,《河南教育月刊》,1918年第3、4、5期。

2.《吾所得于文学史者》,《心声》,1919年第1卷第1期。

3.《科学上之王学观(续第四期)》,《心声》,1919年第1卷第7期。

4.《王船山的人道主义》,《心声》,1920年第2卷第1期。

5.《告同业》,《河南教育公报》,1922年第2卷第2期。(※)

6.《注重天才教育底我见》,《河南教育公报》,1922年第2

卷第4期。(※)

7.《听了推士博士讲演以后》,《河南教育公报》,1923年第2卷第7期。(※)

8.《怎样发现疑难?》,《北京大学日刊》,1923年1351号。(※)

9.《做人问题》,《心声》,1924年第20期。

10.《取缔教会学校案通过教联会后之第一壮举》,《心声》,1924年第23期。

11.《中国现代政治思想》,《豫报》副刊,第98期,1925年8月15日。(※)

12.《中国现代政治思想(续)》,《豫报》副刊,第99期,1925年8月16日。(※)

13.《明末的重民思想(读书偶识之一)》,《明天》,1929年第2卷第7期。

14.《周代贵族的风度(读书偶识之二)》,《明天》,1929年第2卷第8期。

15.《中国古代的性崇拜(读书偶识之三)》,《明天》,1929年第2卷第11期。

16.《周末社会之蜕变与儒法两家思想上的斗争》,《新晨报》(北京),1929年12月11、12日。

17.《吊民伐罪与民权思想》,《政治学报》,1931年第1卷第1期。

18.《老庄思想与小农社会》,《女师大学术季刊》,1930年第1卷第1期。

19.《"仁"的观念之社会史的观察》,《北大学生》,1930 年创刊号。

20.《伟人领导群众呢?还是群众领导伟人?》,《北大学生》,1931 年第 1 卷第 5、6 期。

21.《评郭沫若〈中国古代社会研究〉》,《大公报》,1931 年 10 月 12 日,第 10 版。

22.《文化战线上的北大》,《北大 33 周年纪念特刊》,1931 年 12 月 17 日。

23.《从清初诸大师阶级立场上分析其政治思想》,《百科杂志》,1932 年第 1 卷第 1 期。(※)

24.《评陶希圣中国社会史著述(一)》,《北平晨报》,1932 年 8 月 9 日。(※)

25.《评陶希圣中国社会史著述(二)》,《北平晨报》,1932 年 8 月 10 日。(※)

26.《评陶希圣中国社会史著述(三)》,《北平晨报》,1932 年 8 月 12 日。(※)

27.《程朱论仁之阐略》,《尚志周刊》,1932 年第 2 卷第 4、5 期合刊。

28.《对于陆、王学派的一种观察》,《哲学评论》,1933 年 1 月第 4 卷第 3、4 期合刊。

29.《明清时代的唯名论思潮》,《河南大学学报》,1934 年第 1 卷第 1 期。

30.《李卓吾与左派王学》,《河南大学学报》,1934 年第 1 卷第 2 期。

31.《中国历史上曾有过民权思想么?》,《河南大学学报》,1934年1卷第3期。

32.《井田制有无问题短论》,《中国经济》(南京),1934年第2卷第10期。

33.《朱梁的农村复兴热》,《食货》半月刊,1935年第1卷第5期。

34.《从王安石变法说到中国历史上的无为思想》,《河南政治》,1935年第5卷第11期。

35.《公安三袁与左派王学》,《文哲月刊》,1936年第1卷第7期。

36.《为学生救国运动说几句话》,《救国先锋》,1936年1月1日。

37.《黄河三部曲》(歌词),1937年秋。

38.《抗战到底》(歌词四首:《农民战歌》《献给祖国》《走出象牙之塔》《你莫忘记》),《大时代》旬刊,1937年12月。

39.《评几种对日抗战的胜败观》,《争存》,1937年创刊号。

40.《扫除一切阴霾》,《风雨》周刊,1937年第4期。

41.《双十节献辞》,《风雨》周刊,1937年第5期。

42.《从鲁迅说起》,《风雨》周刊,1937年第6期。

43.《恐日病的消除》,《风雨》周刊,1937年第8期。

44.《发展新细胞运动》,《风雨》周刊,1937年第9期。

45.《值得注意的几件事实》,《风雨》周刊,1937年第10期。

46.《赠给当政治教官的诸同学》,《风雨》周刊,1937年第

11期。

47.《一切救亡力量配合起来》,《大时代》旬刊,1937年第1期。

48.《最紧张的工作与最大量的容忍》,《大时代》旬刊,1937年第2期。

49.《怎样取得民众的信仰》,《大时代》旬刊,1937年第4期。

50.《张居正的学术》,《经世》,1937年第5期。(※)

51.《在全面抗战中知识分子能贡献些什么》,《经世》战时特刊,1937年第1期。

52.《知识分子的自我改造》,《经世》战时特刊,1937年第2期。(※)

53.《对日抗战与三民主义》,《经世》战时特刊,1937年第3期。(※)

54.《对于长期封建论的几种诘难和解答》,《食货》半月刊,1937年第5卷第5期。

55.《统一·分工·大众化》,《战时文化》,1938年第1卷第1期。

56.《我们要学宋钘》,《经世》战时特刊,1938年第14期。(※)

57.《死心塌地的干吧》,《抗到底》,1938年第8期。(※)

58.《河南精神》,《民国日报》(河南),1939年秋。

59.《漫谈学术中国化问题》,《理论与现实》,1940年第1卷第4期。

60.《陆象山的"实学"》,《河南大学文学院学术丛刊》,1941年第1卷。

61.《谈严几道》,《力行》(西安),1942年第6卷第2期。

62.《君子之道》,《新认识》,1943年第6卷第5期。(※)

63.《民族哲学杂话》,《中央周刊》,1943年第5卷第35-40期连载。

64.《中国民族文化的新发扬》,《力行》(西安),1943年第7卷第1期。

65.《〈子产〉序》,《前锋报》,1943年4月28日。

66.《王船山的民族思想》,《时代中国》,1943年第8卷第4期。

67.《东林学派与王学修正运动》,《力行》(西安),1943年第8卷第1期。

68.《王船山的政术论》,《力行》(西安),1944年第9卷第1、2期合刊。

69.《王船山黄书中的政治纲领》,《力行》(西安),1944年第9卷第3、4期合刊。

70.《中国文化与世界文化》,《时代中国》,1944年第9卷第1期。

71.《名家言为市民哲学说》,《时代中国》,1944年第9卷第5期。(※)

72.《〈中国现代文学史〉序》,《前锋报》,1944年12月1日。

73.《中国政术论研究发端》,《经纬月刊》,1945年第3卷第 2-3 期。

74.《漫谈读书法》,《妇声》,1945 年第 2 期。

75.《齐王食鸡的读书法》,《新生报》(西安),1945 年 7 月 6 日。

76.《〈中国时报〉发刊词》,《中国时报》(开封),1945 年 12 月 1 日。

77.《〈中国诗歌史〉序》,《中国时报》(开封),1945 年 12 月 9 日。

78.《新说书》,《中国时报》(开封),1945 年 12 月 15 日至 1946 年 4 月 9 日连载。

79.《春王正月》,《河南民报》,1946 年元旦。

80.《为德先生和赛先生祝福》,《青年日报》(开封),1946 年 1 月 1 日。

81.《关于老子孔子思想问题的论争(三)》,《求真杂志》,1946 年第 1 卷第 4 期。(※)

82.《思想式的冲突》,《青年日报》(开封),1946 年 1 月 27 日。

83.《为政以德》,《民权新闻》,1946 年 2 月 22 日。

84.《科学与民主》,《河南民报》,1946 年 3 月 16 日。

85.《不讲哲学的哲学与不立史观的史观》,《中国时报》(开封),1946 年 3 月 25 日。

86.《谈读书法》,《青年日报》(开封),1946 年 4 月 11 日。

87.《道德究竟是什么——〈道德学新稿〉序》,《师友》,1946 年 5 月 15 日。

88.《庄子的幽默》,《河南民报》,1946年5月24日。

89.《精神保健论》,《师友》,1946年第11期。

90.《逻辑古例偶拈》,《师友》,1946年第12期。

91.《王船山论复员》,《河南民报》,1946年9月8日。

92.《冯母吴太夫人诔》,《儒效月刊》,1946年第2卷6、7期合刊。

93.《暗斋师伤辞》,《儒效月刊》,1946年第2卷第8-9期。

94.《纪念李敏修先生》,《河南民报》,1946年11月8日。

95.《读毋自欺斋文字纪年》,《豫教通讯》,1946年第1卷第2期。

96.《张横渠的知识论》,《中国时报》(开封),1946年11月10日。

97.《王船山的易学方法论》,《国立河南大学学术丛刊》,1946年复刊第1期。

98.《关于周末农民身份的一点小考证》,《中国时报》(开封),1946年。

99.《从〈厚黑学〉说起》,《民国日报》(河南),1946年12月14日。

100.《张居正的学侣和政敌——高拱的学术》,《河南民报》,1946年10月25日至11月1日连载。

101.《秦汉大一统与先秦诸子的结局》,《求真杂志》,1946年第1卷第6期。(※)

102.《周末社会大转变与诸子学说的勃兴》,《求真杂志》,1946年第1卷第8期。(※)

103.《中国政术论研究发端》,《国光新闻》,1947年3月创刊号。(※)

104.《尊文德重柔道》,《山河》(开封),1947年3月30日。

105.《名家起于三晋说》,《新中华》(复刊),1947年第5卷第21期。(※)

106.《孙夏峰学派的后劲——马平泉的学术》,《学原》(南京),1948第1卷第10期。

107.《王船山的史学方法论》,《新中华》,1948年第6卷第2期。

108.《学习！学习！！学习！！！》,《开封日报》,1948年12月2日。

109.《阴阳家的社会基础》,《新中华》,1948年第6卷第4期。(※)

110.《儒家学说的贵族性》,《新中华》,1948年复刊第6卷第9期。(※)

111.《傅青主的思想》,《新中华》半月刊,1949年第12卷第11期。

112.《几句简单的献辞》,《河南日报》,1949年10月19日。

113.《辩证法难学么?》,《学习与生活》,1949年第1卷第1期。(※)

114.《四条不多,三条不少》,《学习与生活》,1949年第1卷第2期。(※)

115.《动与矛盾》,《学习与生活》,1949年第1卷第3期。(※)

116.《都是辩证法》,《学习与生活》,1950年第2卷第1、3、4期。

117.《向鲁迅学习什么?》,《河南日报》,1950年10月10日。

118.《以坚决反抗美帝来纪念十月革命》,《河南日报》,1950年11月7日。

119.《就文史教学上试谈所谓"规律知识"》,《学习与生活》,1951年第2卷第11期。

120.《关于意识形态》,《新史学通讯》,1951年创刊号。

121.《从〈实践论〉学习中,把教学业务提高一步》,《长江日报》,1951年4月25日。

122.《历史人物的评价问题》,《新史学通讯》,1951年第1卷第2期。

123.《伟大斗争三十年》,《河南日报》,1951年7月1日。

124.《历史教育与爱国思想》,《新史学通讯》,1951年第1卷第4期。

125.《孔子思想的进步性及其限度》,《新史学通讯》,1951年第1卷第6期。

126.《认真学习毛泽东思想》,《河南日报》,1951年10月22日。

127.《历史教师要好好学习〈毛泽东选集〉》,《新史学通讯》,1951年第1卷第9期。

128.《中国古代社会的早熟性》,《新建设》,1951年第1期。(※)

129.《封建人物九等论——从武训传讨论所引起的历史人物评价问题》,《新史学通讯》,1951年第1卷第5期。(※)

130.《从〈矛盾论〉得到的一些启示》,《河南日报》,1952年5月17日。

131.《我对于〈矛盾论〉的初步认识》,《河南日报》,1952年5月28日。

132.《痛下决心改造自己》,《河南日报》,1952年7月26日第3版。(※)

133.《史学工作者要展开一个立功运动》,《历史教学》,1952年第11期。(※)

134.《历史是讲新东西的——史学杂话之五》,《新史学通讯》,1953年第1期。

135.《提高教师水平问题》,《教学与生活》,1953年3月21日第7号。

136.《马克思主义——战无不胜的旗帜》,《历史教学》,1953年第5期。

137.《关于历史评价中的几个矛盾问题》,《新史学通讯》,1953年第5期。

138.《游离了的学说——史学杂话之六》,《新史学通讯》,1953年第6期。

139.《关于孔子的历史评价问题》,《历史教学》,1953年第8期。

140.《一场事变三种讲法——史学杂话之七》,《新史学通讯》,1953年第9期。

141.《对一些历史问题应该怎样看法》,《新史学通讯》,1953年第10期。

142.《怎样对待文化遗产》,《新史学通讯》,1954年第6期。

143.《把一生献给人民教育事业》,《河南日报》,1954年6月24日第3版。(※)

144.《爱国主义与国际主义的大学校》,载《和英雄们相处的日子》,河南人民出版社,1954年。(※)

145.《关于孔子历史评价问题的几点解答》,《历史教学》,1954年第9期。(※)

146.《关于历史教学中几个重要问题》,《新史学通讯》,1954年第10期。

147.《晚明思想史纲》,《图书季刊》(新),1954年第6卷第1、2期。(※)

148.《胡适唯心论观点在史学中的流毒》,《新史学通讯》,1955年第1期。

149.《胡适的魔术》,《长江文艺》,1955年第1期。

150.《批判胡适的多元历史观》,《历史研究》,1955年第4期。

151.《用唯物主义武装起来保证教育质量的提高》,1955年。(※)

152.《"五四"回忆片断》,《河南青年报》,1955年5月4日。(※)

153.《学习列宁捍卫马克思主义哲学唯物主义的战斗精

神》,《河南日报》,1956 年 5 月 5 日。

154.《珍视祖国的思想遗产》,《新史学通讯》,1956 年第 10 期。

155.《发刊词》,《开封师院学报》,1956 年创刊号。(※)

156.《为保卫十月社会主义革命的光辉道路而奋斗》,《历史教学》,1957 年第 11 期。(※)

157.《在文字改革战线上》,《文字改革》,1957 年第 11 期。(※)

158.《从红专大学谈起》,《哲学研究》,1958 年第 5 期。(※)

159.《关于"厚今薄古""群众路线"问题》,《文物》,1958 年第 9 期。(※)

160.《〈黄梨洲文集〉序言》,载《黄梨洲文集》,中华书局,1959 年。

161.《王船山的唯物主义思想及其唯心主义的杂质》,《哲学研究》,1959 年第 3 期。(※)

162.《从思想方法上解决问题》,《中州评论》,1959 年 4 月号。

163.《绝对主义和相对主义》,《中州评论》1959 年 7 月号。

164.《辩证地看待历史人物》,《人民日报》,1959 年 7 月 20 日。

165.《真理是具体的》,《理论战线》,1959 年第 8 期。

166.《黄梨洲思想的分析》,《新建设》,1959 年第 12 期。

167.《一年来河南教育大跃进的情况和进一步贯彻执行教

育方针中的几个问题》,载《河南省第二届人民代表大会第一次会议文件选辑》,河南人民出版社,1959年。(※)

168.《档案工作与历史研究》,《中国档案》,1960年第5期。(※)

169.《科学与生产》,《河南科学技术报》,1960年6月11日。

170.《学习用历史唯物主义观点看问题》,《中州评论》,1960年第20期。(※)

171.《读〈唯心历史观的破产〉》,《中州评论》,1960年第23期。(※)

172.《好问好察》,《光明日报》,1961年2月23日。

173.《在历史研究中抓特点、抓新东西》,《光明日报》,1961年4月29日。

174.《明清时代反理气二元论思想的发展概述》,《新建设》,1961年4月号。

175.《在历史研究中深刻地贯彻阶级斗争观点》,《光明日报》,1961年4月28日。

176.《学点逻辑》,《河南日报》,1961年5月11日。

177.《王船山与李卓吾》,《历史研究》,1961年第6期。

178.《正确理解理论联系实际》,《河南日报》,1961年9月27日。

179.《对孔子的一个简单看法》,《光明日报》,1961年11月7日。

180.《关于王船山的阶级立场问题》,《新建设》,1961年第

11月期。

181.《论高拱的学术思想》,《哲学研究》,1962年第3期。

182.《漫谈读书》,《人民日报》,1962年8月12日。

183.《读〈费尔巴哈论纲〉札记》,《河南日报》,1962年7月4日。

184.《论经学——学术通信》,《文汇报》(上海),1962年8月28日。

185.《论王船山与黄梨洲政治思想中的一个歧异点》,《文汇报》(上海),1962年10月25日。

186.《颜习斋与孙夏峰学派》,《郑州大学学报》,1962年第1期。

187.《对王船山历史观的一些粗浅认识》,《江汉学报》,1962年第12期。

188.《〈王船山诗文集〉序言》,载《王船山诗文集》,中华书局,1962年。

189.《怎样进一步研究孔子》,《学术月刊》,1962年第7期。(※)

190.《爱国主义思想家王船山》,《新湖南报》,1962年12月23日。

191.《漫谈毛西河》,《学术月刊》,1963年第3期。

192.《再论高拱的学术思想》,《光明日报》,1963年4月5日。

193.《记马平泉的学说》,《中华文史论丛》,1963年第3期。

194.《唯物论的名号不应轻易予人》,《郑州大学学报》,1963 年第 3 期。

195.《中国政治思想简史(绪论)——怎样研究中国政治思想史》,《史学月刊》,1963 年第 7 期。

196.《辛亥杂忆》,《郑州大学学报》,1963 年第 4 期。(※)

197.《怎样研究中国政治思想史》,《史学月刊》,1964 年第 7 期。(※)

198.《我对于张横渠思想的一些看法》,《史学月刊》,1964 年第 10 期。(※)

199.《历史唯物论———无产阶级革命斗争的理论武器》,《郑州大学学报》,1964 年。

200.《〈张载集〉序》,《郑州大学学报》,1979 年第 3 期。

201.《〈读通鉴论〉和〈宋论〉提要》,《中国哲学》,1980 年第 3 期。

202.《〈王山史年谱〉序》,《史学月刊》,1980 年复刊号。

203.《〈王船山年谱〉序》(1947 年 8 月 22 日),《史学月刊》,1980 年复刊号。

204.《历史教学中的思想方法问题》,《河南大学学报》,1983 年第 4 期。